Niels Fredrik Dahl

Auf dem Weg zu einem Freund

Roman

Aus dem Norwegischen
von Ina Kronenberger

Kiepenheuer & Witsch

Die Arbeit der Übersetzerin am vorliegenden Text wurde
vom Deutschen Übersetzerfonds e.V. gefördert

1. Auflage 2004

Aus dem Norwegischen von Ina Kronenberger

Umschlaggestaltung: Rudolf Linn, Köln
Umschlagmotiv: Carl Begas (der Ältere),
Selbstbildnis des Malers mit Johann Peter Weyer, 1813
Gesetzt aus der Sabon (Berthold)
bei Kalle Giese, Overath
Druck und Bindearbeiten: GGP Media GmbH, Pößneck
ISBN 3-462-03409-X

Für Linn

Du wirst glauben, du seist dem Blick eines Königs begegnet.

CASSIODOR

Rotkäppchen aber wusste nicht, was das für ein böses Tier war, und fürchtete sich nicht vor ihm.

DIE GEBRÜDER GRIMM

AM 15. JULI 2001 FOTOGRAFIERT der amerikanische Fotograf Joel Sternfeld einen erschöpften Elefanten, der auf einer Ausfallstraße in Oslo den Verkehr Richtung Westen blockiert. Vielleicht ist Sternfeld gerade auf dem Weg zu dem großen Campingplatz vor der Stadt, um die polnischen Erdbeerpflücker zu fotografieren, die sich dort den Sommer über einquartiert haben, als er von einem plötzlichen Stau mitten am Vormittag aufgehalten wird. Der Stau und die Sirenen mehrerer Einsatzwagen lassen den erfahrenen Fotografen nach der Kamera greifen, aus dem Auto steigen und zu Fuß an den anderen Autos vorbei auf zwei Feuerwehrautos und drei Polizeiwagen zugehen, die er am Anstieg zur Kirche ausgemacht hat. Der Elefant liegt völlig geschwächt quer über der Fahrbahn und lässt sich von den Feuerwehrleuten mit Wasser aus dem nächsten Hydranten kühlen. Ein Polizist versucht, so gut er kann, den Verkehr vorbeizuleiten, weiter nach Westen, aber es scheint, als hätte es niemand mehr eilig. Es gibt noch andere außer Sternfeld, die ihr Auto stehen lassen und sich zu Fuß zu dem Elefanten begeben. Durch die Kamera betrachtet der Fotograf den Elefanten, die Hilfsmannschaften und Schaulustigen, und er kann nicht umhin, dem Schicksal zu danken, das ihn einmal mehr in eine Situation gebracht hat, in der er seine »intensive Reaktion auf moderne Lebensumstände« unter Beweis stellen kann, »desgleichen die Erkenntnis, dass jeder Einzelne von uns einen schweren Kampf auszufechten hat, wenn das Vorhersagbare auf das Unvorhergesehene trifft, das Sichere auf das Spontane, die Ordnung auf die Anarchie. Es geht um all jene Dinge, die unter und außer Kontrolle sind – in unserer Gesellschaft, unserer Erfahrung, unseren Köpfen«, wie es in einem Essay über Joel Sternfelds Fotografien heißt. Ich habe folgende Formulierung unterstrichen: »Ein triefnasser Elefant müht sich schwerfällig ab, wieder auf die Beine zu kommen. Die ungezähmte Natur wurde in die Knie gezwungen, der Kampf des Tiers ist anrührend. Wir blinzeln, sehen genauer hin, und das Herz beginnt zu pochen.« O ja, es ist wahr. Auch wenn man sich so etwas wie einen »triefnassen Elefanten« schwerlich vorstellen kann, auch wenn er sich nicht abmüht, wieder auf die Beine zu kommen (er hat aufgegeben, er gibt sich geschlagen), blinzeln wir doch, sehen wir genauer hin. Beginnt das Herz zu pochen. Ich blinzele, und mein Herz beginnt zu pochen. Ich weiß, wovon ich rede. Der Elefant, der den Verkehr nach Westen blockierte, gehörte mir. Es war mein Elefant, der so anrührend kämpfte.

Aber das ist noch nicht alles. Denn nachdem Sternfeld den erschöpften Elefanten unzählige Male abgelichtet hat, geht er zum Auto zurück. Er steigt ein, und nach einer Kehrtwende, die ein paar Polizisten hochfahren und seinem Auto hinterherschauen lässt, verschwindet er in Richtung Smestad. Anschließend heben die Polizisten den Blick zu dem vertrauten Geräusch knatternder Rotorblätter, sie legen den Kopf in den Nacken und sehen den Hubschrauber des Nachrichtensenders TV2 von der Kirche her auf sie zukommen. Und vom Hubschrauber aus betrachtet, in einem Bildausschnitt, der niemals Gegenstand eines Essays werden würde, über den aber dennoch vor den Fernsehbildschirmen gesprochen wird, sieht der Elefant aus wie ein Haufen aus grauem Lehm. Einer der Polizisten erhält später wegen der folgenden Äußerungen in den Abendnachrichten von seinem direkten Vorgesetzten im Präsidium einen Rüffel:
»Tja, das war wohl ein eher ungewöhnlicher Auftrag. Ein erschöpfter Elefant im Berufsverkehr?«

»Ja, das stimmt.«
»Wenn Sie den Anblick beschreiben sollten, der sich Ihnen bot, als Sie bei dem Elefanten eintrafen.«
»Ich weiß nicht ... Es war schon traurig, in gewisser Weise.«
»In welcher Weise?«
»Er weinte.«
»Der Elefant weinte?«
»Große Tränen rollten an ihm herab ...«
»Was dachten Sie in dem Moment?«
»Ich dachte an Jesus ...«
»An Jesus?«
»Ich dachte an Jesus im Johannes-Evangelium: Jesus weinte.«
Der Vorgesetzte des Polizisten war der Meinung, dies könne aufgefasst werden, als wolle er missionieren, was mitnichten den Dienstvorschriften entsprach. Und für die Zuschauer ist der Sprung vom Bild eines weinenden Jesu zu diesem Haufen aus grauem Lehm dort unterhalb des Hubschraubers tatsächlich beträchtlich. Und der Haufen wird immer kleiner, je höher der Hubschrauber steigt. Der Hubschrauber steigt, um die gesamte Fluchtroute des Elefanten mit der Kamera einzufangen, damit in der Abendsendung genau gezeigt werden kann, wo der Elefant entlanggelaufen ist. Die Flucht wird anhand seiner Spuren zurückverfolgt, wie Cassiodor sagte. Ein weiteres Kamerateam hat bereits am Boden entlang der Fluchtroute Stellung bezogen, um die Zerstörungen zu dokumentieren. Autos mit den Rädern nach oben, Autos mit eingedrücktem Dach, Bäume, über der Wurzel geknickt. Ein blauer Kombi, amerikanisches Modell, wurde von dem flüchtenden und angeblich wütenden Elefanten regelrecht niedergetrampelt und der Fahrer mit schweren inneren Verletzungen auf die Intensivstation des Ullevål Krankenhauses gebracht. Dort stirbt er kurze Zeit später.

Die Kamera im Hubschrauber fängt die vielen Künstlerwohnungen ein, die die Gemeinde auf Edvard Munchs altem

Grundstück Ekely hat errichten lassen. Des Weiteren einen alten, braunen »Palast«, der von modernen Terrassenhäusern eingegrenzt wird, der Hubschrauber verharrt einen Moment über den dreizehn niedrigen roten Backsteinbauten weiter unten, bevor er wieder Fahrt aufnimmt und über die Felder zu dem alten Bauernhof auf der anderen Seite fliegt. Die halb verfallene und verblichene rote Scheune lässt erkennen, dass der Hof nicht länger in Betrieb ist, aber man kann noch erahnen, wie stattlich das Wohngebäude einst gewesen sein muss. Damals, als der Graf von Hoff hier lebte und wirkte, vor seinem Tod und lange, bevor das Testament auftauchte und ich plötzlich Besitzer eines stillgelegten Bauernhofs in der Hauptstadt war. Die Kamera schwenkt in nur dreißig Sekunden über die Häuser, die Felder und den kleinen Teich. Aber sie kann natürlich nicht alles einfangen. Sie hat meinen Elefanten gefilmt, nicht aber mich. Die Kamera kann mich nicht einfangen, wie ich im Wohnhaus an der Arbeitsplatte stehe und dem Knattern des Hubschraubers lausche, die Kamera kann nicht einfangen, wie alles begann. Nicht, wie der Elefant hier bei mir gelandet ist, und schon gar nicht, wie *ich* auf dem Hof des Grafen von Hoff gelandet bin, in dieser Küche, in der ich nun im gelben Licht der Deckenlampe stehe und mich zwischen Arbeitsplatte und Tisch rhythmisch hin- und herbewege, wo ich webe, während der Elefant rennt. Hat nicht Edvard Munch, der ehemalige Besitzer des Nachbargrundstücks, einmal gesagt, dass er die Kamera nicht fürchtet, schaffe sie es doch nicht, Himmel und Hölle einzufangen? Ich muss Vater bei Gelegenheit in dieser Sache anrufen, er kennt seine Zitatbücher auswendig. Und falls es stimmt, dass die Kamera über diese Fähigkeit nicht verfügt, werde ich sehen, was sich zu gegebener Zeit machen lässt, denn jetzt übernehme ich. Ja, jetzt übernehme ich die Erzählung vom Elefanten in der Scheune, vom Bauernhof des Grafen von Hoff, vom Zornbauern, von der Fahrt mit dem Colamann, von seinem Blick und von allem, was mich hierher geführt hat. Ich beginne mit einem kleinen Jungen namens Vilgot. Er ist ich, aber ich bin nicht er. Ich stütze mich auf die Arbeitsplatte, während ich die Kamera zurückführe, den Film gewissermaßen rückwärts laufen lasse, in diesen Dingen kenne ich mich aus. Tage, Wochen, Monate, Jahreszeiten, ja Jahre zurück. Bis hinunter zu den dreizehn niedrigen Wohnblocks auf der anderen Seite der Felder, über dreißig Jahre zurück, am Turm vorbei, der lange Zeit Norwegens einziger Wolkenkratzer war, bis ich die Kamera vor einem der Blocks anhalte. Es ist Winter. Es ist Anfang Januar, ein ganz besonderer Tag vor über dreißig Jahren. Ich lege die Kamera weg und trete in einen der Eingänge. Im selben Augenblick kommt Vilgot die Treppe herunter und geht hinaus. Er ist auf dem Weg zu einem Freund.

VILGOT IST ELF UND AN EBEN JENEM TAG auf dem Weg zu Simen. Das zumindest hat er seinen Eltern erzählt.
Simen ist sein bester Freund, jedenfalls aus seiner Klasse. Aber er wohnt ein Stück entfernt. Zuerst muss Vilgot die Treppe hinunter, an dem L-förmigen Block entlang zur Straße, die aus dem Wohngebiet führt, unterhalb des Turms vorbei, wo Trygve Lie, der Welt erster Generalsekretär der Vereinten Nationen, mit seinem mächtigen und ordenbehangenen Körper die ganze obere Etage füllt, vorbei an Arnesens Laden an der Ecke, der vor nicht langer Zeit geschlossen wurde, am Bretterzaun entlang, an der Brotfabrik vorbei, wo Vilgots Vater in einem Büro sitzt, dann in das Villenviertel hinein und rechts um die Kurve Richtung Silkestrå, wo sich im Winter eine Skischule befindet und das Skirennen um die Säule im Vigelandspark stattfindet. Dort am Fuße der riesigen Felder steht Simens Haus. Diesen Weg will Vilgot heute nehmen, an eben jenem besonderen Tag, an dem er Mutter und Vater im Wohnzimmer zugerufen hat, dass er zu Simen ginge. Es war keine richtige Lüge, aber es war auch nicht ganz die Wahrheit.

Vilgot ist nicht gern zu Hause. Anders kann man es nicht ausdrücken. Das heißt, es ginge schon: Vilgot ist gern zu Hause, aber nicht, wenn es dort so ist, wie es gerade ist. Er ist gern zu Hause, wenn sie dort lieb sind, es kommt vor, dass sie lieb sind. Es kommt vor, dass Mutter zwischen zwei Schmerzattacken, zwischen zwei Abgabeterminen für die Artikel, die sie schreibt, plötzlich ganz unbeschreiblich lieb ist, dass sie fröhlich ist.

Und dann kann Vilgot sehen, wie auch der Vater gewissermaßen zum Leben erwacht. Vielleicht singt Mutter sogar ein Lied, und Vater fällt mit der zweiten Stimme ein, oder Mutter macht ein paar Tanzschritte auf dem Linoleum in der Küche, und Vater steckt sich einen Bleistift oder eine Nelke zwischen die Zähne, fasst Mutter um die Taille und biegt ihren Oberkörper nach hinten, während er Vilgot zuzwinkert, der vielleicht in seinem Schlafanzug dasteht und lacht und in die Hände klatscht. Das kann passieren, derlei kann passieren, aber es geht schnell vorbei. Plötzlich fasst sich Mutter an den Kopf, an den Rücken, den Arm, den Bauch oder irgendwohin, wo es wehtut, sie krümmt sich und ruft Vilgot oder Vater zu:
»Aber so tut doch was! Sieht denn keiner, dass ich Schmerzen habe?«
Vater läuft ins Badezimmer und holt die Tabletten, Vilgot bleibt vielleicht stehen und starrt sie an. Einmal hat er versucht, ihr auf den Rücken zu klopfen, als sie sich auf dem Boden krümmte. Das sollte man aber lieber nicht tun. Vermutlich dreht er sich um und geht langsam in sein Zimmer, legt sein Ohr an die Tür und hört, wie Vater herbeieilt, hört, wie wütend Mutter ist, auch wenn Vater behauptet, sie sei nicht wütend. Sie habe nur solche Schmerzen, dass sie sich wütend anhört.

»Aber sie sagt doch böse Dinge zu dir?«
»Zu mir? Mutter? Was für ein Unsinn, Vilgot.«
»Warum hat sie denn solche Schmerzen?«
»Es ist eine Art Krankheit.«
»So wie damals, Weihnachten, als ich Mumps hatte?«
»Nein, ganz so auch wieder nicht.«

MUTTER:
Sie hatte eine Schublade voller Schmerztabletten und eine Sonnenbrille, die sie aufsetzte, wenn sie ihre Artikel schrieb. Dann sah sie mitunter aus wie Greta Garbo auf der Madison Avenue, heimlich fotografiert.

Ihr Großvater war Schwede, er hieß genau wie ich, und von ihm hat sie gelernt, wie man Hühner hypnotisiert. Sie konnte Hühner dazu bringen, in Reih und Glied zu stehen und zur Musik ein paar Tanzschritte zu machen. Ich habe es nie gesehen.

Sie sagte oft, sie wolle sterben. Die Schmerzen, die sie jedes Mal wieder aufs Neue niederstreckten, machten ihr das Leben unerträglich. Sie sagte, die Schmerzen seien gekommen, als ich geboren wurde.

Vater sagt, als er sie das erste Mal sah, hat er alles fallen lassen, was er in den Händen hielt, das heißt ein Glas Rotwein und eine andere Frau – Name und Gesicht seit langem vergessen –, und auf der Stelle um ihre Hand angehalten. Sie lehnte ab.

Alles und alle waren ihr im Weg, alles und alle störten sie. Am besten war es, ihr nicht zu nahe zu kommen, ich glaube, das fand sie auch.

1967 erhielt sie den Linoleumspreis für ihre Tätigkeit als Journalistin der Zeitschrift *Haus und Heim* – in der Begründung hob die Jury vor allem den Artikel »Schalldämpfend, federnd und angenehm weich für die Füße« hervor.

Sie hatte keine Freunde, soweit ich weiß. Niemals rief jemand an oder kam zu Besuch. Zur Beerdigung kamen nur Vater und ich und ein älterer Herr, pensionierter Redakteur von *Haus und Heim*, wie sich herausstellte. Er weinte wie ein Kind. Ich auch.

Ich glaube nicht, dass sie Kinder haben wollte.

DIE SCHWERE BRAUNE TÜR FÄLLT LAUT hinter ihm ins Schloss, und er steht im Eingang, er hat gesagt, er ginge zu einem Freund. Er steht vor der Wohnungstür im zweiten Stock, steht dort und schnalzt mit der Zunge, er hört das Echo, das übliche Echo, der gelbweiße Putz an den Wänden, die graue Steintreppe mit den schwarzen Flecken, immer kühl, angenehm kühl, wenn der Sommer zu lange dauert, wenn der Sommer zu heiß ist, kann er sich nur mit einer kurzen Hose bekleidet auf eine Stufe legen und den Geruch von Stein und Staub und Putz einatmen, der Block ist außen mit roten Ziegelsteinen verkleidet, die im Sommer in der Sonne brennen können, sodass er glaubt, er würde sich die Hand verbrennen, wenn er sie an die Mauer hielte, wenn er sich durch die niedrigen Dornenbüsche zwängte, ganz dicht an die Mauer heran, und eine kleine dreckige Hand an den Ziegelstein hielte, aber er verbrennt sich nicht, der Ziegelstein brennt nicht, die Sonne hat ihn sanft und angenehm erwärmt, und der Ziegelstein ist rau und rot und gehört ihm. Das ist sein Land, sind seine Steine, seine Farben. Und die Bordsteinkanten, die runden großen Bordsteinkanten an der Straße entlang zum Kaufladen hinunter, er rennt, er rennt immer, er hüpft über sie hinweg, es sind Hürden in einem Hürdenlauf, und einmal hat ein großer Junge zu ihm gesagt, du, du wirst einmal Weltmeister, doch, das meine ich ernst, hat er gesagt, denn du rennst die ganze Zeit, du rennst ja immer. Im Sommer ja, aber jetzt ist Winter, und er steht im Eingang und überlegt, dass er wohl nicht Weltmeister im Rennen werden wird. Wenn er groß ist.

Sondern Archäologe, einer, der Pfeilspitzen und Wikingerhelme findet, einer, der nur einen Spaten in die Erde stecken muss, und schon klirrt es in alten Goldmünzen und großen Eisenschwertern. Sein Vater ist kaufmännischer Leiter der Brotfabrik, das klingt nicht sehr lustig. Oder etwas in einem Zirkus, vielleicht. Ja, ganz sicher etwas in einem Zirkus.

Einmal fuhren Vilgot und sein Vater mit der Straßenbahn zu einer Bushaltestelle und mit dem Bus quer durch die Stadt zu einem großen Zirkuszelt. Die Chefs der Brotfabrik hatten vom Zirkusdirektor höchstpersönlich Freikarten erhalten, und Vilgot drückte Vaters Hand, so fest er konnte, als ein lebender Zwerg in roter Uniform die Karten entgegennahm, um sie einzureißen. Einen Moment lang sahen sie sich in die Augen, Vilgot und der Zwerg, und Vilgot hatte das Gefühl, dass sie sich schon einmal begegnet waren, auch wenn er noch nie einen Zwerg gesehen hatte. Dass sie sich schon einmal begegnet waren oder dass sie ein Geheimnis miteinander teilten. Es war auf jeden Fall so, dass Vilgot dem Zwerg zunickte und der Zwerg ein wenig zögerte, Vilgot forschend ansah und dann ebenfalls nickte. Vilgot hätte gerne ein wenig geplaudert, sich gerne neben den Zwerg gestellt, Schulter an Schulter, aber die Menschenmenge stieß ihn von hinten weiter, und Vater zog ihn mit sich, und plötzlich standen sie in dem riesigen Zelt. Es war bereits voller Menschen, und diesmal nahm sich der größte Mann der Welt ihrer an, er war ungefähr doppelt so groß wie Vater, und es war nicht verwunderlich, dass sie keine Uniform für ihn gefunden hatten, die groß genug war. Die roten Jackenärmel gingen ihm bis kurz über die Ellbogen, und die ebenfalls rote Uniformhose war gleich unter dem Knie zu Ende. Vilgot musste lachen und sah zu seinem Vater auf. Aber der Vater lachte nicht, er kniff die Augen zusammen, wie Mutter es tat, wenn sich das Schmerzhafte in ihrem Kopf festgesetzt hatte. Der lange, rote Mann bahnte für Vilgot und Vater einen Weg, und mit einer weit ausladenden Armbewegung lud er sie ein, sich auf den Platz zu setzen, der der schönste im ganzen Zirkuszelt sein musste. Sie saßen ganz dicht an der Manege in einer eigenen Loge, und Vilgot konnte nicht glauben, dass es Wirklichkeit war. Er schaute nach rechts und links und nach hinten und hoffte, alle würden merken, dass er auf dem besten Platz saß. Er tat sogar so, als würde er ganz hinten an der Zeltwand jemanden kennen, stand halb auf und winkte, damit ihn alle sehen konnten. Der Vater beugte sich mit gereiztem Gesichtsausdruck zu ihm herüber.

»Ich glaube, ich habe Simen gesehen«, sagte Vilgot.

Anschließend, als alles leider vorbei war und sie im Bus nach Hause saßen, fiel es Vilgot schwer, herauszufinden, was ihm am besten gefallen hatte. Am besten hatten ihm vielleicht die Trapezkünstler gefallen, der Mann und die Frau, die sich von einem Absatz ganz hoch oben unter dem Zeltdach in die Luft geschwungen hatten, an einer kleinen Schaukel hängend, er mit den Beinen in der Schaukel und mit dem Kopf nach unten und sie an seinen Armen. »Ich liebe dich«, sagte der Mann. »Und ich dich«, sagte die Frau.

Nein, am allerbesten hatte ihm wohl die hübsche Frau gefallen, die von einem galoppierenden Pferd auf das nächste gesprungen war und wieder zurück, während ihr Lächeln mit den glitzernden, schimmernden Pailletten auf dem eng anliegenden Kostüm um die Wette strahlte.

Oder der Schlangenmensch vom Kaukasus. Vilgot war zunächst verwirrt gewesen, denn der Mann, der nun als Schlangenmensch vom Kaukasus vorgestellt wurde, war kein geringerer als der Herr, der ihnen die Plätze angewiesen hatte. Er hatte sich aus der viel zu engen Uniform geschält, stand mitten in der Manege, in weiße, flatternde Gewänder gehüllt, und nahm den Applaus entgegen. Vilgot sah zu seinem Vater auf, und der Vater nickte ihm zu. Es war derselbe Mann. Wie nah sie dem Schlangenmensch vom Kaukasus gewesen waren, ohne es zu wissen! Vilgot musste lächeln, als ihm klar wurde, dass der lange, lange Mann versuchen wollte, in einer winzig kleinen Kiste Platz zu finden. Einer Kiste, so klein, dass sogar

Vilgot beim Hineinklettern stecken geblieben wäre. Nicht um alles in der Welt würde dieser lange Mann es schaffen, da konnte er sich noch so sehr Schlangenmensch vom Kaukasus nennen, wenn er nicht in seiner roten Uniform Plätze anwies.

Der Schlangenmensch hob die Kiste in die Luft, zeigte sie dem Publikum und setzte sie sich wie einen Hut auf den Kopf, damit alle sehen konnten, wie klein sie war. Außer Vilgot lachten noch mehr, manche fingen an zu pfeifen, zu grölen und zu johlen, lauter und lauter, bis das Zelt plötzlich von einer hohlen dröhnenden Stimme erfüllt wurde, die alle zum Schweigen brachte.

»Dirfen mir um die greeßtmeegliche Stille bitten …«

Dann setzte ein leiser Trommelwirbel ein, und was Vilgot sah, war kaum zu glauben. Der lange Mann steckte zunächst ein Bein in die Kiste, dann das andere. Während der Trommelwirbel an Stärke zunahm, sah es so aus, als würden beide Beine verschwinden, als würden sie sich in der Kiste verlieren, als würde der lange, lange Mann auf einen langen, langen Oberkörper reduziert. Aber dann hob er die Arme über den Kopf und wand sich wie eine Schlange, und jetzt sah es tatsächlich so aus, als würde auch der Oberkörper verschwinden. Zum Schluss waren nur noch Kopf und Arme übrig. Vilgot starrte auf das Gesicht des langen Mannes. Es war schweißüberströmt, und es sah aus, als säße er auf der Toilette, der Kopf wackelte von einer Seite zur anderen, als wäre er wahrhaftig eine Schlange, und langsam verschwand auch der Kopf, zunächst das Kinn und der Mund, und als nur noch die Augen und die Stirn zu sehen waren, starrte der lange Mann plötzlich Vilgot an, und sein Blick traf Vilgot wie ein heftiger Stoß. Dann verschwand der Kopf ganz, und die Arme folgten nach. Das Letzte, was sie von dem langen, langen Mann noch sahen, waren seine langen, langen Finger, die in der Luft schwebten, bevor sie die Deckel zu fassen bekamen und die Kiste im selben Moment schlossen, als der Trommelwirbel aufhörte. Es

war mucksmäuschenstill im Zelt. Alle Augen waren auf die winzige Kiste gerichtet, die wie ein vergessenes Gepäckstück mitten in der Manege stand. Sie wurde von kräftigen Scheinwerfern angestrahlt, und Vilgot hatte das Gefühl, als könnte er ewig dort sitzen bleiben und sie anstarren. Das Gefühl wurde von zwei kräftigen Helfern unterbrochen, die in die Manege kamen und die Kiste hochhoben, hoch von dem Sägemehl, um zu zeigen, dass von einer heimlichen Treppe in die Unterwelt, wohin sich der Schlangenmensch aus dem Kaukasus davongestohlen haben könnte, keine Rede sein konnte.
Die beiden stellten die Kiste vorsichtig wieder ab und öffneten den Deckel. Das Licht wurde gedämpft, der Trommelwirbel setzte wieder ein, die langen, langen Finger des langen, langen Mannes spielten mit dem gelben Licht der Spotlights, und es war, als würde der Saal explodieren und das Zelt mit einem Jubel erfüllen, der Vilgot hoch in die Luft hob, bis dahin, wo sich die Trapezkünstler ausgetobt hatten, und er schwebte dort oben und klatschte und klatschte und klatschte für den einzigartigen Schlangenmensch vom Kaukasus, den langen, langen Mann, der in roter Uniform Plätze anwies.
Und dann gab es noch die Elefanten. Die sitzen, Männchen machen, sich auf die Seite legen und sich mit dem Rüssel die größten Wasserbälle der Welt zuschieben konnten. Es gab die bellenden Seelöwen und kletternden Katzen. Und es gab die Clowns. Natürlich gab es Clowns. Und einer war dabei, über den Vilgot so sehr lachen musste, dass er sich fast in die Hosen gemacht hätte. Eigentlich war es nicht so sehr das, was der Clown machte, sondern vielmehr die Art und Weise, wie er es tat. Die Art und Weise, wie er fiel, wie er Luftballons zum Platzen brachte, wie er Wasser verspritzte. Ohne ein einziges Lächeln. Aber Vilgot musste lächeln, musste dort im Bus über den lustigen Clown lachen. Er sah seinen Vater an. Der Vater lachte nicht.
»Fandest du den Clown lustig?«
»Nein, Vilgot.«

Der Vater schwieg lange.
»Clowns machen mich traurig. Ich werde einfach nur ganz, ganz traurig, wenn ich in den Zirkus gehe.«
»Aber warum bist du denn dann gegangen?«
»Ich dachte, du fändest es vielleicht lustig.«
Vilgot drückte sein Gesicht an die Scheibe und betrachtete die großen grauen Häuserblocks, die draußen vorbeisausten. Der Bus fuhr durch Gegenden, in denen er noch nie gewesen war. Er überlegte, an der Schnur zu ziehen und ohne Vater auszusteigen. Er dachte an den kleinen Zwerg, der fand die Clowns sicher lustig. Er überlegte, dass sie vielleicht zusammen sein könnten, der kleine rote Zwerg und Vilgot.

Und jetzt ist Vilgot auf dem Weg zu einem Freund. Langsam geht er die Treppe hinunter, lässt eine Hand über das harte, schwarze Plastik des Geländers gleiten, was ein herrliches Quietschen erzeugt.
Vilgot überlegt, dass er und Mutter und Vater eigentlich unter der Erde leben. Und dass dies der Grund dafür ist, weshalb sie nie Besuch bekommen, weshalb seine Eltern niemals Freunde besuchen, niemals über Freunde sprechen. Vilgot hat Freunde, aber er nimmt sie nicht mit nach Hause. Denn es muss unbedingt ein Geheimnis bleiben, dass sie unter der Erde leben, und wenn er jemanden bei sich zu Hause einließe, wäre es kein Geheimnis mehr. Vilgot stellt sich bisweilen vor, er sei ein verhexter Prinz aus einem Märchen, der sich den ganzen Tag inmitten der schönen Menschen bewegen durfte, an der frischen Luft sein konnte, der aber jeden Abend unter die Erde musste zu den Trollen, denen er gehörte, die ihn gefangen genommen hatten. Und dort wird er selbst zu Erde, dort wird er selbst zu Morast und zu langen Schleiern aus Schleim.
»Mutter?«
»Mm.«
»Warum sind wir so hässlich?«

»Wer?«
»Wir. Du und ich und Vater?«
»Ich weiß nicht, Vilgot.«
Sie strickt und ist für diese Welt verloren. Das hat er schon häufiger erlebt, er kann es an den Stricknadeln hören. Sie klappern auf eine ganz besondere Art, wenn sie in sich selbst verschwindet. Vilgot fragt sich, woran sie wohl denkt, was sie in der Stricknadelwelt sieht. Er weiß, dass er dann fast alles sagen kann, aber dass es auch nichts wert ist, dass es eigentlich sinnlos ist, überhaupt etwas zu sagen.
Vilgot liegt im Bett und schläft und wird plötzlich davon geweckt, dass sich die Mutter über ihn beugt, ihr Gesicht ist weiß und flach und verzerrt. Sie zittert, sie bebt am ganzen Körper.
»So, ich bin also hässlich?«
»Was?«
»Du bist der Meinung, deine Mutter sei hässlich und grausam?«
»Nein, ich ...«
»Lüg mich nicht an!«
»Aber du bist nicht hässlich. Du bist die Schönste.«
»Ich war die Schönste.«
»Ja.«
»Ich war die Schönste. Denk darüber mal ein bisschen nach.«
Das Atmen fällt schwer. Die Mutter schnaubt.
»Ich bin es, die hässlich ist, aber du bist derjenige, der immer weint!«
»Entschuldigung.«
»Wie bitte?«
»Entschuldigung.«
Plötzlich scheint es, als wollte sie ihn schlagen, und dann ist Vater da. Er steht in seinem gestreiften Schlafanzug da, steht barfuß in Vilgots Zimmer und fasst Mutter am Arm.
»Komm jetzt«, sagt er. »Komm und leg dich schlafen.«

Die Mutter wirbelt herum und verpasst Vater eine Ohrfeige, dass es schallt.
»Komm jetzt«, sagt er noch einmal. »Vilgot braucht seinen Schlaf.«
Sie dreht sich um und sieht Vilgot an. Sie hört auf zu beben, sie legt die Hand auf den Mund und setzt sich neben ihn aufs Bett.
»Weine nicht«, sagt sie. »Entschuldigung, Vilgot«, sagt sie.
Vilgot versucht zu lächeln.
»Es macht nichts. Ich höre schon auf zu weinen.«
Doch jetzt beginnt sie zu weinen. Vater führt sie aus Vilgots Zimmer ins Schlafzimmer. Vilgot liegt da und hört, wie sie schluchzt, und er stellt sich Vaters Hand vor, die ihr über den Rücken streicht. Und seine ruhige Stimme.
»Ist schon gut«, flüstert Vater ihr zu. »Ist schon gut.«

ER TANZT. DER ELEFANT TANZT WIEDER. Ich stehe auf Zehenspitzen und sehe durch das Guckloch, es ist dunkel, aber ich kann den riesigen Körper erahnen, der von einer Seite zur anderen schwingt, die gleichen Schritte, die gleiche schwerfällige Bewegung, eine halbe Umdrehung auf den Hinterbeinen und dann der dumpfe Aufprall, wenn die Vorderbeine auf dem Scheunenboden auftreffen. Weiter kommt er nicht, wenn er gefesselt und angebunden ist. Ich gehe um die Ecke und reiße die Tür auf, sodass das Licht in die Scheune strömt. Der Elefant hält mitten in einer Umdrehung inne und richtet den Blick auf mich. Richtet die großen Greisenaugen auf mich und zerrt an dem Seil. Dann nimmt er die Kreide auf und versucht auf das schwarze Feld an der Wand zu schreiben – es ist lange her, dass er etwas Leserliches geschrieben hat.

»Willkommen«, sage ich laut. Ich buchstabiere es sogar.

»W-I-L-L-K-O-M-M-E-N«, sage ich. Er versucht es noch einmal, dann fällt ihm die Kreide herunter, und er lässt sie liegen. Das wäre früher nicht passiert. Ich schaufele den Mist, der in kleinen Haufen herumliegt, in die Schubkarre, dann kippe ich zwei Säcke altes Brot in den Trog. Ich hebe die Kreidestücke vom Boden auf, es wäre sinnlos, jetzt neue Kreide zu besorgen. Ich drehe mich um und gehe hinaus. Schließe die Tür hinter mir, blinzele in die Sonne, bleibe stehen. Unten auf der Straße ist es ganz still, die niedrigen Ziegelsteinbauten auf der anderen Seite der Felder wirken verlassen. Die Fensterscheiben glänzen schwarz in der Sonne. Der Turm, der einmal Norwegens höchstes Gebäude war, nimmt sich jetzt wie ein etwas höheres Lagergebäude aus. Ich denke einen Augenblick darüber nach, wer Trygve Lies Wohnung im dreizehnten Stock übernommen hat. Als er dort einzog, vor meiner Geburt, und als der Graf von Hoff seine Kühe noch auf den Feldern weiden ließ, erhielt der ganze Block den Beinamen Lie-Bau. Trygve Lie kam mit dem Anspruch auf Luxus von den Vereinten Nationen zurück, dem nicht einmal sein guter Freund, der König, gerecht werden konnte. Trygve Lie galt als der mächtigste Mann der Welt. Er war Ehrenbürger von New York und ließ sich als steuerfreier Dollarpensionär in der Spitze des Turms nieder. Er hatte seinen privaten Fahrstuhl vom zwölften in den dreizehnten Stock, und die Wohnung nahm die gesamte Etage ein. Aus dem riesigen, dreigeteilten Wohnzimmer konnte er weit über den Fjord sehen, und vom Schlafzimmer aus reichte die Aussicht bis in die großen Wälder nördlich der Stadt. Er war der kleine Junge aus ärmlichen Verhältnissen, der mit seinem Namen Weltgeschichte geschrieben und Glanz auf Norwegen geworfen hatte. Er ist heute fast vergessen, wie so viele von uns, aber gäbe es Gerechtigkeit auf dieser Welt, so wäre vor dem Turm eine Statue errichtet worden. Eine Statue von Trygve Lie. »Hier wohnte Trygve Lie«, sollte dort stehen, »der erste Generalsekretär der Vereinten Nationen und der erste Weltenbürger. Er ließ sich von der schweren Verantwortung, die auf seinen Schultern lastete, nicht erdrücken, sondern war und blieb während des gesamten Kalten Krieges ein Kreuzfahrer für Frieden und Freiheit. Die Welt vermisst ihn.« So hätte die Inschrift lauten können, wenn es Gerechtigkeit auf dieser Welt gäbe.

Magne erzählte gern, dass sein Vater eng mit Trygve Lie befreundet war. Ich muss lächeln, wie ich hier stehe und die Augen beschatte. Das gesamte obere Stockwerk sieht verlassen aus, aber das kann auch an der Sonne liegen. Trygve Lie ist jedenfalls seit mehr als dreißig Jahren tot, ganz Norwegen war auf Halbmast geflaggt, als er starb.

Ich stelle mir eine Postkarte vor. Ich stelle mir eine Postkarte vor mit dem hintersten der niedrigen Häuser als Motiv und mit einem fetten blauen Kugelschreiberkreuz darüber: Hier wohne ich. Ich buchstabiere es vor mich hin, dort vor der Scheune: H-I-E-R-W-O-H-N-E-I-C-H. Ich gehe zum Guckloch, stelle mich auf die Zehenspitzen. Der Elefant ist lange Zeit still, dann beginnt der Tanz von neuem, der gleiche Schritt, die gleiche schwerfällige Bewegung, es ist noch nicht lange her, dass er damit angefangen hat, aber mittlerweile sieht es so aus, als wollte er nichts anderes mehr tun. Ich würde mir wünschen, dass er sich etwas anderes ausdenkt, es macht mich unruhig. Er könnte zum Beispiel grollen. Es ist schon vorgekommen, dass er gegrollt hat, es klang wie Gepolter, so klingt es, wenn er ruft.
Ich schlafe nicht. Ich weine oft. Das kenne ich von früher, es ist nichts Neues. Aber ich hatte gedacht, ich wäre damit durch. Es hätte mich endlich losgelassen. Man nennt das Weben, was der Elefant macht. Weil sich die Bewegungen exakt wiederholen. Der Graf von Hoff hat mir vom Weben erzählt. In einem zoologischen Garten in Spanien hatte er einmal einen Eisbären gesehen, der tief in seiner Grube webte. In brütender Hitze tanzte er seinen monotonen Eisbärtanz, schwang sich vor, schwang sich zurück. Vor und zurück. Richtig erschüttert war der Graf allerdings erst, als er zwei Jahre später zurückkehrte und der Eisbär immer noch in der gleichen kranken, schmachvollen Schrittfolge gefangen war. Und jetzt habe ich die gleiche Situation bei mir. In meiner Scheune. Er webt und webt. Aber es tritt kein Muster zutage, kein farbintensiver Flickenteppich, keine sichtbar ansteigende Belohnung – nichts als die reine Bewegung. Sie hat etwas Unnahbares und Souveränes. Ich bin im Grunde unerwünscht. Ich werde aus meiner eigenen Scheune vertrieben. Ich werde von einem Elefanten aus meinem eigenen Leben vertrieben. Ich versuche es noch einmal: Hier wohne ich. H-I-E-R-W-O-H-N-E-I-C-H. Aber er hört es nicht. Niemand hört es.

FRÜHER WAR ES EINFACHER, WENN ICH keinen Schlaf fand, als Alexej Kornilow und die anderen hier wohnten. Dann lag ich gerne im Bett und stellte mir vor, wie sie draußen vor den Wohnwagen standen, hinter der Scheune, die Figuren im roten Schein des Feuers, die Gespräche, die endlosen Gespräche über Gott, über Gottes Gnade, über die Hand der Gnade, nach der ich mich sehne. Aber von der man berührt werden muss, um über sie reden zu können. Wie sie dort unten saßen, in Schichten aus Weisheit gehüllt, oder wie sie Schichten aus Weisheit und Wärme waren und, ja, aus Gnade, nach der ich mich sehnte. Früher konnte ich das, oder ich kletterte auf die Fensterbank und betrachtete die Gestalten am Feuer. Konnte den leisen Gesang hören, über die Landschaft, in die sie gehörten, die rote Erde, nach der sie sich sehnten. Manchmal ging ich die Treppe hinunter nach draußen, an der Scheune vorbei zu ihnen hinüber, setzte mich ans Feuer. Jemand reichte mir eine Flasche, die ich entgegennahm und weitergab. Sie saßen zusammen und sahen ins Feuer, ich war allein, und mein Blick reichte nicht ganz bis zum Feuer, bis zu den Flammen, jener Wärme, nach der ich mich sehnte. Und die Pferde stampften in den Wagen, und der Elefant tanzte in der Scheune, und jemand sang ein Lied von den Steppen, den Steppen in mir, in meinem Mund, auf meiner Zunge, in der Hand. Nicht der Hand der Gnade. Sondern der Hand. Meiner Hand. M-E-I-N-E-R-H-A-N-D. Die ich nicht habe, die ich nicht besitze. Die ich habe und nicht habe. Und ich sang mit. Wie ein kleiner Junge sang ich mit, und meine großen Kinderaugen fingen bisweilen die Funken ein, die aus dem Rauch aufstiegen, wenn sie nicht jemand vor langer Zeit gelöscht hatte. Au, sagte ich dann. Au und noch mal au. Au, au, au, rief ich. Aber er hörte es nicht, der Colamann hörte es nicht. Niemand hört es. Nur *ich* höre alles! Ich kann nur nicht so gut reden. Ich gehe zurück. Ich liege wieder im Bett. Ich stehe auf und gehe langsam durch das Zimmer zum Fenster. Sie sind gefahren, sie sind weg, es ist lange her, dass sie hier gewesen sind. Kein Lied mehr, kein knisterndes Feuer. Nur das Weben des Elefanten. Der sanfte Aufprall, wenn er mit den Vorderbeinen auf dem Boden landet. Immer wieder. Immer wieder. Vilgot vermisst sie. Batir vermisst sie auch. Aber sie sind nicht mehr da, sie sind gegangen, sie sind den Weg zurückgegangen, den sie gekommen sind.

SIE KAMEN DIE STRASSE ENTLANG wie fahrendes Volk, wie eine Karawane von Nomaden, wie ein Zirkus, und sie waren alles zusammen, aber vor allem ein Zirkus. Zirkus Strakosch. Keiner von den großen, beileibe nicht, eher einer der kleinen. Fünfundzwanzig Menschen, sieben Hunde, drei Pferde, ein Elefant, ein überladener Bus, drei Zugwagen und neun weitere Wagen. Doch zuerst kam die Polizei. Die Polizei fuhr ganz, ganz vorne, vor dem fahrenden Volk. Ich stand am Wohnzimmerfenster und beobachtete alles. Das Polizeiauto hielt, und der Wachtmeister stieg aus und ging nach hinten zu dem Bus. Es war Berntsen. Er wechselte ein paar Worte mit dem Chauffeur. Berntsen höchstpersönlich. Dann ging er zu seinem Auto zurück und setzte sich wieder hinein. Die anderen, von denen ich noch nicht wusste, dass es Alexej Kornilow und seine Kollegen waren, blieben stehen. Berntsen fuhr mit dem Auto bis zum Haus und hielt vorm Wohnzimmerfenster an. Er stieg aus und setzte die Pilotensonnenbrille auf, die mit Spiegelglas. Er stellte sich neben sein Auto, das Gesicht mir zugewandt, breitbeinig, fast lächelnd, stand er da. Ich versteckte mich eine Zeit lang hinter der Gardine. Vielleicht gefiel es mir nicht, wie er da stand. Oder ich mochte seine Brille nicht oder was auch immer. Ich sah hinter der Gardine hervor, und er stand immer noch da. Zum Schluss ging ich nach draußen. Ich blieb auf der Treppe stehen, ohne ihn anzuschauen. Er räusperte sich. Er wollte wissen, wie es ging. Ich zuckte mit den Schultern.
»Gut, Vilgot. Gut, gut!«
Ich nickte.

»Lange her, dass du angerufen hast«, sagte er. »Lange her, dass ich vom Colamann gehört habe.«
Mir war nicht klar, was er meinte. Wir schwiegen eine Weile.
»Du hast uns gesehen«, sagte er. »Du hast uns kommen sehen?«
Er zeigte mit dem Kopf nach hinten, zur Straße, die ich von der Treppe aus nicht sehen konnte, auf der aber der Bus und die Wagen gehalten hatten. Dann sagte er das, was ich heute weiß. Also das mit Alexej Kornilow. Ja, er erwähnte vielleicht nicht Alexejs Namen, aber er sagte, dass es ein russischer Zirkus sei, der in unser Land eingeladen worden war und nicht genug Geld hatte, um nach Hause zurückzukehren, und auch keinen Ort zum Wohnen. Kein Geld also. Ich erinnere mich nicht mehr genau. Aber ich erinnere mich noch, wie Berntsen mich am Ende angeschaut hat, er kam auf mich zu, trat ganz dicht an mich heran.
»Abgemacht, Vilgot«, sagte er. »Dann wohnen sie so lange bei dir.«
Er schlug mir auf die Schulter. Und auch wenn es wehtat, wollte er mich nicht verletzen, sondern tat es, um nett zu sein, weil wir Freunde waren, Berntsen und ich. Deshalb wandte ich mich ab. Ich hörte ihn sagen, ich würde dafür bezahlt werden, dass ich sie bei mir wohnen ließ. Die Gemeinde würde bezahlen, sagte er.
Später erzählte mir Alexej Kornilow die ganze Geschichte. Oder genug davon, dass ich verstand, was passiert war. Sie waren den weiten Weg von St. Petersburg gekommen, um in den zentralen Städten Ostnorwegens auf Tournee zu gehen. Alles war vom Zirkusdirektor in Zusammenarbeit mit einem norwegischen Impresario geplant und vorbereitet worden. Der Impresario sollte für die Werbung, die Zelte und für lokale Arbeitskräfte sorgen. Und er hatte seine Arbeit auch getan. Alexej zeigte mir eins der Plakate, die entlang der E 6 und der E 18, in Gaststätten und Dörfern, an Tankstellen und Marktplätzen aufgehängt worden waren. Es war ein fantastisches,

farbenprächtiges Bild von Batir, wunderschön geschmückt, von Alexej Kornilow, wie er Flammen schluckte, und um sie herum ein Gewimmel von Clowns und Hunden. Viel mehr, als sie in Wirklichkeit waren, das musste selbst Alexej Kornilow zugeben. Er hatte Tränen in den Augen, als er über die kindliche Freude sprach, die Tiere wie Menschen ergriffen hatte, als sie in Larvik einfuhren, um ihre erste Vorstellung zu geben. Und sie war ein voller Erfolg, anders konnte man es nicht nennen. Insbesondere die Eröffnung war spektakulär, und sie hatten sich monatelang vorbereitet – seit sie von der Norwegentournee erfahren hatten. Kein anderer Elefant als Batir hätte ein vergleichbares Kunststück vorführen können, und kein anderer Dompteur als Alexej Kornilow hätte es ihm beibringen können.

Im Stockdunkeln wurde Batir in die Manege geführt, und Alexej stand neben ihm, in Schwarz gekleidet, damit ihn das Publikum nicht sehen konnte. Im kompakten Schein eines Spots wurde eine große Tafel sichtbar, der Trommler des Orchesters begann mit einem anhaltenden Wirbel, und in dem Lichtkegel tauchte plötzlich Batirs Rüssel auf. In der Spitze des Rüssels hielt er eine große farbige Kreide, und während der Trommelwirbel an Stärke zunahm und sich der Lichtkegel ausdehnte und immer mehr von ihm einfing, schrieb Batir. Willkommen, schrieb er. W-I-L-L-K-O-M-M-E-N, schrieb er. Es schien, als wollte das Zelt abheben, als das versammelte Publikum für Batir eine Welle machte, und von da an waren alle auf den Schultern des Applauses getragen worden. Auch in der nächsten Stadt war alles gut verlaufen. Aber in Tønsberg waren plötzlich zwei Brüder aufgetaucht, die beweisen konnten, dass ihnen das Zelt gehörte und dass sie noch keine Miete erhalten hatten. Und als sich herausstellte, dass der Zirkusdirektor mit der Abend- und Reisekasse und mitsamt dem norwegischen Impresario verschwunden war, stand der Zirkus Strakosch da, auf einem Schotterplatz ohne Zelt, ohne Direktor, ohne Geld. Bis dato hatte der Direktor für das Essen gesorgt und ihnen ansonsten all den Wodka gegeben, den sie haben wollten, als eine Art Vorschuss auf den Lohn. Es blieb ihnen nicht viel anderes übrig, als sich mit einer Vorstellung im Freien auf einem Schotterplatz zu versuchen und zu hoffen, dass die Buschtrommeln für Publikum sorgen würden, aber ein Platzregen setzte ein, als Batir seinen Willkommensgruß schreiben wollte, und die Kreide schmolz in seinem Rüssel dahin. Völlig durchnässt, kalt, hungrig und wütend hatten sie ihre Wagen beladen, sich in den Bus gesetzt, waren Richtung Oslo gefahren und fast bis in die Hauptstadt gekommen, als dem Bus der Treibstoff ausging. Auf der Autobahn gaben sie auf. Sie setzten sich einfach auf die Straße, lehnten sich mit dem Rücken an den Bus, tranken Wodka und sangen russische Lieder voller Schwermut und Süße.

Mittlerweile war es eine Geschichte, über die sie lachen konnten. Vor allem über den unglaublichen Verkehrsstau, den sie verursacht hatten, konnten sie lachen, aber damals, mit dem Wodka auf der Straße im strömenden Regen und mit den Wagen voller hungriger Tiere, hatte es nichts zu lachen gegeben.
Auch die Polizei lachte nicht, als ihr der gestrandete Zirkus in die Hände fiel, denn Alexej und seine Kollegen weigerten sich, die Autobahn zu verlassen, bevor nicht ein Aufenthaltsort für sie gefunden war. Ein Botschaftsvertreter wurde von der Polizei dazugeholt, und zwischen Alexej und dem Diplomaten entspann sich ein hitziges Gespräch, das damit endete, dass Letzterer Zuflucht in den Polizeiautos suchen musste, weil ihn die Zirkusleute mit Zwiebeln bewarfen. Das war der Moment, in dem Berntsen die Sache in die Hand nahm, vermutlich, weil er fürchtete, sein Auto könnte von den harten Zwiebeln verbeult werden. Das jedenfalls meinte Alexej. Sie warteten darauf, dass jemand Geld für sie beschaffte, entweder in Russland oder in Norwegen, damit sie die Heimreise nach St. Petersburg antreten konnten. Deshalb waren sie hierher

gekommen. Zum Hof des Grafen. Es dauerte viele Wochen, bis die Heimreise organisiert war, aber dann verschwanden sie ebenso plötzlich, wie sie gekommen waren. Der Elefant musste zurückbleiben. Es war zu teuer, Batir dieses Mal nach St. Petersburg zu verfrachten. Mein Freund, der große Elefantendompteur Alexej Kornilow, wollte zurückkommen, um Batir zu holen, hatte er gesagt. Er hatte mir eine Telefonnummer gegeben, die ich anrufen konnte, falls es Probleme gab. Ich miste aus und schleppe Brot, während mir Batir mit Blicken folgt.

VILGOT KENNT SICH MIT AUTOS NICHT AUS, Mutter und Vater haben kein Auto, er ist auf dem Weg zu Simen, um fernzusehen, Mutter und Vater haben keinen Fernseher, es ist Montag oder Dienstag oder Mittwoch oder Donnerstag oder Freitag oder Samstag oder Sonntag, es ist Januar und kalter Winter, er trägt Strumpfhosen und eine dicke Hose, er ist elf Jahre alt, er ist auf dem Weg zu einem Freund. Seine Hand hüpft leicht, aufgrund der Reibung auf dem schwarzen Plastik des Geländers. Er kann sich erinnern, dass früher alles aus Metall gewesen war, aber jemand war mit einer Maschine gekommen, die eine schwarze Plastikwurst hervorgepresst hatte, die sich gewissermaßen auf das Geländer legte, damit man sich besser daran festhalten konnte, damit es sicherer war. Oder damit er, der elf und auf dem Weg zu einem Freund ist, ein ganz neues Gefühl auf dem Weg die Treppe hinunter erleben durfte, auf diesem Weg, den er so oft am Tag nahm, den Weg, der ihn nach draußen führte bis zum Colamann, der bald in seinem Auto angefahren käme.
Im Stockwerk darunter, aber auf der anderen Flurseite, wohnen Adelaide und Adelaides Papa, ab und zu wird Vilgot zu ihnen eingeladen, Adelaide ist ein paar Jahre älter als er, aber sehr nett, und in der Regel bittet sie ihn herein, wenn sie allein zu Hause ist, aber manchmal auch, wenn ihr Papa zu Hause ist, niemand weiß genau, wo Adelaides Mutter ist. Adelaide weiß es vielleicht und auch Adelaides Papa, aber niemand traut sich zu fragen, Vilgot jedenfalls nicht. Adelaides Papa ist ein feiner Mann, ein blasser, schmaler Mann, er lässt sich Papa nennen.

Die meisten wollen lieber Vater genannt werden. Adelaides Papa sieht in seinen Kleidern immer chic aus und wirkt irgendwie sauberer und frisch gewaschener als irgendein anderer Erwachsener, den Vilgot kennt. Und außerdem kann er gut zeichnen. Irgendwo gibt es ein Porträt, das Adelaides Papa von Vilgot gezeichnet hat, im Profil, und Mutter und Vater fanden das Porträt sehr gelungen, sie waren der Meinung, Adelaides Papa hätte Hände, die sich zum Zeichnen eigneten, lange, schmale Hände und auch diese sehr sauber. Vilgot selbst erkannte sich in dem Porträt nicht wieder, überhaupt nicht. Er versuchte sich zu sagen: Aha, so sehe ich also aus, jetzt weiß ich es, aber es half nichts. Er wusste nicht. Manchmal sah er sie lange Zeit nicht, aber er hörte sie, Adelaide und Adelaides Papa schrien sich an, brüllten, lärmten, es klang, als würden sie Töpfe und Pfannen auf den Boden werfen, einmal, als es hinter der schweren, braunen Tür ganz fürchterlich laut gewesen war, hatte Vilgot geklingelt, um zu fragen, ob er fernsehen dürfe, die Sendung vielleicht, in der Wenche Myhre den UN-Soldaten in Gaza ihren Nabel zeigte, und es war ganz still geworden, und die Tür wurde einen Spaltbreit geöffnet, und er sah Adelaides rot gerändertes Auge durch den Spalt, direkt über der gespannten Sicherheitskette, sie sah ihn nur an, ihr Auge starrte ihn nur an, sie sagte nichts, Vilgot sagte nichts, drehte sich einfach um und trottete zurück in die Wohnung, in sein Zimmer, setzte sich an den Schreibtisch, sah sich selbst in die Augen, er konnte Mutter und Vater hören, die sich im Wohnzimmer unterhielten, er sah die Hand seines Vaters vor sich, die im Lexikon blätterte, durfte nicht daran denken, musste sich darauf konzentrieren, sich selbst in die Augen zu schauen.
Irgendetwas geschah, wenn man sich in einem dunklen Fenster spiegelte, wenn man das Licht dicht ans Gesicht hielt und versuchte, seinen eigenen Blick festzuhalten, hielt man lange genug durch, löste sich das Gesicht plötzlich auf, und hielt man noch länger durch, konnte man das Grausame sehen, hineinsehen in das, was böse und schlimm und gefährlich war, dann

wurde man zu einem anderen Menschen, oder vielleicht wurde man zu dem, der man eigentlich war, wurde zur Nacht.

Aber Vilgot gab immer auf, ihm stockte der Atem, und er musste sich losreißen, wenn sein Gesicht in der Fensterscheibe zu rotieren begann und er von dem Wirbel angezogen wurde, von dem Menschen, der er nicht zu sein wünschte, von dem Mutter und Vater wussten, dass er es war, von dem sie allen erzählen konnten, wenn sie nur wollten, wenn er nur unartig genug war oder die ganze Zeit im Weg.

Später hörte er, wie jemand etwas über Adelaide und Adelaides Papa sagte, etwas, das sicher nicht für seine Ohren bestimmt war: dass Adelaide die Tür zur Küche verbarrikadiert hatte und dort die Schnapsflaschen ihres Vaters in den Ausguss leerte, während Adelaides Papa mit seinen hübschen, gepflegten Fingern an die Küchentür hämmerte, sich vielleicht die Hände blutig schlug, und noch später: Dass sie, also Adelaide, einen ziemlichen Schaden davontragen würde, hieß es – von der Sache »mit Adelaides Papa«. Und Vilgot fragte sich, ob es nicht umgekehrt war, dass Adelaide an die Tür hämmerte mit ihren Kleinmädchenhänden, sie blutig schlug, einen ziemlichen Schaden davontrug, während Adelaides Papa hinter der verbarrikadierten Küchentür stand und Schnaps schluckte und schluckte, dass ihm die braune Flüssigkeit aus den Mundwinkeln rann, aus dem Mund und aus den Nasenlöchern spritzte, sodass das schneeweiße, frisch gebügelte Hemd davon nass wurde, tu's nicht, Papa, tu's nicht!

Adelaide hatte einen großen Bruder, der nur gelegentlich nach Hause kam, Vilgot traf ihn auf der Treppe, er hieß Bernt, und Bernt sprach über die Kommunisten und Russland, dass diejenigen, die dort wohnten, Schlange stehen mussten für ein Stück Seife. Für ein Stück Seife, Vilgot! Und Bernt regte sich so sehr darüber auf, dass er beim Sprechen ein wenig spuckte, und Vilgot war nicht sicher, ob Seife so etwas Wichtiges war, dass man dafür Schlange stehen musste. Schlangestehen, Vilgot! Für ein Stück Seife!

DIE HUNDE KÖNNEN DURCH BRENNENDE Reifen springen, sie können brennende Fackeln in der Schnauze halten, sie können vierstimmig die Internationale bellen, und sie können die Kerzen auf dem Geburtstagskuchen des Clowns Pascha ausblasen, bevor Pascha selbst die Chance bekommt, es zu versuchen. Zwei von ihnen können auf einem schmalen Brett auf Rädern balancieren, während sie von den anderen im Kreis geschoben werden, und sie können in einer Hundepyramide aufeinander stehen, und einer von ihnen, der auf den Namen Mink hört, lässt sich mit einem kleinen rosa Helm auf dem Kopf und einer noch kleineren grünen Schwanzbedeckung aus einer Kanone schießen und landet in einem Sicherheitsnetz mehrere Meter entfernt. Sie leben in etwas zu kleinen Käfigen in den Wohnwagen. Es sind Pudel. Ziemlich lange noch sind sie sauber und schön und voll im Training, ein paar Wochen bestimmt. Aber dann wird die fürs Futter zuständige Frau, die Irina heißt und sich abwendet, sobald man sich ihr nähert, allmählich schludrig und schlampig. Schon die Futterbeschaffung für die kleinen Tiere ist schwierig. Ganz zu schweigen von dem Elefanten. Er frisst mehr als alle anderen zusammen. Ich habe eine Scheune, aber kein Heu. Wir müssen trockenes Heu und frisches Gras besorgen. Und woher sollen wir Karotten nehmen, Brot, Getreide? Wasser? Am Anfang hilft uns Berntsen mit Geld fürs Essen, er behauptet, es käme von der Gemeinde, aber ich habe den Verdacht, dass er es aus eigener Tasche bezahlt. Und das geht wohl nicht auf Dauer, jedenfalls bleiben Berntsen und die Lebensmittel mit der Zeit

aus. Das ist der Moment, in dem mir der Container an der Brotfabrik einfällt.
Wasser ist kein Problem. Alexej Kornilow zeigt mir, wie man den Elefanten mit einem Dampfstrahler wäscht und wie ich den Elefantenhaken einsetzen kann, damit er still steht. Wir haben hinter der Garage einen Schlammtümpel angelegt, damit er sich selbst mit Schlamm abspritzen kann. Er muss sich entweder selbst abspritzen oder abgespritzt werden, damit sich keine Parasiten und Krankheiten in der Haut einnisten. Aber jetzt ist er schon lange nicht mehr vor der Scheune gewesen, nicht mehr, seit die übrigen Zirkusleute verschwunden sind. Das linke Vorderbein und das rechte Hinterbein sind festgebunden, und er hat ein dickes Seil um den Hals, das an einem riesigen Bolzen in der Wand befestigt ist. Ich versuche ihn hin und wieder abzuspritzen, aber vielleicht nicht oft genug.
Ich stehe im Wohnzimmer unter dem gelben Deckenlicht und betrachte mich im Spiegel, bis ich die Augen schließen muss. Ich höre das dumpfe Grollen im Bauch des Elefanten. Ich höre das Elefantenherz fünfundzwanzig Mal in der Minute schlagen. Ich höre mein eigenes Herz. Das gelbe Licht, das blinkt. Ich schaffe es. Schritt für Schritt. Schritt für Schritt, bis es vorbei ist. Wir werden alle sterben. Auch ich werde sterben, Schritt für Schritt werde ich am Ende sterben.
Ja, der Elefant ist natürlich angebunden. Ich würde ihn gerne freilassen, aber ich traue mich noch nicht. Alexej Kornilow hat mir gezeigt, wie ich die Schäkel lösen kann, die die Fußringe zusammenhalten, aber das muss warten. Der Elefant blutet am linken vorderen Knie. Es ist irgendwann passiert, und ich weiß nicht, wie. Ich kehre um und gehe wieder hinaus. Aus der Scheune, über den Hof und ins Haus, die Treppe hinauf zur Kommode im Flur, der riesigen, schwarz gestrichenen Kommode, die der Graf zurückgelassen hat. Ich hole eine der weißen Tischdecken des Grafen heraus. Sie haben all die Jahre gewaschen und geplättet in der Kommode gelegen und

darauf gewartet, dass Katrin zum Grafen zurückkehrt. Die Damasttischdecken des Grafen. Sie leuchten weiß in dem grauen Licht. Wieder bei Batir, drehe ich den Verschluss der Jodflasche auf und gieße etwas davon auf die Wunde. Dann binde ich die Damasttischdecke drum herum und befestige sie mit braunem Klebeband. Vielleicht schaffe ich es bis in die Apotheke. Vielleicht rufe ich einen Tierarzt. Vielleicht ist das Telefon abgeklemmt. Vielleicht habe ich nicht bezahlt. Ich habe nicht sehr viel Geld. Wenn das Telefon funktioniert, rufe ich vielleicht Alexej Kornilow an, unter der Nummer, die er mir gegeben hat. Wenn das Telefon funktioniert, rufe ich vielleicht meinen Vater an. Ich bin nicht tot, ich lebe von Fleisch und Brot.

DER COLAMANN KOMMT AUS EINEM großen Gebäude, der Colamann trägt eine burgunderrote Gabardinejacke über einem blauen Hemd mit großem Kragen, er trägt braune Hosen, die von Hosenträgern gehalten werden, man kann die Träger sehen, weil die Jacke offen steht. Der Colamann hat etwas gegessen, Fischpudding mit klein geraspelten Karotten und heller Soße, in dem kleinen Lokal im ersten Stock, und jetzt saugt er an den Zähnen, stochert in den Zähnen herum, vielleicht hat sich etwas von den geraspelten Karotten festgesetzt, ich erinnere mich nicht an seine Zähne, aber ich erinnere mich an seine Hände. Der Colamann überquert die Straße in dem braunen Schneematsch, wir sind bestimmt unten in der Stadt, im Zentrum, wo der Schnee auf den Straßen nicht liegen bleibt, der Colamann öffnet eine Autotür und steigt ein, ich weiß nicht, was für ein Auto es ist, er fuhr früher einen großen blauen Kombi und vielleicht tut er es immer noch. Er fährt einen großen blauen Kombi, und wenn der Colamann sich umdreht, sieht er im Kofferraum hundert leere Colaflaschen. Woran denkt er dann? An nichts? Oder an sein Fotoalbum? Sein Archiv? Und wenn er daran denkt, dann voller Liebe, Freude, Wärme? Voller Scham? Ist es vielleicht so, dass er jedes Mal, wenn er den Berg leerer Colaflaschen sieht, in sich zusammensackt, einen Augenblick über einem schwarzen Abgrund schwebt, die Hölle sieht? Ich weiß es nicht. Ich weiß nicht einmal, was davon ich mir erhoffe. Ich habe mir vorgestellt, wie er in seiner eigenen Bosheit verbrennt, aber ich weiß ja nicht einmal, ob er böse ist, gibt es böse Menschen? Ich habe keine

Ahnung. Es heißt, dass wir anhand unserer Taten beurteilt werden. Das setzt voraus, dass wir beurteilt werden, und ist das alles seine Schuld? Alles, was damals passiert ist, und alles, was danach kam? Der Colamann steigt ein, das habe ich schon gesagt, der Colamann steigt ein, er dreht sich zu den Colaflaschen um, er lächelt oder erschauert, er schwitzt oder summt, oder alles auf einmal. Weiß der Colamann, dass es heute wieder passieren wird, heute Abend? Oder nimmt er alles, wie es kommt? Ist er jederzeit dafür bereit? Oder spürt er es erst als leichtes Zucken im Gesicht, über dem rechten Auge, bevor seine Wangen zu prickeln beginnen, ungefähr so, wie die Dunkelheit nach mir schnappt, wenn mir klar wird, dass ich gleich falle, den Fahrstuhlschacht hinunter, ohne jemals unten aufzutreffen, ohne jemals sterben zu dürfen? Stimmt es, Colamann? Und will ich es eigentlich wissen? Will ich wissen, wer er ist, was und wie er denkt, wie er lebt, neben wem er jetzt mit dem Auto anhält, über dreißig Jahre später?

VATER GEHT AUS. DAS KOMMT NICHT sehr häufig vor, aber heute Abend ist Weihnachtsfeier in der Brotfabrik. Die Kantine ist laut Vater mit Tannenzweigen und Krepppapier geschmückt. Er steht vor dem Spiegel in der Diele und versucht die Haare in einer Weise anzuordnen, wie sie sich nicht legen wollen, in einer Weise, wie sie nicht liegen sollen, denkt Vilgot. Er fragt sich, warum Vater plötzlich so anders aussieht. Genau wie die Dame, die er bei seinem ersten Besuch beim Grafen in einer Illustrierten gesehen hat. Vater lächelt sich probeweise im Spiegel an, dann erblickt er Vilgot, der in der Tür zu seinem Zimmer steht und ihn beobachtet. Vater zwinkert Vilgot zu. Das macht er sonst nie, und Vilgot mag es nicht, dass ihm jemand zuzwinkert. Er weiß nicht, warum, er mag es einfach nicht. Wenn man befreundet ist, ist man befreundet, und wenn man es nicht ist, hilft auch alles Augenzwinkern nicht. Aber heute Abend zwinkert Vater, denn heute Abend ist Vater ein anderer. Heute Abend ist er an der Reihe, geht er einmal aus, und Vilgot und Mutter bleiben zu Hause. Das ist seltsam. Vater zwinkert noch einmal, aber dieses Mal zu sich selbst. Er ist so weit.

»Sehe ich gut aus, Vilgot?«
»Ja.«
»Sehr gut, elegant?«
»Warum liegen deine Haare so komisch?«
»Wie meinst du das?«
»So komisch halt.«

»So liegen sie doch immer. Jetzt musst du lieb zu Mutter sein.«
»Ja doch.«
Plötzlich hören sie Mutter aus dem Schlafzimmer. Einen Laut, den sie beide kennen. Vilgot sieht, wie Vater vor dem Spiegel gewissermaßen in sich zusammenfällt, und er bereut schon, dass er das mit den Haaren gesagt hat.
»Ich finde, du siehst gut aus.«
Aber Vater hört nicht. Er schluckt und schluckt und sieht zu Boden, bevor er zur Schlafzimmertür geht und dann weiter ins Schlafzimmer hinein. Vilgot braucht sein Ohr nicht an die Tür zu legen. Er kann stehen bleiben, wo er ist, er hört alles, was es zu hören gibt. Vaters müde Stimme, Mutters Stöhnen.
»Tut es sehr weh?«
»Was glaubst du?«
»Dass es wehtut.«
»Du glaubst, dass ich euch was vorgaukele, stimmt's?«
»Nein, nein. Ich ...«
»Dass ich nur so tue als ob, weil ich es nicht ertrage, dass du ausgehst und dich amüsierst. Das glaubst du doch, oder?«
»Sei nicht albern, ich ...«
»Ich freue mich, dass du ausgehst und dich amüsierst. Ich will, dass es dir gut geht!«
»Das weiß ich.«
»Und jetzt sagst du bestimmt, dass du daheim bleiben wirst, oder? Du bist ja so aufopfernd. Du bist ja der große Märtyrer, dem es so schrecklich geht, zusammen mit mir!«
»Das stimmt nicht. Und ich bleibe nicht zu Hause. Dieses Mal nicht.«
»Dieses Mal nicht! Als hätte ich dich schon öfter zu Hause festgehalten, was! Du armer geschundener Kerl. Du bist derjenige, der zu bedauern ist, ich habe ja nur Schmerzen.«
»Ich weiß, dass du Schmerzen hast. Aber ich bleibe heute nicht zu Hause. Ich hole dir jetzt deine Tabletten, dann gehe ich.«
»Du holst nichts! Ich komme allein zurecht. Vilgot kann mir helfen.«

»So. Hier lege ich sie hin. Und jetzt hoffe ich, dass es dir so gut geht, wie es eben geht.«
»Rühr mich nicht an!«
Vater kommt wieder aus dem Schlafzimmer. Vilgot kann sehen, dass seine Hände zittern, aber da ist noch etwas anderes. Vater ist wirklich ein anderer geworden, er ist wirklich ein neuer Mensch geworden. Es sind nicht die Haare, es sind die Augen, eine Art Glanz. Bis er Vilgot sieht, dann fällt er gewissermaßen wieder in sich zusammen, wird wieder er selbst, und das Lächeln, das er Vilgot zuwirft, ist verkrampft.
»Sei lieb zu Mutter.«
»Das hast du schon gesagt.«
»Ja … das stimmt … Sie … sie hat wieder Schmerzen.«
»Wo denn?«
»Hm … ich weiß nicht. Frag sie selbst.«

Vilgot bleibt noch eine Weile in der Diele stehen, nachdem der Vater zur Weihnachtsfeier gegangen ist. In der Wohnung ist es ganz still, von Mutter ist kein Laut zu hören. Er betrachtet sich im Spiegel. Vaters Haarbürste liegt auf der Kommode unter dem Spiegel, und Vilgot nimmt sie in die Hand und versucht sich die Haare so zu kämmen, wie Vater sie gekämmt hat. Anschließend lächelt und zwinkert er sich zu, und dann hört er Mutter stöhnen, und er fällt gewissermaßen ein wenig in sich zusammen, wie Vater.

Er geht vorsichtig ins Schlafzimmer und sieht Mutters blasses Gesicht auf dem Kissen, sieht das gedämpfte gelbe Licht, Vater hat ein Handtuch über die Nachttischlampe gehängt, bevor er gegangen ist. Mutter hat Schweiß auf der Stirn, und ihre Augen sind groß, dunkel und groß, und ihre Lippen sind gesprungen, und sie starrt Vilgot an, der im Licht der Diele steht. Sie befeuchtet sich die Lippen und winkt ihn zu sich, und er macht einen Schritt, und dann geht ein Zucken über ihr Gesicht.

»Die Tür«, flüstert sie. »Das Licht ... weh.«
Vilgot schließt die Tür, so leise er kann, dann geht er zu Mutter ans Bett und ergreift die schmale, klamme Hand, die sie ihm entgegenstreckt.
»Und wir zwei, die wir es uns heute Abend gemütlich machen wollten«, sagt sie.
Sie lächelt schwach, und Vilgot hat sie ganz lieb, genau das denkt er, dass er seine Mutter ganz lieb hat. Vor allem, wenn sie zwischen zwei Schmerzattacken so daliegt und ihn mit Augen ansieht, die sagen, dass auch sie ihn lieb hat.
»Das macht nichts«, sagt er.
Jetzt tätschelt sie ihm die Wange, und er passt vollständig in ihre Augen.
»Was bist du tapfer, du. Du bist mein tapferer Krieger«, sagt sie.
Vilgot nimmt das Glas und hält es Mutter hin.
»Willst du deine Tabletten nehmen? Ich helfe dir, weißt du.«
»Was bist du lieb zu deiner alten, hässlichen Mutter.«
»Du bist nicht hässlich!«
»Aber alt?«
»Auch nicht alt! Du bist die liebste und schönste Frau der Welt!«
Vilgot öffnet das Pillendöschen und spielt den Kellner. Er hält das Döschen vor sie hin und verneigt sich, so tief er kann.
»Darf ich Ihnen russischen Kaviar anbieten?«
Mutters feuchte Augen. Sie lächelt und nickt unmerklich. Vilgot legt ihr zwei Tabletten in die Hand.
»Zwei Portionen russischen Kaviar. Bitte sehr, Madame!«
Die feuchten Augen leuchten auf. Sie befeuchtet sich noch einmal die Lippen.
»Ich glaube, ich nehme heute vier Portionen, James. Ich bin so hungrig.«
Vilgot zögert einen Augenblick, dann verneigt er sich noch einmal ganz tief.
»Selbstverständlich, Madame. Vier Portionen.«

Er reicht ihr zwei weitere Tabletten. Dann hält er ihr das Wasserglas hin und stützt ihren Kopf beim Schlucken. Sie erschauert und schüttelt den Kopf.
»Hat es nicht geschmeckt, Madame?«
»Es hat ausgezeichnet geschmeckt, James. Ich mache nur Faxen.«
Mutter lächelt, und Vilgot lächelt. Vilgot verneigt sich noch tiefer.
»Madame braucht nur zu rufen, wenn etwas sein sollte.«
Aber die Tabletten wirken schon. Vielleicht hilft es schon zu wissen, dass man Tabletten genommen hat? Vilgot glaubt, dass es so sein muss. Mutter antwortet nicht, sie sieht Vilgot nur an, wie er sich rückwärts der Tür nähert. Sie sieht ihn an, ohne ihn zu sehen, und als er die Tür öffnet, sieht es nicht so aus, als würde das starke Licht aus dem Flur sie quälen. Dann steht er wieder in der Diele. Und es ist stiller als vorher. Er betrachtet sich im Spiegel und sieht seine dumme Frisur. Er zerzaust sich die Haare. Er wird nicht auf eine Weihnachtsfeier gehen. Er bleibt zu Hause bei Mutter!

Er macht sich seine eigene Feier. Seine eigene Weihnachtsfeier in der Küche! Zuerst holt er die Dose Nesquik heraus, die ganz hinten im Schrank steht, hinter Flachbrot und Knäcke. Dann mischt er sich ein Glas von seinem heimlichen Stärkungstrank, bestehend aus zwanzig Löffeln Schokoladenpulver und Milch – wichtig ist, dass man nicht umrührt. Vilgot merkt, wie er bei jedem Schluck stärker und stärker wird, anschließend überlegt er, ob er sich noch ein Glas mischen soll, aber ihm wird klar, dass er dann nichts anderes mehr schafft, und er hat die Sahne im Kühlschrank gesehen, als er die Milch herausgeholt hat. Er holt den Stolz der Mutter hervor, den kleinen handlichen Mixmaster, den sie selbst in *Haus und Heim* beschrieben hat: »Die neue, elegante, leise Küchenmaschine, einfach zusammenzusetzen, einfach und rasch zu reinigen, bestens geeignet für kleine und große Portionen.« Er gießt Sahne und ein wenig Zucker in eine Schüssel und stellt den Mixer an. Er isst die Sahne mit einem Esslöffel auf und muss sich anschließend auf den Boden legen, damit das Essen sacken kann, wie die Erwachsenen sagen. Er hatte eigentlich vorgehabt, sich von dem Eis in der Gefriertruhe zu nehmen und von der Blockschokolade in der untersten Schublade, aber aus irgendeinem Grund wirkt beides nicht länger so verlockend. Jetzt ruft Mutter auch noch. Er hört es wie durch Watteschichten, als würde sie in eine Windel sprechen, und sein Name klingt fast wie ein Rülpsen, als ihre Stimme schließlich bis zu ihm, der auf dem Küchenboden liegt, vordringt.

Sie liegt genauso da wie vorher. Ihre Augen sind, wenn möglich, noch größer, noch feuchter. Er muss an ein paar Schmetterlinge denken, von denen er Abbildungen in einem Buch gesehen hat. Er nimmt den Waschlappen auf ihrem Nachttisch, geht ins Badezimmer und hält ihn unter das kalte Wasser. Sie liegt unbeweglich da, aber ihre Augen folgen ihm. Er fährt ihr mit dem kalten Lappen über die Stirn. Mutter befeuchtet sich die Lippen.

»Hast du Appetit auf etwas?«, fragt sie.

»Was?«

»Hast du Appetit auf etwas Gutes?«

»Nein, danke.«

»Kakao?«

»Nein, danke.«

»Im Gefrierschrank ist Eis.«

»Nein, danke.«

»Nimm dir etwas Eis, bevor du schlafen gehst.«

»Okay.«

»Du musst bald schlafen gehen, weißt du?«

»Ja.«

»Wir können es uns ein andermal gemütlich machen, stimmt's?«

»Ja.«

Er weiß nicht mehr, was er geträumt hat, aber sein erster Gedanke ist, dass er froh ist, wach geworden zu sein. Dann wird ihm klar, was ihn geweckt hat.
Sie steht mitten in seinem Zimmer zwischen dem Bücherregal und dem Schreibtisch. Es sieht aus, als würde sie tanzen, es sieht aus, als wäre sie ein Vogel. Sie macht einen Schritt auf ihn zu, muss sich aber auf den Stuhl stützen. Sie hält das alte, abgegriffene Buch mit den Märchen der Gebrüder Grimm in der Hand. Sie sagt etwas, was er zuerst gar nicht versteht, weil sie so leise flüstert und ganz langsam spricht.
»Wir haben vergessen zu lesen. Wir müssen noch lesen.«
Vilgot weiß nicht, was er sagen soll. Er könnte sagen, dass sie normalerweise gar nicht lesen, dass er schon eingeschlafen war, dass es ihm gut geht – aber er sagt nichts.
»Willst du die Geschichte vom Rotkäppchen hören?«
Die wenigen Male, die sie ihm vorgelesen hat, war es immer Rotkäppchen gewesen, sie behauptet, es sei das einzige Märchen, das ihr gefällt. Er selbst findet, dass Rotkäppchen besser für kleine Kinder passt und nicht für große Jungen, aber es spielt jetzt keine Rolle, was er antwortet, deshalb nickt er und schüttelt den Kopf.
Mutter tanzt ihren langsamen Tanz zu ihm hin. Vilgot nimmt seinen Mut zusammen:
»Hast du noch mehr Tabletten genommen, Mutter?«
Sie setzt sich. Lächelt ihn an. Summt.
»Rotkäppchen, ja. Jetzt werde ich dir vorlesen.«
Sie schlägt das Buch auf, aber sie kann das Märchen auswendig und sieht nicht auf die Seiten – und es sieht nicht so aus, als wäre sie überhaupt in der Lage zu lesen.
Vilgot versucht, sie nicht anzusehen. Er setzt sich im Bett ein wenig auf, lehnt den Rücken an die Schrankwand, schließt die Augen und lässt die leise, flüsternde Stimme in seinem Kopf kommen und gehen:
»Es war einmal eine kleine süße Dirne, die hatte jedermann lieb, der sie nur ansah, am allerliebsten aber ihre Großmut-

ter, die wusste gar nicht, was sie alles dem Kinde geben sollte.«

Er versucht, sich Vater bei der großen Weihnachtsfeier in der Kantine der Brotfabrik vorzustellen. Jetzt tanzen sie vielleicht um den Baum und singen Weihnachtslieder. Vater kann die zweite Stimme von »In dulci jubilo«, das singen sie bestimmt. Anschließend gibt es wahrscheinlich Geschenke, aber er glaubt nicht, dass der Weihnachtsmann kommt.

»Wie nun Rotkäppchen in den Wald kam, begegnete ihm der Wolf. Rotkäppchen aber wusste nicht, was das für ein böses Tier war, und fürchtete sich nicht vor ihm.

›Guten Tag, Rotkäppchen‹, sprach er.

›Schönen Dank, Wolf.‹

›Wo hinaus so früh, Rotkäppchen?‹

›Zur Großmutter‹.«

Rotkäppchen aber wusste nicht, was das für ein böses Tier war, dachte Vilgot. Deshalb fürchtete es sich nicht. Er sieht die Augen des Wolfs vor sich, die Rotkäppchen anstarren, und wie das Rotkäppchen nur dem Wolf gehorchen will. Der Wolf sagt »Pflücke Blumen«, und das Rotkäppchen pflückt Blumen. Es gibt keine Wölfe in Oslo, es gibt so gut wie keine Wölfe in Norwegen, abgesehen von einem dünnen, grauen, räudigen und sehr müden Wolf im Tierpark am Mosseveien, der sich dort nicht wohl fühlt. Dort konnte man sich auch den Elch anschauen, der sich bei Wintereinbruch bis zu den Wohnblocks verirrt hatte, eines Tages stand er plötzlich da und fraß von den Bäumen unterhalb des Turms, als Vilgot und Simen von der Schule kamen. Die Polizei war bereits gekommen und hatte es geschafft, ihn in eine Art Hohlraum zwischen den Tannen zu locken. Einer der Polizisten kam mit einem großen Gewehr aus einem der Autos und schoss dem Elch eine Betäubungsspritze in den Hintern. Es sah aus, als wäre es dem Polizisten unangenehm zu schießen. Der Elch zuckte zusammen, fraß noch ein paar Minuten lang weiter, bevor die Beine unter ihm nachgaben. Er schlief ein, stehend, fressend, wider

Willen. Und aus irgendeinem Grund wurde er also in den Tierpark gebracht und erhielt den Namen Fridtjof. Der Elch hatte nicht gewusst, was der Polizist für ein böses Tier war, deshalb hatte er sich nicht gefürchtet.
»Ei Großmutter, was hast du für große Ohren?«, fragte das kleine Rotkäppchen erschrocken.
Plötzlich rutscht die Mutter einfach vom Stuhl und plumpst auf den Boden wie ein leerer Sack, es sieht nicht so aus, als hätte sie sich wehgetan. Sie liegt ganz still und wirkt fast doppelt, der eine Arm bleibt noch einen Moment auf dem Stuhl hängen, bevor ein dumpfes Geräusch zu hören ist, als auch er den Boden trifft. Vilgot rollt sich aus dem Bett und bückt sich zu Mutter auf den Boden. Er ruft nach ihr, aber sie liegt unbeweglich da. Er sieht, dass sie atmet.

Vilgot kommt aus dem Block, es ist mitten in der Nacht, und er hat seine Hose über die Schlafanzughose gezogen, die nackten Füße in Stiefel gesteckt und die Daunenjacke übergeworfen, bevor er die Treppe hinuntergerannt ist. Es ist dunkel und dennoch hell, das macht vielleicht der Schnee. Der Schnee macht, dass die Wohnblocks aussehen, als wären sie aus Marzipan, als wären sie nicht zum Wohnen gedacht, als stünden sie nur zur Zierde da. Am liebsten würde er bei Trygve Lie klingeln, vielleicht könnte ihn Trygve Lie zur Weihnachtsfeier in der Brotfabrik begleiten. Vielleicht könnte Trygve Lie Vater sagen, dass er nach Hause gehen muss, und vielleicht könnte sich Vilgot hinter Trygve Lies riesigem sicheren Körper verstecken. Dem rot gefleckten Gesicht, dem Ordensband über der schneeweißen Hemdbrust, der schwarzen Limousine. Vielleicht kann die große, lange, schwarze Limousine vor die Kantine der Brotfabrik rollen und einfach nur auf dem Parkplatz stehen und ihn erleuchten, bis jemand auf sie aufmerksam wird. Bis jemand zwischen dem atemlosen Tanz, dem Tannengrün, dem Glitter, den Drinks, dem Weihnachtsessen, der dröhnenden Musik und den fast heruntergebrannten Kerzen innehält und das Auto sieht, die große, schwarze Limousine, und natürlich weiß, wem sie gehört. Dann spricht sich in Windeseile herum, dass Trygve Lies Auto auf dem Parkplatz steht, und alle festlich gekleideten Gäste scharen sich vor dem Fenster zusammen und sehen Trygve Lies Auto, das sich selbst erleuchtet, und der Schnee glitzert blau und golden, obwohl es mitten in der Nacht ist. Vilgot sackt auf dem weichen Rücksitz im Auto zusammen, und Trygve Lie reicht ihm ein Marzipanbrot. Dann sehen sie, wie die Tür zur Brotfabrik aufgeht. Im Licht, das aus dem großen Gebäude fällt, sehen Vilgot und Trygve Lie einen Strom festlich gekleideter Menschen, der näher kommt, langsam, vorsichtig. Vater ist der Erste, und er nähert sich dem Auto mit andächtigem Gesichtsausdruck, und als Vater beim Auto angelangt ist, kurbelt Trygve Lie das Fenster herunter. Vaters Stimme ist leise und ehrerbietig.

»Ist alles in Ordnung, Herr Lie?«

Nein, Vater ist noch höflicher, Vater weiß, wie man mit dem mächtigsten Mann der Welt spricht, Vater hat es in seinen Büchern gelesen:

»Womit kann ich dienen, Euer Exzellenz?«

Trygve Lie macht eine Bewegung mit seinem eierförmigen Kopf und lenkt Vaters Aufmerksamkeit auf Vilgot, der zusammengesunken auf dem Rücksitz sitzt, den Mund voller Marzipan und Schokolade.

Magne hätte das vielleicht gekonnt. Denn Magnes Vater und Trygve Lie sind eng befreundet, seit sie zusammen Adolf Hitler in den Fuß geschossen haben. Magne hätte mitten in der Nacht bei Trygve Lie klingeln und Hilfe bekommen können. Aber Vilgot steht allein vor der Tür zur Kantine, und seine Fäuste geben fast kein Geräusch von sich, als er gegen die Tür hämmert, und seine Stimme dringt nicht durch. Jetzt spürt er plötzlich, wie kalt ihm ist, und ihn überkommt die Angst. Die Angst vor der Kälte, die Angst vor der Nacht, die Angst um

Mutter, die zu Hause liegt. Er will weinen, er will aufgeben, aber er packt den Türgriff mit den gefrorenen Fingern, reißt voller Wut und Angst daran und stürzt hinein, ohne einen Gedanken im Kopf, als die Tür aufgeht. In der Luft hängen Tabak und Schnaps, Musik und Wärme und Lachen und Quietschen und noch mehr Lachen. Vilgot ist so kalt, dass er mit steifen Beinen hineingeht in die Feier, und plötzlich steht er mitten auf dem Tanzboden. Er merkt kaum, dass das Orchester aufhört zu spielen und sich die Körper um ihn herum nicht mehr bewegen. Er steht da und blinzelt, unten in der dunkelsten Ecke der Kantine geht die Feier weiter, dort hat ihn noch keiner bemerkt, aber Vilgot erkennt Vaters Rücken. Doch er schafft es nicht, die Füße hochzuheben, er kann nur noch auf Vater zeigen, der den Arm um eine Dame gelegt hat, die nicht Mutter ist. Jetzt sieht es so aus, als würde auch Vater merken, dass die Musik eine Pause eingelegt hat, dass das Fest auf einem Tiefpunkt angelangt ist, und er dreht sich um, und Vilgot sieht, wie Vater die Dame loslässt, als würde sie rot glühen, und dann ist Vater mit zwei großen Schritten bei ihm, Vilgot sieht das ängstliche Lächeln.

»Vilgot, was machst du denn hier?«

»Mutter …«, sagt Vilgot.

Vater hebt ihn hoch und drückt ihn an sich und riecht nach Wein und Parfüm, und Vilgot wird schwindlig, und die Weihnachtsfeier der Brotfabrik beginnt sich um ihn zu drehen in einem Tempo, dass Vilgot, als ihn der Vater wieder absetzt, von einem Strom hinuntergezogen wird, der sich plötzlich mitten auf dem Tanzboden unter ihm auftut.

Als er wieder zu sich kommt, liegt er auf dem Boden, etwas Weiches unter seinem Kopf, und die Dame, mit der Vater zusammengestanden hat, fährt ihm mit einem nassen Lappen über die Stirn. Dann ist Vater da und packt ihn in eine Decke.

»Mutter ist krank«, sagt Vilgot, und Vater lächelt kurz.

»Ich weiß«, sagt er.

Vilgot gelingt es nicht zu sagen, dass es ernst ist, er schmiegt sich einfach nur an Vaters weiße Hemdbrust, als er hochgehoben und in das wartende Taxi getragen wird. Ein Taxi! Es ist das erste Mal, dass Vilgot Taxi fährt, und er liegt an den Vater geschmiegt auf dem Rücksitz, und das ist vielleicht besser, als wenn Trygve Lie zur Stelle gewesen wäre. Vilgot erzählt Vater von Mutter, er flüstert, damit der Fahrer nichts hört. Vater tätschelt Vilgot den Kopf, dann ist die Taxifahrt zu Ende, fast bevor sie begonnen hat. Und der Fahrer ist nett und hält die Autotür und die Eingangstür auf, während Vater Vilgot aus dem Auto nimmt und ihn das stille Treppenhaus hinaufträgt, es ist nichts zu hören außer dem Echo von Vaters Schritten und dem Herz des Vaters, das hart und schnell und genau an Vilgots Ohr schlägt.

JETZT STAND VATER MIT EINER HARKE im Garten, eine Schirmmütze auf dem Kopf und die alte Stummelpfeife im Mund, und ähnelte dem Grafen von Hoff. Aber ich ließ mich nicht täuschen. Ich stand vor dem Zaun. Ich stand im Grunde auf der Straße und sah ihn an. Er gab natürlich nicht eher auf, bis er jedes einzelne Blatt eingesammelt hatte. Das hat mit dem Alter zu tun, glaube ich. Mit Alter und Kultur, denn auch wenn ich von ihm abstamme, ist seine Kultur reiner als meine. Verglichen mit ihm, bin ich schmutzig. Ich starrte ihn an, bis er aufsah. Er brummte. Ich brummte zurück – etwas habe ich schließlich gelernt. Er winkte mir zu, und ich ging durch das Tor zu ihm, auf den Rasen. Er hakte mich unter und führte mich zu einem Kompostbehälter aus Plastik. Er hatte den Kompostbehälter bei einem Radioquiz gewonnen, dem immer gleichen alten Radioquiz. Ich weiß noch, wie er nur zwei oder drei Wörter der Frage hören musste, schon spuckte er die Antwort zwischen den Vorderzähnen und dem Mundstück der Pfeife aus. Ich glaube nicht, dass ihm die Arbeit als kaufmännischer Leiter der Brotfabrik gefallen hat, denn seine gesamte Freizeit verbrachte er damit, Sachbücher und Nachschlagewerke zu lesen und sich Dinge einzuprägen. Er konnte auf alles antworten, was Mutter und ich ihn nie fragten, und das stundenlange Quizprogramm am Samstagabend war für ihn der Höhepunkt der Woche. Er rief nie an, auch wenn Mutter drängte, es war unter seiner Würde – sie könne ja anrufen, wenn sie unbedingt wolle. Dann amüsierten sie sich. Dann lachten sie zusammen, und Vater machte es sich mit der Pfeife gemütlich. Aber dann rief er doch einmal an, nachdem Mutter schon viele Jahre tot war, vielleicht vermisste er jemanden zum Reden? Er gewann natürlich.

»Siehst du«, sagte er und zeigte auf den geschlossenen Kompostbehälter.

Die Frage im Radio lautete: »Wer war Erasmus Darwin?«, und die Antwort hieß: Charles Darwins Großvater, selbst Naturforscher mit seiner eigenen Entwicklungslehre. Und das war ganz sicher eine stromlinienförmige Thermokompostieranlage für den Privathaushalt wert. Das fand sogar der Alte selbst, unbescheiden wie er war. Jetzt fasste er mich am Arm und zeigte mit der anderen Hand auf den Behälter. Zitternd.

»Eine riesige Ratte ist hier eingezogen. Hörst du! Hörst du, wie sie scharrt!«

Ich beugte mich hinunter, legte das Ohr auf den Deckel und konnte hören, dass irgendetwas im Innern wühlte. Ich nickte.

»Hörst du?«

Ich nickte noch einmal.

»Was soll ich tun?«, fragte er.

Ich bückte mich, nahm einen Stein aus der Einfassung des Rosenbeets, hob ihn hoch über den Kopf und warf ihn auf den Deckel, dass der Alte zusammenzuckte.

»Was um alles in der Welt machst du da?«, schrie er. Ich beugte mich über den Kompostbehälter.

»Hörst du?«, sagte ich. »Jetzt ist es still.«

Auch er beugte sich hinunter und lauschte. Lange. Dann richtete er sich auf und spuckte.

»Was willst du?«, fragte er. »Ich dachte, wir hätten uns darauf geeinigt, dass du anrufst, bevor du kommst.«

Ich erklärte ihm die Sache mit dem Telefon. Dass es abgeklemmt war.

»Du brauchst also Geld?«, fragte er. Ich zuckte mit den Schultern.

»Und deine Stütze?«

»Was ist damit?«, sagte ich.
Er seufzte, dann zog er die Brieftasche hervor und nahm ein paar Scheine heraus. Er hielt sie vor sich hin und rieb sie ein paarmal zwischen den Fingern, bevor er sie in meine ausgestreckte Hand legte.
»Lass dir das Telefon wieder anschließen«, sagte er. »Dann kannst du anrufen, bevor du kommst.«
Ich nickte. Wir blieben noch eine Weile stehen, ohne etwas zu sagen.
»War noch was?«, fragte er. Ich kniff die Augen zusammen.
»Weißt du etwas über Elefanten?«
Das brachte ihn etwas aus dem Gleichgewicht, genau wie der Stein, den ich auf den Kompostbehälter geworfen hatte. Er stutzte.
»Über Elefanten? Nicht das Geringste!«
»Das glaub ich dir nicht.«
Er schüttelte lächelnd den Kopf, fast resigniert, dann wurde er plötzlich ernst.
»Du hast ja jederzeit noch Cassiodor«, sagte er.
Er wandte sich um und ging ins Haus. Ich stand im Garten und betrachtete die alte Holzvilla, dachte an den Weg von den Wohnblocks hierher. Zu der Zeit, als ich vom Testament des Grafen erfuhr und direkt von zu Hause auf den Hof ziehen konnte, wurden alle, die in den Blocks wohnten, gefragt, ob sie die Wohnungen nicht kaufen wollten, für einen Spottpreis – und so besaßen wir plötzlich eine Eigentumswohnung, wie es hieß. Gerechnet wurde so: All die Jahre, die man in der Wohnung gewohnt und Miete gezahlt hatte, wurden von der Kaufsumme abgezogen. So hat es mir Vater jedenfalls erklärt. Vater und Mutter kauften und verkauften und waren plötzlich wohlhabend. Wohlhabend genug, um die alte Holzvilla mit Garten, Obstbäumen und Beerensträuchern kaufen zu können. Und während Mutter ernsthaft erkrankte, während die Wut ihre Zellen dazu brachte, unkontrolliert im Körper zu wuchern, vollzog sich Vaters wirklich große Verände-

rung von einer müden Büroratte zu einem englischen Lord. Er drehte im grünen Lodenmantel seine Runden, er stand in hohen Stiefeln und Öljacke im Garten – er benahm sich in Garten und Haus, als wäre er hier aufgewachsen –, und er sprach nie mehr über die Zeit in der Brotfabrik oder die Jahre im Wohnblock. Es gab noch eine Menge anderer Dinge, über die er nicht sprach.

Er kam wieder in den Garten mit einem Buch in der Hand. Ich konnte sehen, dass er das Halstuch zurechtgerückt hatte, er hatte vermutlich vor dem großen Spiegel in der Diele gestanden und sich darum bemüht, die richtige Kombination aus Klasse und Unbekümmertheit hinzukriegen. Er hielt mir das Buch hin.

»Das leihe ich dir«, sagte er. »Das ist Cassiodor ...«

Er ließ den Namen in der Luft hängen und wartete darauf, dass ich fragte. Ich seufzte.

»Und wer war das?«

Er wollte gerade zu einem Vortrag anheben, da bückte ich mich blitzschnell, griff erneut nach dem Stein und warf ihn auf den Kompostbehälter. Vater versuchte zu verbergen, wie sehr er erschrak.

»Ich hatte den Eindruck, ich hätte die Ratte gehört«, sagte ich.

Wir lauschten beide, aber alles war still. Vater sprach schneller als gewöhnlich. Über Cassiodor. Ich sollte mehr über die römische Geschichte lesen, meinte er. Denn durch sie könnten wir viel von unserer eigenen Zeit verstehen.

»Was hast du mit Elefanten zu tun?«

Ich konnte sehen, dass er dieses Gespräch nicht wollte! Ich konnte sehen, dass er nicht wollte, dass ich antwortete! Ich konnte sehen, dass er nicht gestört werden wollte in seinem Leben als wohlhabender Witwer!

»Ich bin tatsächlich zum Elefantenaufseher geworden.«

Ein Auto hielt vor dem Haus und zog Vaters Aufmerksamkeit nun voll und ganz auf sich. Ich hörte leichte Schritte über den

Kies, und eine große, elegante Frau kam in den Garten. Vater fuhr sich mit der Zunge nervös über die Lippen und rückte sein Halstuch zurecht. Sie kam direkt auf uns zu und streckte mir die Hand hin. Ich sah Vater an, der unmerklich nickte. Ich nahm ihre Hand. Ihr Händedruck war fest und kühl. Vater räusperte sich.

»Das ist mein Sohn, Vilgot. Vilgot ... das ist Louise ... eine ... Freundin.«

Louise lächelte.

»Du bist also Vilgot«, sagte sie. »Ich habe so viel von dir gehört. Was für eine angenehme Überraschung.«

Ich konnte nicht antworten. Ich erwiderte ihren Blick und hatte nichts zu sagen. Es entstand eine Pause. Louise sah zu Vater, der sich erneut räusperte.

»Vilgot wollte gerade gehen ... Er wollte sich ein Buch über Elefanten ausleihen ... über Elefantenpflege.«

Ich nickte. Das schaffte ich. Dann zog ich mich zurück, ging rückwärts durch den Garten und nickte immer wieder, wic ein Chinese. Louise winkte mir nach.

»Wir sehen uns«, sagte sie.

Ich konnte nicht zurückwinken. Das Letzte, was ich sah, war Vater, der mit einer Hand winkte und mit der anderen das Halstuch zurechtrückte. Durch den Fliederbusch hörte ich Louises Stimme.

»Warum um alles in der Welt hast du mir nicht erzählt, dass du einen Sohn hast?«

»Aber das habe ich doch erzählt! Natürlich habe ich das erzählt!«

Ich blieb einen Augenblick im Schutz der Hecke stehen und fing den widerlich süßlichen Tabakrauch von Vaters Pfeife ein. Jener Pfeife.

Ich weiß noch, dass ich gerade mein Schwimmabzeichen gemacht hatte. Es fühlte sich an, als würde ich durch Chlor schwimmen, als ich zu ihm ging und er unter einer Wolke aus Tabakrauch im Sessel saß.

»Ich habe mein Schwimmabzeichen gemacht, Vater.«
Er zog die schwarze Geldbörse hervor und nahm eine Fünf-Kronen-Münze heraus – es war meine erste Fünf-Kronen-Münze, die Scheine waren gerade eingezogen und durch große, glänzende Münzen ersetzt worden. Die Erwachsenen klagten darüber, wie schwer das Portemonnaie jetzt war. Vater hielt sie gegen das Licht, drehte und wendete sie ein paarmal, sie funkelte mir fast direkt in die Augen. Das Wohnzimmer war vom Pfeifenrauch vernebelt, aber der Fünfer leuchtete wie ein Lichtstrahler. Ich musste die Augen zusammenkneifen. Ich spürte, wie mir der süßliche Tabakrauch in den Bauch kroch. Ich hatte den Eindruck, das grüne Chlorwasser würde in meiner Kehle hochsteigen. Ich sah die Körper der anderen in der Dusche vor mir, und ich sah Vater dort sitzen und die funkelnde Münze in der Hand halten. Alles wurde zu Rauch und Nebel, und meine Augen waren rot und müde. Ich sah das grüne Chlorwasser und die schmutzigen Fliesen in der Umkleide und das schmutzige Stück Seife, und dort im Wohnzimmer neben Vaters Sessel brach ich zusammen und schlug mit der Stirn auf dem Parkettboden auf. Ich erinnere mich an das Geräusch der Münze, die er auf den Boden fallen ließ, neben mir, als ich dort lag, und Mutter kam mit einem feuchten Handtuch, und Vater setzte sich wieder hin, steckte die Nase ins Buch, und ich hörte ihre ungläubige Stimme.
»Liest du einfach weiter, wenn er …?!«
Und ihre Hand auf meiner Stirn. Die kühle Hand.
Ich hatte mich zum Schwimmabzeichen geweint. Ich hatte noch zehn Meter vor mir, als ich aufgab. Ich ließ mich einfach auf den Boden sinken, und der Schwimmlehrer musste hinuntertauchen und mich um die Taille fassen und nach oben ziehen.
Anschließend weinte ich so herzzerreißend und lange, dass der Schwimmlehrer am Ende 200 Meter notierte.
»Ich meine ganz deutlich gesehen zu haben, dass du die Hand

am Beckenrand angeschlagen hast, bevor du gesunken bist«, sagte er.
Ich leugnete es. Ich weinte und leugnete es.
»Ich meine es aber ganz deutlich gesehen zu haben«, wiederholte er und zwinkerte mir zu.
Zum Schluss verstand ich, ich schluckte, nickte und rieb mir die Augen. Aber die anderen verstanden nicht, anschließend unter der Dusche stürzten sie sich auf mich. Schlugen mich mit nassen Handtüchern. Aber das war in Ordnung. Das ertrug ich.

EIN EINZIGES MAL HABE ICH MUTTER im Krankenhaus besucht. Sie und Vater waren übereingekommen, dass es für mich nicht gut wäre, sie so zu sehen, wie sie am Ende war. Oder war es gar nicht so? Vielleicht verging einfach nur sehr wenig Zeit vom Ausbruch der Krankheit bis zu ihrem Tod, sodass ich es nicht geschafft habe, sie häufiger zu besuchen? Sie lag wie ein graues Vögelchen unter der Decke, mit Morphium abgefüllt. Sie erkannte mich und erkannte mich nicht. Sie log und sprach die Wahrheit. Sie sprach so leise, dass ich mich über sie beugen musste, um sie zu verstehen, ich, der ich alles höre! Ich hatte Angst, mein Schatten würde sie erdrücken.

»Wenn ich wieder gesund bin, machen wir zusammen einen Ausflug, du und ich.«

»Ja, Mutter.«

»Weißt du noch, wie wir zusammen einen Ausflug gemacht haben?«

»Ja, Mutter.«

»Bald bin ich tot, Vilgot.«

»Na, na, erzähl keinen Unsinn.«

Sie war trocken und geschrumpft und klein. Ich befeuchtete einen Lappen im Waschbecken und legte ihn ihr auf die Stirn, aber ich hatte ihn nicht gut genug ausgewrungen, und Wasser rann ihr über das Gesicht, und das Bettzeug wurde feucht, und das hatte ich nicht gewollt. Das habe ich nicht gewollt, sage ich.

»Wenn ich wieder gesund bin, machen wir zusammen einen Ausflug, Vilgot!«

»Ja, Mutter.«

Es stimmte, dass ich mich daran erinnerte, wie wir zusammen einen Ausflug gemacht hatten. Sie marschierte drauflos, als hätte sie nie etwas anderes getan. Ich musste laufen, um mithalten zu können, und sie schwang die Arme in ausladenden Bewegungen vor und zurück, wie es ihr empfohlen worden war. Ich tat es ihr nach. Sie sah mich an und lächelte.

»Wir sind zwei Soldaten, Vilgot. Die gehen so!«

»Gegen wen ziehen wir in den Krieg?«

»Gegen niemanden. Wir sind auf dem Heimweg vom Krieg, du und ich. Wie sind auf dem Heimweg!«

Der Arzt hatte ihr geraten, jeden Tag einen Spaziergang zu machen, er brauche nicht sehr lang zu sein, aber es sei wichtig, dass sie vor die Tür käme und Lungen und Beine trainierte, hatte er gesagt. Und sie hatte Brote geschmiert und eine Thermoskanne mit eiskaltem Saft gefüllt, bevor sie Vaters Rucksack über die Schulter geworfen hatte und die Treppen hinuntergetrampelt war, mit mir im Schlepp. Wir fuhren mit der Straßenbahn zur U-Bahn und mit der U-Bahn weiter in den Wald. Die Sonne schien, und es war heiß und Sommer, und ich fühlte mich so leicht, dass ich auf dem Waldweg von einem Stein zum anderen flog.

Und eins und zwei und drei und vier, ein Hut, ein Stock, ein Regenschirm, sagte Mutter.

Nach einiger Zeit setzten wir uns auf einen großen Stein direkt neben einem Ameisenhaufen, um uns auszuruhen. Die Ameisen hatten einen kleinen Pfad gebildet, und mir wurde vom Zusehen fast schwindlig, wie sie sich in dem fleckigen Sonnenlicht, das durch die Tannen fiel, flimmernd auf dem Pfad vorwärtsbewegten.

»Dass ich das nicht schon früher gemacht habe«, sagte Mutter und sog die frische Luft ein. »Ich merke schon, wie der Schmerz nachlässt.«

Sie holte eine Schokolade aus dem Rucksack, die schon fast geschmolzen war, sodass unsere Finger klebrig wurden. Wir rieben unsere Hände im Moos sauber, so gut es ging, und liefen weiter. Plötzlich nahm sie meine Hand. Beim Gedanken daran wird mir ganz warm, so viele Jahre später noch. Plötzlich nahm sie meine Hand, und dann gingen wir Hand in Hand bis zu dem kleinen See.

Jetzt war ich es, der ihre Hand nahm. Sie war trocken und rau und klein und kalt, und es war lange her, dass sie schokoladenverschmiert gewesen war. Und der Schmerz hatte wohl niemals nachgelassen, und es war bei diesem einen Ausflug geblieben. Ich spürte einen leichten Druck von ihrer Hand, und mir wurde klar, dass sie so fest zudrückte, wie sie konnte. Ihre Lippen waren gesprungen, die Haare klebten am Kopf. Ihr Vogelherz hämmerte.
»Es ist nicht so gewesen, wie es sein sollte, Vilgot.«
»Alles ist so gewesen, wie es sein sollte.«
»Nein, Vilgot.«
Ihre Augen wurden größer, während sie mich ansah. Ich weinte bei jeder Kleinigkeit. Aber ich versuchte trotzdem zu lächeln. Sie lächelte nicht zurück. Sie sah mich nur an.
Ei, Mutter, was hast du für große Ohren?
Weil ich sterben werde, Vilgot.
Ei, Mutter, was hast du für große Augen?
Weil ich sterben werde, Vilgot.
Ei, Mutter, was hast du für große Hände?
Weil ich sterben werde, Vilgot.
Ei, Mutter, was hast du für einen großen Mund?
Weil ich sterben werde, Vilgot.

Ich weiß noch, wie wir nebeneinander in dem kühlen Waldsee schwammen und wie sie plötzlich mit der Hand auf die Wasseroberfläche schlug, sodass eine Säule aus sonnengetränktem, glitzerndem blauen Wasser direkt vor uns aufstieg. Sie sah mich an, und das Licht tanzte in ihren Augen.
»Ich habe dich so lieb, Vilgot«, sagte sie.

VILGOT HAT SICH IN DEN FAHRRADKELLER gesetzt, er hat das glänzende Mädchenfahrrad von Adelaide neben das alte klapprige Rad geschoben, das Simen und er in einem Graben am Teich gefunden hatten. Sie hatten geplant, es mit Öl und Farbe zu bearbeiten, bis es glänzte und glitzerte wie kein anderes Fahrrad. Aber der Weg dahin ist noch weit. Erst kommt noch ein langer, langer Winter, bis blank geputzte Fahrräder über den frühlingsnassen Asphalt rollen und in den vom Winter übrig gebliebenen Kies schlittern. Vilgot hat sich in den Fahrradkeller gesetzt. Er will nicht zu Hause sein und hat gesagt, dass er zu einem Freund geht, aber anstatt in der winterlichen Dunkelheit durch die Straßen zu streunen, hat er sich in den Keller gesetzt, in den Fahrradkeller hinter den Abstellräumen und dem Müll. Er hat sich einen Platz freigeräumt, sitzt auf dem Boden und lehnt mit dem Rücken an der weiß gekachelten Wand. Es ist seltsam, wie man sich an den strengen Geruch aus dem Müllraum gewöhnt, wie er fast angenehm wirkt, weil er so vertraut ist. Vilgot lehnt den Kopf an die Wand und schließt die Augen. Er ist von Fahrrädern umgeben, und er weiß, wem jedes einzelne gehört. Das altmodische schwarze gehört Vater. Und Vater ist voller Geschichten über seine Abenteuer als Radfahrer, doch Vilgot hat Vater eigentlich nie Rad fahren sehen. Ganz zu schweigen von Mutter. Aber sie ist wohl auch nie Rad gefahren oder draußen gelaufen. Das Fahrrad von Adelaides Papa ist groß und rot und ausländisch, mit dicken, grauen Fahrradtaschen über dem Gepäckträger. In der Bibliothekarenfamilie fahren sowohl der

Herr Bibliothekar als auch die beiden Töchter Rad – aber die Frau Bibliothekarin gehört wohl auch zu denen, die nicht Rad fahren. Sie lächelt immer freundlich, wenn Vilgot in die Schulbibliothek kommt. Der Herr Bibliothekar spricht mit seinen Kindern beim Radfahren bestimmt über schöne Bücher. Halvor Husten fährt nicht Rad und seine sterbende Frau ganz sicher auch nicht. In der hintersten Ecke steht Steffensens Rennrad, das er gekauft hat, als er sich noch für Dinge interessierte. Er hat es nach Hause geschoben und es Vilgot, Magne und Simen, die draußen standen und mit Münzen nach einem Holzpflock warfen, stolz gezeigt. Vilgot durfte mit der Hand über den Sattel streichen, und dieser war mit das Schönste, was Vilgot je gefühlt hat, er war auf eine weiche Art hart und auf eine harte Art weich, und Vilgot sah hoch zu Steffensen, und Steffensen wusste genau, was Vilgot fühlte, das konnte Vilgot sehen. Jetzt steht er auf und geht zu Steffensens Rennrad, er streicht über den Sattel, und dieser ist immer noch herrlich, aber er wird nie mehr so sein, wie er einmal war, und das ist seltsam und ein bisschen traurig, aber man gewöhnt sich im Grunde an so vieles. An den Gestank aus dem Müllraum, Steffensens Fahrradsattel, die langen Stunden an der Wand im Fahrradkeller – das Warten auf den Abend, bis es Schlafenszeit ist.

Hin und wieder hört man Tüten durch den Müllschacht rutschen, und Vilgot versucht herauszufinden, aus welchem Stockwerk sie kommen. Einmal ist er sicher, dass Mutter mit einer Tüte im Flur gewesen ist. Er stellt sich vor, was die Tüte enthält, er überlegt, dass sie sich von geheimnisvollen Dingen trennen, wenn er nicht zu Hause ist. Von was genau, weiß er nicht, aber es gehen ja ständig Dinge vor, von denen sie nicht wollen, dass er um sie weiß. Sie senken die Stimme, sie reden englisch, sie heben die Augenbrauen. Vilgot soll nichts erfahren, aber er weiß nicht, was er nicht wissen soll. Mutter und Vater sollen auch nicht wissen. Sie sollen nicht wissen, dass Vilgot sie anlügt, dass er nicht immer andere besucht – sondern alleine draußen herumläuft. Oder sich wie jetzt im Fahrradkeller ganz hinten versteckt. Ganz tief unten und ganz weit hinten im Keller. Plötzlich hört er Schritte auf der Treppe, zuerst nur ganz schwach, ein Stück weiter oben auf der Treppe, und er hört, wer es ist, und er hört den Schritten an, dass sie in den Keller wollen, bis zu ihm. Es ist Adelaides Papa, das kann er hören, und er kauert sich zusammen und macht sich zwischen den Rädern und den sich nähernden Schritten ganz klein, und er hört, dass sie im Stockwerk über ihm anhalten, und er hört das Geräusch eines Briefkastens, der aufgeschlossen und wieder zugemacht wird, oder hat er sich vielleicht geirrt? Nein. Jetzt gehen die Schritte weiter, den letzten Treppenabsatz hinunter, und dann geht die Kellertür auf, und Vilgot hört Adelaides Papa husten, und er hört Schritte, die immer näher kommen, und plötzlich steht Adelaides Papa in der Tür. Er sieht nicht gut aus, er ist fast weiß im Gesicht, und Vilgot kann die Schweißperlen auf seiner Oberlippe sehen. Er sieht gerade nicht sehr sauber aus, nicht so frisch gewaschen wie sonst. Vilgot weiß nicht, ob er aufstehen oder sitzen bleiben soll, er kann Adelaides Papa durch die Speichen von Adelaides Fahrrad sehen, und er weiß nicht, ob er grüßen oder still sein soll. Irgendetwas an ihm ist seltsam, er sieht Vilgot irgendwie direkt an, ohne ihn zu sehen. Vilgot bleibt sitzen, reglos. Er sagt kein Wort. Adelaides Papa dreht sich um und geht zum Müllraum, reißt die Tür auf und sieht hinein. Dann schüttelt er den Kopf und kommt zurück in den Fahrradkeller. Adelaides Papa schüttelt noch einmal den Kopf, bleibt in der Tür stehen und beißt sich auf die Lippen. Noch einmal sieht er Vilgot direkt an, ohne ihn zu sehen, und Vilgot hält den Atem an. Er hätte durchaus grüßen können, aber jetzt ist es zu spät, und es ist vielleicht auch besser, wenn ihn keiner sieht, denn sonst verraten sie vielleicht Mutter oder Vater, dass er mutterseelenallein im Keller sitzt. Das wäre was. Wenn sie es erfahren würden. Plötzlich geht Adelaides Papa zu seinem Fahrrad, er öffnet eine der Fahrradtaschen, greift hinein, holt eine Flasche mit einer bräunlichen Flüssigkeit heraus, dreht den Verschluss auf und setzt die Flasche an den Mund. Vilgot glaubt, dass es Schnaps ist. Es ist unheimlich, findet er, Adelaides Papa sieht ihn direkt an, wie er stiller als eine Maus dasitzt. Jetzt setzt er sich ebenfalls hin, die Hand, die die Flasche hält, zittert so stark, dass der Inhalt beim Trinken überschwappt. Dann wird er ruhiger. Vilgot kann sehen, wie der Körper schwerer wird, wie der Kopf schwerer wird, und Adelaides Papa sitzt da und starrt auf den Kellerboden, und sein Atem geht schwer und langsam. Plötzlich sieht Vilgot, dass er weint. Es kommt kein Laut, und er sieht keine Zuckungen, aber er sieht die Tränen, die über die blassen Wangen rollen. Jetzt! Jetzt muss er aufstehen, jetzt muss er zu ihm gehen und etwas tun. Adelaides Papa war immer nett zu Vilgot, vielleicht nicht immer gleich nett zu Adelaide, aber oft auch nett zu ihr. Vilgot will aufstehen, aber er schafft es nicht, und plötzlich sieht er, dass das Gesicht des schmalen Mannes feuerrot wird, und dann erbricht er sich, und es kommt nur Spucke und Schleim und die gleiche bräunliche Suppe, die er gerade getrunken hat. Und Adelaides Papa erbricht sich noch einmal und schnappt zwischen den Würgeanfällen nach Luft, aber es scheint so, als könnte er nicht atmen, deshalb schlägt er sich auf die Brust und stößt ein Gebrüll zwischen den Lippen hervor, und er hält sich den Kopf und weint jetzt nicht mehr lautlos. Er weint jetzt nicht mehr lautlos, aber es ist kein gewöhnliches Weinen, denn er bekommt keine Luft mehr, und er presst den Rücken gegen die Wand, und sein Gesicht wird immer roter und er erbricht sich noch einmal, und erst jetzt schafft es Vilgot aufzustehen und zu Adelaides Papa zu gehen, er legt ihm die Hand auf die Stirn, wie Mutter es tut, wenn Vilgot sich übergibt. Seine Stirn ist ganz nass, und es stinkt plötzlich so sehr, dass Vilgot sich auf Adelaides Papa erbricht, und er weiß nicht, ob er je etwas Schlimmeres erlebt hat, und er fängt an zu weinen, ohne zu begreifen, dass er weint. Er beugt sich vor, um ihm das Erbrochene aus dem Gesicht zu wischen. Ade-

laides Papa sieht mit aufgerissenen Augen zu Vilgot auf und versucht etwas zu sagen, aber Vilgot versteht nicht, was. Dann fasst sich Adelaides Papa an die Brust und stöhnt und schreit dabei aus der Tiefe seiner Kehle, bevor er Vilgot wegschiebt.
»Geh«, stößt er mühsam hervor. »Geh weg!«
»Soll ich Adelaide holen?«
Er schüttelt den Kopf, dann kneift er die Augen zusammen und schlägt mit dem Kopf hart gegen die Wand.
»Ich hole Vater«, sagt Vilgot und reißt sich von Adelaides Papa los, von dem Geräusch des Kopfs, der gegen die Wand schlägt, und von dem hochroten Gesicht, das mit Vilgots Erbrochenem verschmiert ist.

»Was hast du eigentlich im Fahrradkeller gemacht?«
Es ist viel später, und viel ist passiert. Oder nichts. Der Arzt hat Vilgot den Kopf getätschelt und gesagt, er sei ein mutiger und geistesgegenwärtiger Junge und würde wohl bald bei den Pfadfindern anfangen? Vater hat Vilgot angelächelt und genickt.
»Pfadfinder, ja, Vilgot? Würde dir das vielleicht Spaß machen?«
Er war auch bei Mutter im Zimmer gewesen. Sie saß an einem Artikel für *Haus und Heim*, obwohl es Sonntag war. Sie hatte die Sonnenbrille aufgesetzt, und ihre langen Finger hämmerten auf die große, graue Remington-Schreibmaschine ein. Er sah ihr über die Schulter: »Gibt es etwas Schöneres, als in eine helle, freundliche Küche zu treten, in der alles seinen Platz hat – eine einladende Küche, in der Sie, Ihr Mann und Ihre Kinder sich wohl fühlen? Eine Küche, in der Sie mit Freude die kleinen Gesten der Unterstützung wahrnehmen, die so viel bedeuten …« Wie sehr ihm gefiel, was sie schrieb. Es klang so hell und weiß und schön. Sie drehte sich um und lächelte.
»Und du, mein kleiner Vilgot. Rettest Menschen in Not?«
Dann hatte sie ihn auf die Wange geküsst und ihm Geld für ein Eis gegeben.

Alle waren der Meinung, er habe sich sehr gut verhalten, außer Adelaide, die sich überhaupt nicht beeindrucken ließ. Während Mutter den Arzt rief und Vater in den Fahrradkeller lief, hatte Vilgot bei Adelaide geklingelt. Er klingelte, klopfte und rief gleichzeitig durch den Briefschlitz, und Adelaide öffnete einen Spaltbreit die Tür und wollte gerade sagen, dass es nicht günstig sei, aber Vilgot kam ihr zuvor und rief, dass ihr Papa krank im Keller liege. Dass er etwas aus einer Flasche getrunken habe und ganz schrecklich krank geworden sei. Er sagte nicht, dass er sich auf Adelaides Papa erbrochen hatte, das erzählte er niemandem. Adelaide hatte nur mit den Schultern gezuckt.

»Das ist nur Antabus«, sagte sie.

»Antabus? Was ist das?«

»Ein komisches Zeug mit Zucker drin.«

Adelaide zog eine Jacke über und kam zu ihm ins Treppenhaus. Vilgot versuchte sie zur Eile anzuhalten, aber sie ging langsam mit hochgezogenen Schultern die Treppe hinunter. Als sie zu den Briefkästen kamen, blieb Adelaide stehen, lehnte sich an die Postkästen und sah sich um, ohne Vilgot anzuschauen.

»Willst du nicht zu ihm nach unten gehen?«, fragte er.

Adelaide zuckte mit den Schultern. Die Haustür ging auf, und ein Mann mit Hut und Mantel und einer großen, braunen Tasche in der Hand kam herein. Er blieb stehen, als er sie sah.

»Ich wollte zu …«, sagte er, aber Adelaide unterbrach ihn und zeigte mit dem Kopf Richtung Keller.

»Er liegt dort unten«, sagte sie. »Er hat Antabus getrunken.«

Der Arzt zögerte einen Augenblick, sah Adelaide an, bevor er nickte und in den Keller ging. Vilgot hätte Adelaide gerne getröstet, aber ihm fiel nichts ein. Vater kam aus dem Keller und blieb vor ihr stehen. Vilgot konnte sehen, dass er plötzlich nicht mehr wusste, was er mit seinen Händen machen sollte, aber schließlich legte er den Arm um sie und seufzte.

»Ja, ja, Adelaide«, sagte er. »Ja, ja.«
Er sagte, dass Adelaides Papa zur Kontrolle ins Krankenhaus müsse und dass es nichts Schlimmes sei.
»Er … ihm wurde nur ganz übel, verstehst du, Adelaide.«
»Ich weiß, wie ihm wurde«, sagte Adelaide und wandte sich zur Treppe, um wieder nach oben zu gehen.
»Vielleicht kannst du Vilgot ein bisschen Gesellschaft leisten«, sagte Vater zu ihrem Rücken. »Ihr könnt ja bei uns in der Wohnung bleiben.«
Sie drehte sich um und sah Vilgot lange an. Dann lächelte sie.
»Vilgot war doch auf dem Weg nach draußen, oder?«
Sie drehte sich um und ging weiter. Vater runzelte die Stirn und sah Vilgot nachdenklich an.
»Ja, was hast du eigentlich dort unten im Fahrradkeller gemacht?«
Vilgot sah zu Boden, er wusste nicht, was er sagen sollte. Er wurde von dem Arzt gerettet, der aus dem Keller kam.
»Ich müsste mal telefonieren«, sagte der Arzt. Dann drehte er sich zu Vilgot.
Er weiß, dass ich mich auf Adelaides Papa erbrochen habe, dachte Vilgot. Er kann den Unterschied in dem Erbrochenen sehen, er ist ja Arzt.
»So, du bist also der Held des Tages«, sagte der Arzt, und Vater lächelte.
»Ich werde es nie wieder tun«, sagte Vilgot. Aber Vater und der Arzt waren bereits auf dem Weg nach oben, es hörte also niemand außer ihm selbst.

ICH HABE DIE GANZE NACHT WACH GELEGEN und in dem Buch gelesen. Ich hätte zuhören sollen, als er versucht hat, mir von Cassiodor zu erzählen, denn dann könnten Alexej Kornilow und ich uns über ihn unterhalten. Alexej hat ganz sicher Cassiodor gelesen, das gilt wohl für alle, die mit Elefanten arbeiten. Ich habe ihn gelesen. Ich arbeite mit Elefanten. Vor allem eine Sache, die Cassiodor beschreibt, habe ich mir gemerkt: *Auf Aufforderung stößt der Elefant seinen Atem aus, dem nachgesagt wird, dass er heilende Wirkung auf den menschlichen Kopfschmerz habe.*

Ich finde diese Fähigkeit wundervoll, und mich wundert ein wenig, dass Alexej mir nichts davon erzählt hat. Er wusste schließlich, dass ich häufig von Kopfschmerzen geplagt werde. Alexej wollte, dass ich sie mit Wodka kuriere, wie er alles und alle mit Wodka kurierte. Er selbst sei nie krank gewesen, und Wodka habe er getrunken, solange er sich erinnern kann. In den zwei Wochen, bevor der Zirkus zu mir kam, hatte der Zirkusdirektor – der entweder von der russischen Mafia in Norwegen ermordet worden war oder jetzt sicher in Moskau saß – den Lohn nur noch in Wodkaflaschen ausbezahlen können. Das war eine Regelung, mit der Alexej zufrieden war. Er selbst und die anderen hatten ihr letztes Geld zusammengekratzt und damit eine Wagenladung Zwiebeln gekauft, an denen sie knabberten, während Tränen und Wodka flossen. Das Geld, das sie vom Sozialamt bekamen in der Zeit, in der sie alles für ihre Heimreise regelten, ging für mehr Wodka und den einen oder anderen Sack Kartoffeln drauf. Ich versuchte, meine Kopfschmerzen mit Wodka und Zwiebeln zu kurieren, aber bei mir funktionierte es nicht. Es wurde eher schlimmer. Vielleicht lag es daran, dass ich kein Russe war, vielleicht vertrug ich keine Zwiebeln, vielleicht war es aber auch nur so, dass Alexej niemals krank geworden wäre, auch ohne Wodka. Er ist der stärkste Mann, den ich kenne. Und ich habe so manchen Mann gekannt.

Es ist ganz früh morgens, als ich im Morgenmantel des Grafen über den Hof laufe und in die Scheune gehe. Ich gehe ganz nah an den Elefanten heran, halte das Buch, das ich von Vater geliehen habe, vor mich hin und lese laut und eindringlich.

Auf Aufforderung stößt der Elefant seinen Atem aus, dem nachgesagt wird, dass er heilende Wirkung auf den menschlichen Kopfschmerz habe.

Er rührt sich nicht, er wackelt nicht einmal mit den Ohren, er steht einfach reglos da, als wäre er aus Stein, als wäre er eigentlich verschwunden, als wäre seine Seele im Laufe der Nacht entfleucht und nur der Schädel zurückgeblieben. Ich lese noch einmal aus Cassiodor vor, denselben Abschnitt, aber auch dieses Mal kann ich keine Reaktion erkennen. Ich verwende vielleicht nicht die richtige Stimme, wenn nur Alexej Kornilow hier wäre, hätte er den Text mit seiner mächtigen, gewaltigen, dröhnenden Stimme vorlesen können. Er hätte ihn auf Russisch lesen können. Vielleicht versteht der Elefant besser russisch als norwegisch. Ich verstehe nicht, warum alles so schwierig sein muss. Warum musst du nur wegen der geringsten Kleinigkeit weinen? Plötzlich dringt ein Sonnenstrahl durch die schmutzige Fensterscheibe und trifft den Elefanten auf die Stirn, und dieser hebt den Kopf, wendet ihn mir zu und öffnet den Mund. Und dann haucht er mich an.

»SCHULD SIND DIE STERNE«, sagte Alexej Kornilow und lächelte. Bei Alexej war es so, dass er lächelte, auch wenn er wütend war, und vielleicht vor allem dann. Und dort am Feuer wirkte er aufgebracht und empört.

»Schuld sind die Sterne, schuld sind die Sterne und ihre Konstellation an dem Tag und zu der Stunde, in der Mama einen zwischen den Beinen herauspresst.«

Ich saß am Lagerfeuer und nahm ausnahmsweise die Flasche entgegen, die mir jemand anbot, trank einen Schluck und versuchte an etwas anderes zu denken.

»Wann wurdest du geboren, Vilgot? Wann wurdest du herausgepresst?«

Ich antwortete nicht, trank noch einen Schluck, spürte das betäubende Kribbeln des namenlosen Schnapses am Gaumen, spürte, wie er durch den Brustkorb gespült wurde und sich in Arme und Finger verteilte. Wenn ich lächele, bin ich nicht wütend. Wenn ich lächele, bin ich nicht verzweifelt, »aber ich trauere, Alexej, das siehst du doch, ich trauere über diesen Tag.«

»Du sollst den Tag vergessen, Vilgot. Den Tag oder die Nacht, da du glaubtest, die Sterne würden deinen Namen schreien, da alle behaupteten, der Mond stünde in Flammen.«

»In Wirklichkeit«, sagte Alexej, »werden wir in dem Moment geboren, wo eine der Samenzellen in das Ei eindringt, und dann, Vilgot«, sagte Alexej, »kannst du dir die Umstände vorstellen. Wenn du verstehst, was ich meine. Die Umstände. Und was sie mit uns gemacht haben. Was sie mit dir gemacht haben.«

Alexej griff nach der Flasche und stand auf, er wurde im Schein der Flammen zu einem Riesen, er wurde dort über dem Feuer von Schwarz und Gold und Nacht erfüllt, und eine Kiefernwurzel krachte und ein Funkenregen stieg auf, und Alexej führte den Arm mit der Flasche zum Mund, dann griff er nach einem brennenden Zweig, und es kam eine gewaltige Flamme aus seinem nassen Mund, eine Flamme von einem Meter Länge aus seinem nassen Mund, und in dieser Flamme, in diesem Feuer, in diesem Licht, rief Alexej, dass er den prustenden, wilden, verschwitzten, gewaltigen, den weit geöffneten Fick spüren konnte, der ihn hervorgebracht hatte, aus dem er hervorgegangen war, und dass er eine Verlängerung desselben war, dieses Ficks, der kein Ende nahm, dass der Vater immer weiter kam, dass er kam und kam und kam in einem endlosen Strom und dass Mutter aufnahm und aufnahm und wiedergab und das behielt, was sie wollte, und er spürte das lange, starke Bein der Mutter um seine Hüften, und er spürte das heiße Sperma des Vaters in sich brennen, spürte es herausspritzen wie Flammen in der Nacht. Und die Hunde begannen zu bellen, und der Elefant schickte einen Schrei in die Nacht, und die Rad fahrenden Papageien warfen sich gegen den Käfig und wollten hinaus, nach oben und weg, und Alexej und die anderen begannen, um das Feuer zu tanzen, einen erregten und frohen Tanz, und auch ich stand auf und versuchte mitzutanzen, ich versuchte es wirklich, aber ich konnte es nicht, ich ging nach Hause, ich legte mich ins Bett und sah zur Decke, während die anderen draußen sangen, während sie draußen tanzten, Flammen spuckten und sich gegen den Käfig schmissen, und ich schlief in einem rotgoldenen Funkenregen ein, der mein weißes Gesicht erleuchtete, mein weißes, kantiges Gesicht, hervorgegangen aus Vaters trübem, klebrigem, lauwarmem Sperma, hervorgegangen aus Mutters leblosem, schweigendem, unausgegorenem, verschwommenem Körper, Vaters kurzem Schnarchen und Mutters heiserem Gackern, wenn überhaupt ein Laut zu hören war, und dahinter erneut und noch einmal mein weißes, kantiges Gesicht. Und dann zum Schluss: das innere Gesicht. Das eigentliche. Das böse und eklige. Und dann der Schlaf. Der nie lange genug währen würde. Alexej Kornilow! Ich sehne mich nach dir, komm zurück, lehre mich, in deinen Flammen zu tanzen, zeige mir, wie ich brennen kann, lass mich verbrennen.

Ich wache auf, und wieder hat ein neuer Morgen angefangen. Ich wache am vorläufig letzten von sechzehntausend Morgen auf und bin nicht imstande, ihn auch nur von einem der anderen zu unterscheiden. Ich stehe barfuß und gebeugt im Zimmer, bevor ich nach draußen schaue auf das Feld. Es ist lange her, dass sie gefahren sind. Ich bin allein. Ich bin fast ganz allein.

VILGOT IST ALLEIN. ER IST FAST GANZ ALLEIN. Er hat seine Wege und seine Pfade, seine Gässchen und Treppen, und niemand sonst ist draußen unterwegs. Es ist nie jemand anders draußen, und keiner von denen, die drinnen sind, weiß, dass er draußen ist. Weiß, dass er draußen steht in dem dunklen Winternachmittag und hineinschaut. Er kann eine ganze Stunde lang reglos dastehen, alle Aufmerksamkeit auf das eine oder andere Fenster gerichtet, das eine oder andere Zimmer, von einem bräunlichen Licht vor den dunklen Tapeten, vor den schweren Bücherregalen erleuchtet – hin und wieder ein Schatten, der am Fenster vorbeihuscht, hin und wieder ein Gesicht im Profil, jemand, der zuhört, vielleicht jemand, der aus der Küche ruft, in dem Fall klingt es gedämpft wie durch Schichten von Kleidern für denjenigen dort drinnen, der es hört, Schichten von weichen, warmen Kleidern, denkt Vilgot: Hin und wieder jemand, der langsam für sich vor dem magischen grünen Auge des Radios tanzt, ein kleiner Junge, ein anderer kleiner Junge, der lacht oder wütend mit der Hand gegen die Wand schlägt, eine Tür, die sich öffnet, und eine ganz helle Frau kommt herein mit einem Tablett in der Hand. Vilgot überlegt, dass er dort in dieses Zimmer, in dieses Wohnzimmer, in dieses Schlafzimmer, an diesen Küchentisch gehört. Zusammen mit diesen Menschen, die im Schein gedämpfter Wandleuchten schön und lieb aussehen, Menschen, bei denen man sein, an die man sich schmiegen, mit denen man spielen, mit denen man zusammen sein möchte. Er ist allein, er hat seine Wege und Pfade. Er ist stundenlang draußen. Er sagt, er geht zu einem Freund. Ich gehe zu Simen, Harald, Magne, sagt er. Aber das tut er dann nicht. Hin und wieder ja, aber oft nicht. Oft geht er seine festen Wege und Pfade, allein. Fast ganz allein. Er hat seine Wege, und er hat seine Orte, an denen er sitzen kann. Auf einer Schaukel auf dem alten Spielplatz oder an dem kleinen Teich auf der anderen Seite der Felder. Niemand anders ist draußen. Es ist fast niemand anders draußen. Im Stockwerk über ihm wohnt Steffensen. Sigurd O. Steffensen. SOS. Dreimal kurz, dreimal lang, dreimal kurz. Vilgot hat selbst schon mit Harald, Dagfinn oder Magne unten auf Steffensens Klingel gedrückt, vier Stockwerke weiter unten, dreimal kurz, dreimal lang und dreimal kurz geklingelt, bevor sie davonliefen. Dreimal kurz, dreimal lang, dreimal kurz, und dann nichts wie weg, so schnell es ging, und dabei hatten sie so sehr gelacht, dass sie sich kaum auf den Beinen halten konnten. Vilgot begegnet Steffensen bisweilen. Steffensen läuft ebenfalls draußen herum, aber er sieht Vilgot nicht, sieht nichts, denn sein Blick ist ganz schwarz und abwesend und nach oben gerichtet, zum Himmel. Vilgot sieht Steffensen oft reglos dastehen, den Kopf zum Himmel erhoben, und Vilgot muss laut und deutlich grüßen, und dann lächelt Steffensen, aber nicht Vilgot zu, eigentlich nicht Vilgot zu. Dreimal kurz, dachte Vilgot, dreimal kurz lebte Steffensen allein und ging fast nie nach draußen, die wenigen Male, die Vilgot ihn auf der Treppe traf, grüßte Steffensen nicht zurück, auch wenn Vilgot laut und deutlich grüßte. Steffensen war dunkel und schwer und starr und von einer anderen Welt. Und dann war plötzlich eine Frau da, dreimal lang wohnte eine schöne Frau bei Steffensen, und Steffensen war wie verwandelt, purzelte kopfüber in diese Welt und lächelte und lachte und fuhr Vilgot durch die Haare – und einmal wurden sie alle drei, Mutter, Vater und Vilgot, zu Kaffee und Kuchen bei Steffensen eingeladen. Die beiden, Steffensen und seine schöne Frau, konnten nicht wissen, dass so etwas nicht passieren durfte, dass niemand Vilgots Eltern um etwas bitten durfte, nicht versuchen durfte, sie in

etwas einzubeziehen. Vilgot war zu Tode erschrocken, stand hinter Mutter in der Diele und hörte Mutters Stimme sich bedanken, vielen Dank sagen und dass sie gerne kämen, und Vilgot wollte schreien, wollte Steffensens schöne Frau warnen. Schreien, dass Mutter nicht mit ihrer eigentlichen Stimme sprach, nicht ihr eigentliches Lächeln lächelte, wenn sie jetzt sprach, wenn sie sich für die Einladung bedankte. Dass es ganz schrecklich schief gehen würde, dass Vilgots Mutter und Vilgots Vater dort über Steffensens Wohnzimmertisch zerspringen würden, dass sie regelrecht vor den Augen von Steffensen und Steffensens schöner Frau zerspringen würden, und wer sollte sich dann um Vilgot kümmern? Vilgot war fast allein, aber es gab die Möglichkeit, ganz, ganz allein zu sein. Mutter schloss die Tür, nachdem sie mit Steffensens schöner Frau gesprochen hatte, nachdem sie sie mit einer anderen Stimme, mit einem anderen Gesicht an der Nase herumgeführt hatte. Mutter drehte sich zu Vilgot um, setzte ihr eigenes Gesicht wieder auf und sprach mit ihrer eigenen Stimme.
»Vater wird völlig verzweifelt sein.«

Der Vater sagte nichts, was Vilgot hören konnte, aber er war sicher ganz verzweifelt über die Einladung, darüber, dass sie jetzt dort oben in Steffensens frisch renovierter Wohnung saßen. Das war Vilgot auch, und der gelbweiße Hemdkragen an seinem Nylonhemd war steif und piekste an Hals und Nacken, und die viel zu warme gute Hose kratzte an den Beinen, und er saß ganz vorne auf der Stuhlkante und hielt das Glas Limonade fest in der Hand und betrachtete die vier Erwachsenen am Tisch, hörte, wie Steffensens schöne Frau von Steffensen sprach und ihn beim Vornamen nannte, Sigurd, sagte sie. Sigurd und ich wollen ... und Steffensen selbst lächelte ihr und Mutter und Vater und Vilgot herzlich zu, lächelte und lachte der ganzen Welt zu, seiner neuen Welt. Tu's nicht, Steffensen, dachte Vilgot, tu's nicht. Lach nicht so laut, lächele nicht so! Und Vilgot hörte Mutters neue Stimme, spürte

Mutters Schmerz – ihre Kraftanstrengung, jedes Mal, wenn sie den Mund aufmachte, jedes Mal, wenn sie das Gefühl hatte, ein neues Thema auf den Tisch bringen zu müssen. Der Vater sagte kaum ein Wort, aber er lächelte mit hochgezogenen Augenbrauen, als hätte er Kopfschmerzen, und nickte energisch mit dem Kopf, aber nie an der richtigen Stelle. Vilgot wusste, dass es lediglich eine Frage der Zeit wäre, bis Mutters Wut losbrechen würde, bis sie ihren gewaltigen Zorn über Steffensen und Steffensens schöne Frau ausgießen würde, losschreien würde, so laut sie konnte, ihnen ihr wahres Gesicht zeigen würde, mit ihrer wirklichen Stimme schreien würde, bis die drei, Vilgot, Mutter und Vater, dem Ganzen entkommen könnten, nach Hause zurückkehren, sich wieder zudecken könnten, ihre Spuren verwischen, sich mit Erde bedecken.

Deshalb ließ sich Vilgot vom Stuhl fallen und ließ den Kopf auf Steffensens Parkettfußboden aufschlagen, schloss die Augen, zählte, dreimal kurz, dreimal lang, dreimal kurz, und öffnete sie wieder. Steffensens schöne Frau hatte sich über ihn gebeugt und legte ihm eine feuchte Serviette auf die Stirn. Vilgot hörte Stimmen über sich, andere Stimmen.

»Du bist wohl ohnmächtig geworden.«

»Er … das kommt leider manchmal vor … Es tut mir sehr Leid.«

»Das macht doch nichts. Vielleicht möchte er sich ein wenig hinlegen.«

»Vielen Dank, das ist sehr freundlich, aber ich glaube, wir sollten besser nach Hause gehen.«

Ja, dachte Vilgot. Ich kann Dinge bewirken. Nicht viel, nicht viele Dinge, aber ich kann etwas bewirken, das kann ich. Er schüttelte den Kopf und ließ sich von Steffensen hochheben und wieder auf den Stuhl setzen. Mutters Maske, Mutters andere Stimme.

»Wie geht es dir?«

Aber die Maske begann zu zerspringen, die Stimme bebte, sie war erschöpft.
»Ich will nach Hause.«
»Ja, wir gehen gleich.«
Die Mutter drehte sich zu Steffensen und Steffensens schöner Frau um.
»Es tut mir fürchterlich Leid … es war so nett.«

Die Treppe hinunter in der schweren Stille des Treppenhauses, die Tür fiel hinter ihnen ins Schloss, und sie standen wieder in der schmutzig braunen Diele, und Mutter knallte die Tür hinter sich zu, und Vater verschwand dunkel und wütend im Schlafzimmer, und Mutter fauchte Vilgot an, wir können dich ja nirgendwo mit hinnehmen, du bringst uns noch um, Vilgot, Vater ist ganz verzweifelt. Vilgot schluckte. Ich habe es für dich getan, Mama. Ich habe es für dich getan, Papa. Ihr habt es dort nicht länger ausgehalten. Aber er sagte nichts.
»Und du weinst einfach nur!«

Vilgot wird davon geweckt, dass die Mutter an seinem Bett sitzt und ihm die Wange streichelt. Sie lächelt, sie spricht mit ihrer sanften Stimme.
»Habe ich dich geweckt, mein Junge?«

Die Nacht ist nicht schwarz. Nicht immer. Nicht in dieser Nacht. Sie ist dickbraun, sie hängt wie zähe braune Flechten von den Wänden in Vilgots Zimmer, sie klebt an seinem Bett, sie klebt an Mutter, sodass es Mutter schwer fällt, die Hand zu heben, um ihrem Jungen die Wange zu streicheln, wenn sie ihn um Verzeihung bitten will.
»Es tut mir so Leid, dass ich so wütend geworden bin. Du kannst ja nichts dafür, dass du ohnmächtig geworden bist, oder?«

Vilgot wagt ein zaghaftes Lächeln. Die Mutter sieht ihn an, und ihre Augen werden feucht, ihre Stimme zittert leicht.
»Ich will dir ein Geheimnis verraten. Auch ich bin klein. Auch ich bin manchmal klein und dumm. Ich habe Angst, Vilgot. Habe Angst vor anderen Menschen. Genau wie du.«

Vilgot dachte an andere Menschen. An die Lehrerin. An Frau Arnesen im Milchladen. An den Grafen von Hoff. An Trygve Lie. An alle anderen, die er kannte, weil er draußen stand und hineinschaute. Er hatte keine Angst vor ihnen. Er sehnte sich nach ihnen. Er sehnte sich auch nach Mutter. Die Mutter streichelte ihm erneut die Wange. Auch die Mutter konnte Dinge bewirken.
»Sind wir wieder Freunde, Vilgot? Kannst du deiner dummen, alten Mutter verzeihen?«
»Du bist nicht dumm!«
»Aber alt?«
»Auch nicht alt. Du bist die beste Mama der Welt!«
»Jetzt musst du schön schlafen.«
»Mutter?«
»Ja?«
»Kannst du noch ein bisschen sitzen bleiben?«

Doch das konnte sie nicht. Sie stand abrupt auf und sagte, er müsse jetzt zusehen, dass er Schlaf fände. Es sei schließlich mitten in der Nacht.
Aber überall klebten zähe braune Würste, und er war ganz allein. Er war fast ganz allein. Im Stockwerk über ihm lag Steffensen, und Vilgot versuchte, Geräusche aus seiner Wohnung einzufangen, aber es war ganz still. Dennoch glaubte Vilgot nicht, dass Steffensen schlief, er lag nach dem Kaffeebesuch sicher ebenfalls wach. Er hatte zu laut gelacht und zu viel gelächelt, das merkte er jetzt bestimmt. Vilgot schloss die Augen und legte sich auf die Seite. Es war bestimmt so, dass der Vorfall am heutigen Abend den Anfang vom Ende von Steffen-

sens dreimal lang markierte, dass es jetzt nicht mehr lange dauern sollte, bis Steffensens dreimal kurz zurückkehrte. Dass Mutters Schatten Steffensens Wohnung nie mehr verlassen und langsam, langsam, Quadratmeter für Quadratmeter erobern würde, Stuhl für Stuhl, Zimmer für Zimmer mit einer Schleppe aus Erde und schwerer Dunkelheit. Und Vilgot hatte das Gefühl, er könnte doch etwas von dort oben hören, ein ganz leises Geräusch. Nagend, knisternd. Es ist seine eigene Schuld, dachte Vilgot. Er hätte uns nicht einladen müssen. Sie hätte ihn nicht Sigurd nennen müssen, und er hätte es unterlassen können, so sehr zu lachen.

Vilgot weiß also, dass er nicht ganz, ganz allein ist, wenn er seiner Wege und Pfade geht. Es ist schon lange her, dass dreimal kurz zurückgekehrt ist. Es ist lange her, dass Steffensens schöne Frau verschwunden ist. Es ist lange her, dass es Kaffee, Kuchen und Sigurd gab. Steffensen ist wieder dunkel, starr und schwer auf der Treppe, aber jetzt sieht es so aus, als würde er es drinnen nicht mehr aushalten. Es macht keinen Spaß mehr, dreimal kurz, dreimal lang und dreimal kurz zu klingeln, denn Steffensen ist fast ständig draußen unterwegs. Und sie begegnen sich mitunter, er und Vilgot. Passieren einander, und anfangs grüßte Vilgot laut und deutlich, aber Steffensen antwortete nicht mehr. Wenn es gerade geschneit hatte, kreuzten Vilgots kleine Füße manchmal Steffensens schwarze, große und feuchte Spur. Vilgot fragte sich, warum die Mutter Steffensen nicht einfach helfen konnte, ihm die Hand auf die Stirn legen und die Dunkelheit wieder zurücknehmen konnte. Vilgot verstand nie, was Steffensen der Mutter angetan hatte und weshalb sie nicht Freunde werden konnten, die beiden. Einmal hatte er es gewagt, mit ihr darüber zu reden.
»Warum kann Steffensen nicht einmal hierher kommen?«
»Was sagst du?«
»Wir waren doch oben. Weißt du noch, als ich ohnmächtig wurde?«

»Ja, darauf kannst du Gift nehmen, dass ich das noch weiß.«
»Dann kann er doch auch mal hierher kommen.«

Die Mutter seufzte ergeben. Dann setzte sie sich an den Küchentisch, wo er zu Abend aß. Sie legte ihre Hand auf seine.
»Das könnte ganz nett sein, Vilgot. Aber wir sind nicht so.«
»Wie ›so‹?«
»Vater und ich. Wir sind nicht so. Wir bleiben am liebsten – für uns, nicht wahr?«

Vilgot antwortete nicht. Er hörte auf zu kauen und machte der Mutter ein Zeichen, still zu sein. Die Schritte auf der Treppe verrieten, dass Steffensen nach Hause kam. Es hörte sich an, als würde er direkt vor ihrer Tür stehen bleiben, und Vilgot hielt die Luft an. Dann hörten sie, wie Steffensen weiterging, und Vilgot atmete aus. Die Mutter lächelte ihn an, ein kurzes Lächeln, ein gutes Lächeln. Wir bleiben am liebsten für uns, dachte er.

VILGOT HAT ZWEI PLÄTZE, ZWEI PLÄTZE, wo er sich hinsetzt, um zu warten, bis es an der Zeit ist, nach Hause zu gehen. Wenn er Freunde besuchte, verging die Zeit, bis er nach Hause musste, viel zu schnell – aber wenn er für sich war, schlich die Uhr bis zur Schlafenszeit im Schneckentempo, wenn er glaubte, eine Stunde sei vergangen, verriet ihm die Armbanduhr, dass gerade einmal zehn Minuten verstrichen waren. Er saß oft an dem kleinen Teich auf der anderen Seite der Felder, auf dem Weg zur Schule mussten sie dort über die alte und verwitterte Brücke. Er setzte sich gern auf eine der Schaukeln auf dem Spielplatz, saß dort und schaukelte vor und zurück, vor und zurück. Der Spielplatz lag nicht weit von einem der Wohnblocks entfernt, und vielleicht, wenn jemand hinaussah, wenn vielleicht jemand von den schönen, sanften und zarten Menschen hinaussah, konnten sie die kleine dunkle Silhouette sehen, Vilgot, der auf der Schaukel saß und sich mit den Füßen abstieß, vor und zurück. Was er sich am meisten wünschte, war, dass der Tag verging, dass wieder ein Tag zu Ende wäre. Auf dem Weg zu dem anderen Platz, den kleinen Pfad hinter dem Turm entlang über die Straße, sah er eines Nachmittags plötzlich einen grau gekleideten, grauhaarigen alten Mann auf dem Feld. Der Mann hob den Arm hoch, und Vilgot sah, wie aus seiner Hand Flammen kamen. Vilgot blieb stehen. Es war ein kalter Herbstnachmittag, und die Luft war ganz klar, ganz klar, und es sah aus, als kämen die Flammen aus der Hand des Mannes und zögen alle Farben an, und die Welt um sie herum wurde schwarz und weiß und grau. Vilgot spürte, wie das Bild in ihm erstarrte, wie es sich einbrannte. Dann bückte sich der alte Mann und hielt die Flammen in das gelbliche Gras, und Vilgot wurde plötzlich klar, dass der Mann das Feld anzündete.

Einmal hatten Vilgot und Simen Streichhölzer in die Finger bekommen und eins der anderen Felder angezündet. Zuerst hatten sie ein schönes kleines Strohfeuer gemacht und den guten Strohfeuergeruch eingesogen, aber dann war das Feuer fast erloschen, und sie hatten mehr trockenes Gras und trockene Zweige darauf geworfen, und plötzlich brannte es um sie herum, aber immer noch so, dass sie es löschen konnten, wenn sie wollten, und sie hatten miteinander gelacht, er und Simen, und dann war der gute Strohfeuergeruch verschwunden, und an seiner Stelle war dicker, beißender, grauer Rauch aufgestiegen, und in dem Rauch gewaltige orangefarbene und rote Flammen, und sie hatten miteinander gelacht, bis Simen anfing zu weinen, und dann fing auch Vilgot an zu weinen, und sie sahen, wie sich die Flammen dem kleinen Haus am Fußballplatz näherten, und Vilgot versuchte das Feuer zu löschen, aber Simen hatte schon aufgegeben und stand mitten im Rauch und heulte, und plötzlich war Vilgots Vater zur Stelle und schlug mit seinem Mantel auf die Flammen ein, rief Vilgot und Simen zu, was sie tun sollten, und langsam merkte Vilgot, wie sie die Oberhand über die Flammen gewannen, er sah Vaters entschlossenes, rußgeschwärztes Gesicht, wie es in den flackernden Flammen glänzte, und während Vilgot heulte und hüpfte und das Feuer niedertrampelte, hatte er das Gefühl, dass er das immer tun könnte: neben Vater stehen und gemeinsam für etwas kämpfen, als hätten er und Vater zusammen den Brand gelegt, als würden sie versuchen, sich gegenseitig in ihrem Schicksal zu helfen, das sie teilten. Simen half allmählich mit, so gut er konnte, er hatte ein Brett gefunden, mit dem er die Flammen erstickte, und er traute sich fast zu lächeln, wie Vilgot sehen konnte, aber hier ging es um Vilgot und Vater, Simen zählte nicht. Simen sollte gefälligst seinen eigenen Brand löschen.

Das Feuer war gelöscht, und sie standen nebeneinander, Vilgot und Vater, verschwitzt, rußverschmiert, schmutzig, glänzend, und der Vater streckte Vilgot die Hand hin, und Vilgot konnte sehen, dass sie zitterte, und Vilgot legte seine eigene kleine zitternde Hand in die des Vaters, aber der Vater schüttelte den Kopf. Er wollte die Streichhölzer haben. Vilgot gab ihm die Schachtel. Der Vater sagte nichts, steckte die Streichhölzer in die Tasche, drehte sich um und ging langsam nach Hause. Vilgot lief hinter ihm her. Er sah sich nicht nach Simen um, hörte aber, wie sich Simen auf sein Fahrrad stürzte, wie sich Simen schluchzend auf den Heimweg machte. Vilgot lief hinter dem Vater her bis zur Haustür. Dort drehte sich der Vater um und wartete auf ihn. Er zog ein Taschentuch heraus, befeuchtete es mit Spucke, packte Vilgots Kinn und fing an, Vilgots Wangen fest mit dem Taschentuch abzureiben. Viel zu fest, aber Vilgot traute sich nicht zu protestieren. Dann signalisierte Vater, dass Vilgot das Gleiche mit ihm machen sollte. Er bückte sich, ging in die Hocke und sah Vilgot mit großen, dunklen Augen an, während Vilgot versuchte, das Schlimmste aus Vaters Gesicht zu entfernen. Plötzlich packte der Vater Vilgot am Nacken und zog ihn zu sich, Vilgots Hand legte sich auf Vaters Wange, und der Vater sah ihm in die Augen, und Vilgot sah plötzlich, wie Vaters Augen feucht wurden, aber das kam bestimmt vom Rauch. Der Vater räusperte sich.
»Ich habe auch einmal Feuer gelegt. Auf einem Feld.«
Vilgot wagte nicht, ein Wort zu sagen. Er wartete auf mehr.
»Mein Vater wurde rasend.«
»Großvater?«
»Er wollte mich in die Schlangengrube werfen, sagte er.«
Vilgot sah seinen Vater an. Aber er war ganz ernst. Vilgot erinnerte sich an die Zeichnung im Märchenbuch, die kleinen nackten Prinzen in der Schlangengrube.
»Wir erzählen Mutter nichts davon«, sagte Vater.
»Nein.«

Vilgot ging hinter Vater die Treppe hinauf. Es war, als würde er nach oben tanzen!

Deshalb überquerte Vilgot die schmale Straße zwischen den hohen Birken und sprang auf das Feld. Der alte Mann trug einen grauen Anorak, der vielleicht einmal blau gewesen war, und eine graue Schirmmütze, die vielleicht einmal grün gewesen war, er hatte einen Rechen in der Hand und harkte im Feuer um sich herum, verteilte es auf dem Feld. Der alte Mann sah Vilgot nicht, er war viel zu sehr mit seiner Arbeit beschäftigt und mit dem Lied, das er sang: *He ho, Schiffsjunge Jansson, der Morgenwind frischt auf, die Nacht geht schon dahin, Constantia muss entfliehen.* Vilgot stürzte sich zwischen die Flammen, die noch nicht wirklich zugepackt hatten, und trampelte wie ein Verrückter darauf herum, um sie zu löschen. Er hüpfte auf und nieder, spürte die Hitze der Flammen, und der dicke gelbliche Rauch biss in den Augen und der Nase, und er spürte, wie ihm die Tränen kamen. Plötzlich hörte er, wie er nach Vater rief. Vater! Vater!, rief Vilgot. Dann spürte er einen eisernen Griff im Nacken und wurde über das Feld geschleudert.
»Was zum Teufel machst du denn da?!«
Der alte Mann, der graue, alte Mann stand über ihm mit der Harke in der Hand. Vilgot sah zwischen Tränen und Ruß, Rotz und Schweiß zu ihm auf. Er schniefte.
»Das ist nicht erlaubt.«
»Was sagst du da?«
»Es … es ist nicht erlaubt, die Felder anzuzünden.«
Der graue, alte Mann stutzte ein wenig, dann lächelte er plötzlich, bevor er aus vollem Halse zu lachen begann. Vilgot setzte sich auf, wischte sich Augen und Nase trocken und betrachtete trotzig den Mann, der plötzlich aufhörte zu lachen, sich zu Vilgot herunterbeugte und das alte, graue Gesicht ganz dicht an Vilgots Wange hielt.
»Weißt du nicht, wer ich bin?«

Vilgot sah zu ihm auf, versuchte auszusehen, als würde er nachdenken, und schüttelte dann den Kopf. Der alte Mann lächelte, aber das Lächeln beruhigte Vilgot nicht.
»Ich bin der Graf von Hoff! Du hast schon von mir gehört, oder nicht?«

Vilgot nickte vorsichtig, nahezu andächtig. Der Graf von Hoff höchstpersönlich, der Bruder des Zornbauern! Es war das erste Mal, dass Vilgot ihn sah, aber es waren viele Geschichten über die beiden im Umlauf, den Zornbauern und den Grafen von Hoff. Dem Grafen von Hoff gehörte alles, was Vilgot sehen konnte, ihm gehörte Vilgots Schulweg, ihm gehörte der kleine Teich, ihm gehörte die verwitterte Brücke und ihm gehörten die Bäume an der Brücke, zwischen denen sie Verstecken, Robin Hood und Tarzan spielten. Dem Grafen von Hoff hatten auch die Felder gehört, auf denen die Wohnblocks und der Turm standen, aber sein Bruder, der Zornbauer, hatte sie verkauft, nachdem er zusammen mit Trygve Lie auf Sauftour gewesen war. Das war, bevor der Zornbauer zornig wurde, als er einfach nur der Bauer hieß, und Vilgot hatte gehört, dass Trygve Lie die Felder für das bekommen hatte, was drei Lutscher kosteten. Trygve Lie hatte das getan, weil er der Meinung war, dass auch gewöhnliche Menschen einen Ort zum Wohnen haben sollten – und nachdem er Schnaps getrunken hatte, war der Bauer auch einverstanden gewesen. Vilgots Mutter und Vater hatten vorher in einer alten Blockhütte in der Nordmarka, einem Waldstück nördlich von Oslo, gewohnt, bis Trygve Lie die Sache in die Hand genommen hatte – einige Zeit später war ein Brief zu Vater tief im Wald gekommen. Ein Brief von Trygve Lie, in dem Vilgots Vater und Mutter das Angebot erhielten, in die Wohnblocks zu ziehen. Das Angebot hatten sie erhalten, weil Mutter so hübsch war, hatte Vater erzählt.
Als der Graf von Hoff von all dem erfuhr, war er so wütend geworden, dass er seinen Bruder zwang, drei Jahre lang in der

Scheune zu hausen, wo er nur Kartoffeln zu essen bekam. Als der Bauer endlich wieder freikam, war er zum Zornbauern geworden und war gefährlich, wirklich gefährlich für alle Kinder, die in seine Nähe kamen. Und sein Bruder, der Graf von Hoff, war nun für immer der große Feind, der nicht wollte, dass Trygve Lie und alle die anderen in den Wohnblocks und dem Turm wohnen sollten. Vilgot war mit den großen Jungen losgezogen, und sie hatten alle zornigen Nachbarn geärgert, die ihnen einfielen, sie hatten geklingelt und waren weggelaufen, sie hatten Schneebälle durch offene Fenster geworfen und gehört, wie Porzellankatzen und Wanduhren zu Bruch gingen, sie hatten Chinaböller in Briefkästen und Mülleimer geschmissen, in Briefschlitze gepinkelt und Scheiben zerbrochen, aber an den Zornbauern und seinen Bruder – den großen Grafen von Hoff – hatten sie sich nicht herangetraut. Es war schlicht zu gefährlich. Alle wussten, dass der Graf von Hoff einst seine Geliebte umgebracht und deshalb im Gefängnis gesessen hatte. Oder hatte der Zornbauer sie umgebracht? Es gab Leute, die diese Ansicht vertraten. Das Einzige, was Vilgot bisher von den beiden Brüdern zu sehen bekommen hatte, war ihr hitzköpfiger Hund gewesen, der nach Vilgot schnappte, nach Vilgots Füßen schnappte, wenn er von irgendeinem Fußballspiel an der Feuerwache mit dem Fahrrad über die schmale Straße kam und den Bauernhof passierte. Dann galt es, so fest wie möglich in die Pedale zu treten, sich ins Zeug zu legen, sich über den Lenker zu beugen, denn nie rief jemand den Hund zurück, nie pfiff jemand, damit der Hund abließ. Vilgot drehte den Kopf zur Seite, um nachzuschauen, ob der Hund mit seiner langen Zunge und der keuchenden Schnauze nicht dort stand und sehr, sehr hungrig war. Er konnte keinen Hund sehen, und Vilgot sah wieder auf zu dem Grafen von Hoff und fing an zu reden. Er redete, damit ihn der Graf nicht tötete. Er redete schneller, als er je geredet hatte, und er sagte, dass er Vilgot heiße, er sagte, dass seine Mutter tot und sein Vater Seemann sei und dass er selbst im Kinderheim bei Silkestrå

wohne. Er sei am Grab seiner Mutter gewesen, um Blumen darauf zu legen, aber dann habe er sich verlaufen. Der Graf von Hoff sah ihn an, es war schwer zu sagen, was er dachte.
»Ich kann dich ins Heim zurückbringen«, sagte er.
Da fing Vilgot an zu heulen, er begann ganz unbeherrscht zu schluchzen, und sein kleiner Körper, der auf der Erde lag, bebte, und sein rotes, rußverschmiertes Gesicht wurde von den Tränen blitzblank. Er wusste nicht, woher die Tränen kamen, aber sie waren nicht aufzuhalten. Durch die Tränen hindurch sah er, dass der Graf von Hoff neben ihm in die Hocke ging. Er zog ein großes, grau kariertes Taschentuch aus der Jackentasche und trocknete vorsichtig Vilgots Gesicht. Dann wartete er einfach ab, bis Vilgots Tränen versiegten. Ab und zu nahm er die Harke in die Hand und überwachte die Flammen, es schien, als hätte er Augen im Nacken, denn jedes Mal, wenn Vilgot merkte, dass das Feuer aufflackerte, war der Graf mit der Harke zur Stelle. Vilgot wollte nicht, dass der Graf ging. Vilgot wünschte sich, dass der Graf immerzu neben ihm sitzen bliebe und ihm ab und zu mit dem großen Taschentuch über das Gesicht wischte.
»Hast du deshalb nach deinem Vater gerufen – vorhin in den Flammen?«
Vilgot nickte, schluckte und schniefte. Der Graf war lange Zeit still.
»Hast du Hunger?«, fragte er. Vilgot hatte keinen Hunger, aber ihm war klar, dass man, wenn man elternlos war und sich verlaufen hatte, ganz sicher Hunger hatte. Er nickte. Der Graf nickte zurück.
»Hilf mir, das Feuer zu löschen«, sagte er. »Dann gehen wir zu mir nach Hause. Es sah so aus, als wüsstest du, wie man ein Feuer löscht.«
»Werden … werden Sie … mich ins Heim zurückbringen?«
»Das eilt vielleicht nicht so sehr«, sagte der Graf von Hoff.
Vilgot schüttelte den Kopf.
»Nein, das eilt nicht.«

DER GRAF VON HOFF UND VILGOT standen vor dem Haupthaus, Vilgot konnte die große rote Scheune auf der anderen Seite der Allee sehen und rechnete jeden Augenblick damit, dass der Zornbauer brüllend herauskäme. Der Graf von Hoff steckte den Schlüssel ins Schloss, aber er musste sich ziemlich abmühen, um die Tür zu öffnen, und Vilgot hörte ein Geräusch, als würde drinnen etwas zusammenstürzen. Der Graf von Hoff fluchte laut und drückte, so fest er konnte, bis die Tür aufging und Vilgot sich plötzlich in einem Berg von Papier, Pappschachteln, Blechdosen, Plastiktüten, Milchflaschen, Tonscherben, Fahrradreifen, alten Illustrierten, Stofffetzen, leeren Zahnpastatuben, Glühbirnen und Tintenfässern befand. Es roch in der Diele, wie Zeitungen rochen, wenn sie zu lange in der Sonne gelegen hatten, nur stärker. Der Graf schob mit dem Fuß das Schlimmste weg und bahnte sich einen Weg durch den ganzen Müll. Er drehte sich zu Vilgot und lächelte. Vilgot glaubte, dass er das Lächeln erwiderte.
»Hast du Angst?«, fragte der Graf von Hoff.
Vilgot hatte keine Angst. Er spürte nur, wie er innerlich zitterte. Er wusste, dass er auf dem Weg zu etwas war, das vielleicht ihm allein gehören könnte.
»Es gibt hier einen Hund, oder?«
Der Graf antwortete nicht, legte nur die Schirmmütze und den Anorak ab, die in dem schmutzig gelben Licht der Diele jetzt ganz grau aussahen, und warf sie oben auf die anderen Sachen. Vilgot behielt seinen dicken, steifen, grünen Pullover an, zog aber den Schal aus und klammerte sich daran fest. Er folgte

dem Grafen durch die Diele, und etwas, das wahrscheinlich einmal die Küche war, ein Ausguss und ein alter, verrosteter Holzofen waren unter Bretterbergen und Zeitungsstapeln zu erkennen. Es gab eine Art Pfad durch das Gerümpel, und Vilgot und der Graf mussten einen Fuß direkt vor den anderen setzen, um nicht auf etwas zu treten, und es war schwierig, das Gleichgewicht zu halten. Plötzlich sah Vilgot seine Mutter im Wohnzimmer zu Hause vor sich. Sie hatte ein Buch auf den Kopf gelegt, die Hände in die Seiten gestemmt und lief so steif und kerzengerade durchs Wohnzimmer, wie Vilgot es noch nie gesehen hatte. Sie zeigte Vilgot und Vater, wie Mannequins liefen, wenn sie in Paris Kleider vorführten, und Vilgot hatte gelächelt und zu Vater auf dem Sofa hinübergeschaut und gesehen, wie auch er lächelte, gesehen, dass Vater Mutter hübsch und toll und sanft und gut fand, und das war sie ja auch. Jetzt liefen Vilgot und der Graf wie Mannequins durch den Müll im Wohnzimmer des Grafen, und dort fand der Graf einen Stuhl, der nur drei Beine hatte und den er so an einen kaputten Tisch rückte, dass Vilgot auf dem Stuhl sitzen konnte, ohne umzukippen. Der Graf hob Vilgot fast auf den Stuhl, trat einen Schritt zurück und sah ihn mit matten Augen an.

»Tja, hier kannst du nicht für immer bleiben«, sagte der Graf.

Vilgot hätte dem Grafen gerne erzählt, dass es nicht stimmte, dass er sich verlaufen hatte. Dass es nicht stimmte, dass er elternlos war. Dass er keine andere Wahl gehabt habe, als der Graf über ihm stand, sondern drauflosgeplappert habe. Versucht habe, das Mitleid des Grafen zu erwecken. Und es war ihm gelungen!

»Na ja«, sagte der Graf. »Reden können wir hinterher. Du bist hungrig, nicht wahr?«

Nachdem sie gegessen hatten, betrachtete Vilgot den Grafen, der auf einem Stapel alter Zeitungen halb lag, halb saß. Der Graf hatte unter einem Haufen Kleider eine Kochplatte

hervorgezogen, sie eingestöpselt und in einer riesigen Pfanne kleine Würstchen gebraten. Dann hatte er ein paar Scheiben Brot hineingelegt und auch diese im Fett der Würstchen gebraten. Er hatte von irgendwo zwei Gabeln hervorgezaubert und servierte für Vilgot und sich auf zwei Papptellern Würstchen und Brot, fetttriefend. Und obwohl Vilgot gerade gegessen hatte, verschlang er alles und fand, dass es lecker schmeckte.
Jetzt saß der Graf beim Kaffee (Vilgot hatte höflich abgelehnt) und betrachtete Vilgot, und Vilgot betrachtete den Grafen. Vilgot hätte gerne gesagt, dass das alles nicht stimmte, was er unten auf dem Feld in den Funken, dem Rauch, dem Ruß, den Flammen und unter dem bohrenden Blick des Grafen gestammelt hatte.
»Du hast dich vielleicht gar nicht verlaufen, oder?«
Vilgot merkte, wie er errötete.
»Und elternlos bist du auch nicht?« Der Graf sprach mehr zu sich selbst. Es war so, als hätte Vilgot bereits zugegeben, wie es sich tatsächlich verhielt. Der Graf nickte gedankenverloren.
»Du wohnst in den Wohnblocks?«
Jetzt kam es. Jetzt musste er sich vorsehen. Der Graf hasste schließlich alle, die mit den Wohnblocks zu tun hatten. Aber auch jetzt erwartete der Graf von Vilgot keine Antwort, er sprach zu Vilgot und doch auch nicht. Vilgot hätte gerne geschrien, dass es nicht seine Schuld sei, dass der Zornbauer mit Trygve Lie auf Sauftour gegangen war, es sei auch nicht Mutters Schuld gewesen oder Vaters. Er schluckte und sah den Grafen an.
»Und du hast noch nie vom Grafen von Hoff gehört?«
»Das habe ich nicht gesagt.« Vilgot stotterte fast, so aufgeregt und verängstigt war er. »Ich w-w-weiß, wer Sie sind.«
Der Graf lächelte, als hätte Vilgot einen Witz gemacht.
»So, das weißt du also!«
Vilgot nahm seinen ganzen Mut zusammen.
»Ich weiß auch, wer Ihr Bruder ist.«
»Mein Bruder?«

»Ja. Der … Zorn…«
Vilgot schlug sich mit der Hand auf den Mund. Er hatte zu viel gesagt, das war klar. Aber der Graf wurde nicht wütend, der Graf wurde nicht zornig.
»Den Zornbauern, meinst du?«
Vilgot nickte. Der Graf lächelte ein trauriges Lächeln.
»Hier bin nur ich«, sagte er. »Dann bin also ich vielleicht der Zornbauer?«
»Ja?«
»Manchmal bin ich der Zornbauer. Manchmal bin ich der Graf von Hoff. Findest du das unheimlich?«
»Ein bisschen.«
Der Graf lachte.
»Das musst du nicht.«
Vilgot sah dem Grafen in die Augen, und plötzlich hatte er keine Angst mehr. Du musst keine Angst haben, sagte der Graf, und somit hatte er auch keine Angst. Er war ganz erleichtert! Hier wollte er sein. Zwischen all den Papierbergen und dem Gerümpel.
»Stimmt es, dass Sie Ihre Geliebte umgebracht haben?«
Er hätte nicht fragen dürfen. Das durfte er nicht, aber es rutschte ihm einfach heraus. Es war einfach nur so herrlich, keine Angst zu haben. Doch es sah nicht so aus, als wäre der Graf gekränkt. Er schüttelte langsam den Kopf.
»Nein«, sagte er leise. »Ich habe sie nicht umgebracht.«
Es wurde still. Vilgot hätte gerne geredet, aber er traute sich nicht. Plötzlich schüttelte der Graf den Kopf und sah Vilgot direkt an.
»Es ist wohl an der Zeit, dass du nach Hause gehst.«
Vilgot hatte keine Lust zu gehen. Er sah auf die Uhr.
»Es ist erst halb sieben«, wagte er schließlich zu sagen.
Aber der Graf war erneut abwesend. Es sah nicht so aus, als sei der Graf im Zimmer zugegen, es sah so aus, als würde er schlafen. Es sah tatsächlich so aus, als würde der Graf mit offenen Augen schlafen. Mit weit geöffneten Augen.

»Es ist erst halb sieben!« Vilgot sprach lauter. »Ich muss noch lange nicht zu Hause sein.«
Der Graf lächelte und sah Vilgot direkt an. Die Augen des Grafen waren klar, klar und blau, und sie waren bereit, Vilgot mit auf die Reise zu nehmen. Das konnte Vilgot sehen.
»Und wann musst du zu Hause sein?«
»Punkt acht.« Der Graf nickte und sah Vilgot lange an.
»Und so lange würdest du gerne hier bleiben?«
Vilgot zuckte mit den Schultern. So war es auch wieder nicht. Nicht ganz, jedenfalls. Lange sagte keiner von ihnen ein Wort. Vilgot musste schlucken.
»Ich muss nicht eher zu Hause sein«, sagte er. Er merkte, dass der Graf ihn anschaute – aber jetzt hatte er keine Lust, seinen Blick zu erwidern.
»Ich verstehe«, sagte der Graf. »Ich verstehe.« Mit einer abrupten Bewegung griff er nach einer Zeitung aus einem der Stapel und fing an, sie eingehend zu studieren. Faltete sie auf und blätterte mit heftigen Bewegungen um. Dann warf er die Zeitung weg und sah Vilgot wieder an.
»Aber leider kannst du hier nicht bleiben.«
Vilgot schluckte. Stand jedoch auf und wickelte sich den Schal um den Hals. Er verbeugte sich.
»Vielen Dank für die Würstchen«, sagte er. Der Graf sah ihn an mit etwas, das einem zornigen Lächeln glich. Dann stand er ebenfalls auf. Er musste sich auf einen Stock stützen, der auf dem Boden gelegen hatte. Vilgot stand mitten im Zimmer, direkt unter einer Glühbirne, die von der Decke baumelte.
»Gehst du denn jetzt nach Hause?«
Vilgot zuckte mit den Schultern.
»Vielen Dank für die Würstchen«, sagte er noch einmal und drehte sich um, um zu gehen. Er hörte den Grafen hinter sich hüsteln.
»Es ist nur so, dass ich zu tun habe. Dinge, die … ich darf nicht gestört werden …«
»Ist in Ordnung«, sagte Vilgot. »Ist völlig in Ordnung.«

»Natürlich kannst du bleiben«, sagte der Graf. »Wenn du nur still bist. Wenn du nur ganz still dasitzt. Vielleicht findest du hier ja etwas zu lesen.«
Der Graf machte eine ausladende Handbewegung, die den Berg mit den alten Zeitungen, den Heften und all dem anderen umschloss. Der Graf lächelte Vilgot zu, und Vilgot musste grinsen. Er fand ganz sicher etwas zu lesen.
»Es ist nur so, dass ich nichts wegwerfen kann«, sagte der Graf.

Später saß Vilgot mit großen Augen da und sah zu, wie der Graf von Hoff einen Filmprojektor aufbaute, so einen, wie ihn die glücklichsten Jungen in der Klasse hatten, oder vielmehr, wie ihn die glücklichen Väter der glücklichsten Jungen in der Klasse hatten. So einen, mit dem sie sich an Geburtstagen alte Chaplin- oder Harold-Lloyd-Filme ansahen: Chaplin auf wilder Flucht durch die Straßen, mit Polizisten im Gefolge, dicken, fetten Polizisten mit Schnurrbart, Helm, Trillerpfeife und Knüppel. Und der Film riss, und der Vater kam mit Kleber, und die Geburtstagsgäste waren völlig aus dem Häuschen. Am schönsten war es dennoch, eine Stimme in dem einstimmigen Ruf am Ende des Films zu sein: Rückwärts! Rückwärts! Rückwärts! Und dann kamen Chaplin und die Polizisten in wildem Tempo an, in noch wilderem Tempo, liefen rückwärts, sie hatten den Ruf gehört! Sie hatten den Ruf gehört und kamen rückwärts zurück! Zuerst die großen, dicken Polizisten, dann Chaplin auf dem Weg aus dem Film, weg von denen, die zusahen, weg von Vilgot, aber Chaplin ließ Vilgot nicht aus den Augen, und kurz bevor er als kleiner Punkt von der Leinwand verschwand, zog er den Hut und nickte ihm fast unmerklich zu, nickte Vilgot zu. Für Vilgot von deinem guten Freund Charlie Chaplin.
»Wollen wir Chaplin sehen?« Vilgot konnte es nicht lassen.
»Wir wollen gar nichts sehen. Du sollst dich um deine eigenen Sachen kümmern.«

Der Graf sprach gleichermaßen streng und freundlich mit Vilgot. Wie es der netteste Lehrer manchmal tat. Wie es diejenigen, bei denen er gerne sein mochte, taten.
Der Graf hatte eine dünne Brille aufgesetzt und starrte angestrengt auf die vergilbten Etiketten auf stahlgrauen, runden Dosen, die er vor sich hingelegt hatte, auf den wackligen Tisch, auf dem der Projektor stand. Jetzt sah er zu Vilgot herüber, der auf einem Stapel Zeitungen saß und in einer Illustrierten blätterte. Vilgot nahm die Illustrierte hoch, damit der Graf sehen konnte, dass er las, dass er nicht stören wollte. Der Graf nickte.
»Es ist nicht gerade Chaplin«, sagte er.
Vilgot fand einen Artikel über eine Frau, die ein Foto von sich eingeschickt hatte, woraufhin die Illustrierte eine neue Frau aus ihr gemacht hatte. Werden Sie mit uns zu einem neuen Menschen, stand dort. Es stimmte, dass sie auf dem Foto, das sie eingeschickt hatte, grau und traurig aussah, aber sie war nicht wirklich hübsch geworden, nachdem die Illustrierte sie eingekleidet und geschminkt hatte. *Jola, jola, rattatein, rollte über Stock und Stein, langer Körper, kurze Bein, den Hintern wie ein Scherenschleifstein*. Sie war keineswegs schöner geworden. Aber sie war neu geworden, sie war eine andere geworden. Er legte die Zeitschrift weg, und sein Blick fiel auf ein Exemplar von *Haus und Heim*. Er blätterte darin und fand etwas, das Mutter geschrieben hatte, was er wusste, weil sie so stolz auf den Titel gewesen war: »Textilien – Vorreiter bei Tapeten«. Plötzlich hörte er seine eigene Stimme, die dem Grafen von Hoff laut vorlas: »Früher legte man großes Gewicht darauf, dass Stofftapeten zu einem gewissen Grad auch isolierend wirkten. Das hat sich geändert, heute zählt vor allem der ästhetische Aspekt. Wussten Sie zum Beispiel, dass die ersten Tapeten aus Stoff waren, dass Papiertapeten erst Mitte des 18. Jahrhunderts aufkamen? Heute wird dem Konsumenten eine große Auswahl an Stofftapeten angeboten, wir wollen hier nur einige wenige herausgreifen – und etwas näher auf

sie eingehen –, die Jutetapete, die Leinentapete, die Glasfasertapete, laminierte Modelle und Plastikgewebe. Von jeder einzelnen gibt es eine Vielzahl von Varianten.«
Vilgot hörte genau so abrupt auf, wie er begonnen hatte. Der Graf hatte sich nichts anmerken lassen, aber jetzt sah er Vilgot an und nickte.
»Tatsächlich?«, sagte er.
Vilgot nickte nur, aber der Graf widmete sich schon wieder hoch konzentriert seinem Vorhaben. Vilgot sah ihn verstohlen an, er hatte eine Filmspule in den Projektor eingeführt und hängte gerade ein fleckiges Laken an zwei Nägel in der Wand. Dann wühlte er ein wenig in einem der Haufen in der Ecke und tauchte mit einer kleinen Leselampe wieder auf. Die schloss er bei Vilgot an, während dieser, die Nase in die Illustrierte vertieft, dasaß und Angst hatte, der Graf würde ihm nicht glauben, dass er las. Der Graf schaltete die Deckenlampe aus, ging zum Projektor und stellte ihn an. In den Augenwinkeln spürte Vilgot den Sog des grau-weißen Flimmerns auf dem Laken. Er brauchte nur den Kopf zu heben. Er brauchte nur den Kopf zu heben und hinzuschauen. Er hörte die Stimme des Grafen.
»Hier ist sie. Ich habe sie nicht umgebracht. Sie ist einfach verschwunden.«

Später erfuhr Vilgot die ganze Geschichte. Es war fast zehn Jahre her, dass der Graf ihr zum ersten Mal begegnet war. Und zwar im Skansen, dem Restaurant bei der Festung Akershus. Er ging nie ins Restaurant. Er war in der Aula der Universität auf einem Vortrag über den Einsatz von modernen Silos gewesen, zusammen mit einem Freund. Es war vielleicht etwas übertrieben, ihn einen Freund zu nennen, schließlich war er dreißig Jahre jünger als der Graf und sie haben sich seitdem fast nicht mehr gesehen, aber der Graf dachte voller Wärme an diesen Mann, den er im Übrigen im Krieg kennen gelernt hatte. Im Krieg war der Hof des Grafen einmal als Sammelstelle für eine Gruppe Menschen genutzt worden, die nach Schweden wollten. Der Graf erzählte Vilgot, dass dieser junge Freund einer von ihnen gewesen sei, und direkt nach dem Krieg hatte er den Grafen aufgesucht, um ihm zu danken. Später hatten sie sich sporadisch getroffen, bis zu diesem Abend im Restaurant Skansen. Wie das Ganze vor sich gegangen war, wusste der Graf nicht, aber er ging davon aus, dass der Freund alles geplant hatte.

»Er wollte sich wohl bedanken«, sagte der Graf zu Vilgot.

In dem milden Sommerlicht vor der Aula, das einen blassrosa und himmelblauen Schleier über die Karl Johan gate legte, waren sie der Geliebten des Freundes über den Weg gelaufen, die mit einer Freundin spazieren ging. Die Freude zwischen dem Freund und der Geliebten war groß, und der Graf wusste nicht, wohin er schauen sollte. Da gelang es dem Freund, sich loszureißen und dem Graf die Geliebte und ihre Freundin vorzustellen, und bevor sich's der Graf versah, saßen sie an einem Tisch auf der Terrasse des Skansen und hatten jeder ein Glas Bier vor sich stehen. Sie hieß Karin, und sie war hübsch. Sie war das, was der Graf zerstörerisch hübsch nannte. Der Freund und die Geliebte waren keine große Hilfe, sie hielten Händchen, sahen sich in die Augen, küssten sich in immer kürzeren Abständen, bis es so aussah, als würden sie in einem einzigen langen Kuss verschmelzen, der bis zur Polizeistunde andauern sollte. Karin war hell, Karin war ernst, und sie sah ihn auf eine Art an, die ihn zugleich ängstigte und beruhigte. Er wäre am liebsten vom Tisch aufgestanden und hätte die Straßenbahn nach Hause genommen. Er hätte am liebsten ihre Hand genommen und sie in seinen Händen gehalten und hätte nie wieder aufstehen und weggehen mögen. Er erzählte vom Hof, den Tieren, redete einfach drauflos. Sie hingegen sagte nicht viel, aber sie sah ihn an. Sie war heiter und ernst, er war verängstigt und beruhigt. Zum Schluss war sie es, Karin, die eine Hand auf seine legte, sie zwei Sekunden lang liegen ließ, bevor sie sich halb abwandte, um sich ihm lächelnd wieder zuzuwenden. Sie stand auf, und er folgte ihr. Die anderen merkten kaum, dass sie allein am Tisch zurückblieben.

Zwischen ihnen lagen dreißig Jahre, und auf der einen Seite konnte der Graf nicht begreifen, was sie in ihm sah, weshalb sie ihn haben wollte; auf der anderen Seite erlebte er es als ganz selbstverständlich, ganz leicht, mit ihr zusammen zu sein. Dort zu sein, wo sie war. Er fühlte sich, als wäre er es, der dreißig war, und wenn er mit ihr darüber sprach, sagte sie, das sei aus ihrer Sicht in keinster Weise seltsam. Sie fühle sich wie dreizehn, sagte sie. Sie fühle sich fast wie ein Kind, aber ihr Körper, ihr Hunger und ihre Lust gehörten einer erwachsenen Frau. Die Erfahrungen des Grafen mit dem anderen Geschlecht waren nicht sehr ausgeprägt, und egal, worin sie bestanden und was sie bargen, reichten sie an das, was er mit Karin erlebte, nicht im Mindesten heran. Er hatte das Gefühl, als hätte er sein ganzes Leben lang geschlafen und als hätte ihm jetzt jemand eine Zaubermischung in die Augen geträufelt, sodass er sie endlich öffnen konnte. Und das Erste, was er sah, das Erste, was durch seine Augen drang und in sein Herz, war Karin. Und er ließ sich erfüllen, und er wollte nirgendwo anders sein als bei ihr. Bald konnte er nichts mehr essen, wenn sie nicht zugegen war, geschweige denn schlafen. Er hatte das Gefühl, in gleißendem Sonnenlicht zu taumeln, wenn sie nicht da war. Denn sie war die Schattenspenderin, sie war die Ruhe und die Stille und jene Hitze, die ebenfalls kühl und lang und unendlich war. Wenn er sie nicht sah, wollte er sterben, aber er vermochte nicht zu sterben, wenn sie nicht da war. Er konnte nicht aufräumen, er konnte nicht waschen, er konnte nicht reden, er konnte nur sterben, aber er vermochte auch das nicht ohne sie. Er vermochte nichts, wenn sie nicht bei ihm war, und es konnten Tage am Stück vergehen, ohne dass er Karin sah. Tage, an denen er versuchte, sich gegen die weiße, unbarmherzige Sonne zu schützen, die seinen Kopf zu leeren drohte, die seine Augen auszusaugen drohte. Einmal fragte er sie, wo sie war, wenn sie nicht bei ihm war.

»Davor sollst du keine Angst haben«, sagte sie und lächelte kaum merklich.

Und er unterließ es, Angst zu haben. Weil sie gesagt hatte, dass er keine Angst zu haben brauchte.

Einmal sah er sie. Sie war drei Tage lang weg gewesen, und er lief ziellos durch die Straßen. Er erinnerte sich noch, dass es ihm vorkam, als würde er sich durch die Gegend schleifen, als würde er es nicht schaffen, die Füße vom Boden zu heben, als ziehe er sie nahezu hinter sich her. Es war Spätsommer und dunkelgrün, aber er lief wie ein Kranker und Blinder. Dann saß sie plötzlich in einem Auto. Er kam an einem großen schwarzen Mercedes vorbei, und er hätte ihren Rücken überall erkannt. Er wollte gerade an die Scheibe klopfen, als er ihre Hand sah. Ihre Hand, die sich damals im Restaurant und seitdem noch viele Male auf seine gelegt hatte. Er sah, wie sich ihre Hand hob und eine Wange streichelte, auf dem Fahrersitz saß ein Mann und sah direkt vor sich hin, und sie streichelte ihm die Wange mit ihrer heilenden Hand. Er sah nicht das Gesicht des Mannes, aber er sah genug. Er sah, wie die Liebe von Karin zu dem anderen schoss. Der Graf schrie auf, und Karin drehte sich zu ihm um. Sie zuckte nicht zusammen, sie schrie nicht auf. Anschließend bildete er sich gerne ein, dass sich ihr Blick eine kurze Sekunde lang getrübt hätte, aber er hätte es nicht beschwören können. Jedenfalls lächelte sie. Sie lächelte ihn an. Sie lächelte das herzlichste, schönste Lächeln, das der Graf je gesehen hatte. Dann sagte sie etwas, was der Graf nicht hören konnte, und der Mann an ihrer Seite drehte den Schlüssel im Zündschloss um, und das Auto fuhr davon. Er blieb zurück, und die Sonne war nicht länger blendend und weiß, und er war nicht länger krank, er war nicht länger blind.

Sie kehrte am selben Abend zu ihm zurück. Er fragte sie nach dem Mann in dem Auto, und sie sagte das Gleiche wie zuvor. Er brauche keine Angst zu haben. Sie war ihm genauso nah, war genauso willig, genauso hungrig wie zuvor, und lange Zeit am Stück konnte der Graf den Mann im Auto vergessen, konnte vergessen, was er gesehen hatte. Aber es war nicht vergessen. Der Körper des Grafen hatte ihre Hand nicht vergessen, die dem fremden Mann die Wange gestreichelt hatte, die Wange des Grafen hatte es nicht vergessen. Die Wange des Grafen schrie nach dieser Berührung, nach exakt derselben Berührung.

»Streichele mir die Wange, wie du seine gestreichelt hast«, sagte er mitunter und versuchte dabei zu lächeln. Aber Karin lächelte nicht, sie schüttelte nur langsam den Kopf.

»Das kann ich nicht«, sagte sie.

»Warum nicht?«

»Weil du nicht er bist.«

»Und wer ist er?«

»Er ist er, und du bist du. Du sollst nicht so viel Angst haben.«

Mit der Zeit konnte der Graf nicht mehr essen, wenn sie bei ihm war. Er konnte nicht mehr schlafen, er konnte nicht mehr aufräumen, er konnte nicht mehr reden. Er hatte das Gefühl, als würde er sie aus der Entfernung betrachten, wenn sie sich unter ihm wand, wenn sie über ihm schrie. Er wusste, dass es nur einer Handbewegung von ihr bedurfte. Er wollte nur, dass sie ihm die Wange streichelte, so wie sie dem Mann in dem großen schwarzen Auto damals die Wange gestreichelt hatte und wie sie es vermutlich die ganze Zeit über tat. Es war keineswegs so, dass sie ihn nicht tätschelte und streichelte, aber er spürte nie, dass die Liebe zu ihm herüberschoss. Im Gegenteil, er hatte das Gefühl, dass ihm bei jeder Berührung von ihr Liebe entzogen wurde. Er begann zu glauben, dass es sich so verhielt, dass sie ihm Wärme entzog, um sie in den anderen zu schießen. Am Anfang, als er um die Berührung gebettelt hatte, hatte sie einfach über ihn gelacht, als würde er scherzen, aber allmählich versuchte sie ihn, so gut sie konnte, zufrieden zu stellen. Sie tätschelte und streichelte ihn und zeigte dem Grafen von Hoff auf tausenderlei Art ihre Liebe. Nur nicht auf die eine.

»Was soll ich tun?«, fragte sie. Und er saß da und zuckte mit den Schultern.

Er hatte gesagt, was genau sie tun sollte. Konnte es denn so schwierig sein?

Am Ende hatte sie nicht mehr gelacht, ihn nicht mehr gestreichelt, nicht mehr geweint. Sie hatte nur noch still auf dem Sessel im Wohnzimmer des Grafen gesessen, und er hatte geschrien, gebettelt und gefleht. Am Ende hatte er ihre Hand ergriffen und sie über seine Wange gerieben.

»Tu's endlich!«, hatte er dann geschrien. »Tu's endlich!«

Auf diese Weise hatte er sie verloren. Auf diese Weise war sie verschwunden.

»Aber ich habe sie nicht umgebracht, Vilgot.«

IM ERSTEN SOMMER, IN DER ERSTEN ZEIT, die Karin und er zusammenlebten, stand der Graf von Hoff mit einem Bein in der Ewigkeit und mit einem im Grab. So jedenfalls beschrieb er es, als er Vilgot seine Geschichte erzählte. Vilgot hätte den Grafen gerne unterbrochen, damit er ihm Dinge erklärte, die er nicht verstand. Aber ebendies glaubte er verstanden zu haben, auch wenn der Graf darauf bestand, es zu erklären. Vilgot gehörte jetzt fast zum festen Inventar des Grafen. Mindestens zwei Nachmittage in der Woche saß er auf einem Stapel alter Zeitungen und gab vor zu lesen, während der Graf sein tägliches Ritual ausübte. Anschließend redete der Graf, und Vilgot hörte zu. So bekam er schließlich die Geschichte von Karin zu hören. Der Frau, die den Grafen an die Ewigkeit und das Grab gebunden hatte, an den Himmel und drei Schaufeln Erde. Der Graf wusste, dass das Leben nie zu Ende sein würde, solange sie an seiner Seite war, dass es zur Ewigkeit erhöht und zur Herrlichkeit erhoben würde. Zugleich wusste der Graf, dass sie ihn verlassen würde, dass er dazu verdammt war, zu guter Letzt, wie er sagte, wenn es so weit war, ein bodenständiges Leben ohne sie zu führen. Mit dieser Erkenntnis, die einem Stein in seiner Brust glich, nahm er eines Tages einen gut Teil seiner Ersparnisse und tat etwas Unerhörtes, wie er sich ausdrückte. Er kaufte sich eine Filmkamera, eine 8-Millimeter-Kamera mit mehreren Objektiven, er kaufte sich einen Filmbetrachter und eine Klebepresse, er kaufte sich Filme und einen Projektor und schrieb sich für einen Fernlehrgang Filmen mit der Schmalfilmkamera ein, wie es hieß. Er füllte Fragebogen zu

Fokus und Licht, zu Kompositionen aus. Er wurde Experte im Ausblenden, Einblenden, Überblenden. Er ließ sich in die Geheimnisse des Panoramas einweihen, und schließlich kam das Diplom mit der Post. Der Graf von Hoff galt jetzt als staatlich anerkannter Schmalfilmkameramann, sein Prüfer war mit den Antworten sogar so zufrieden gewesen, dass er einen Brief mit dem Angebot über eine einjährige kostenlose Mitgliedschaft im Schmalfilmverband für den norwegischen Nachwuchs beilegte. Damals war der Graf fünfundsechzig. Er schob einen Stapel Blätter beiseite und fand tatsächlich das Diplom und das Schreiben des Prüfers, das er Vilgot zeigte. Und es bestand kein Zweifel daran, dass der Graf im Norwegischen Schmalfilmverband für den norwegischen Nachwuchs damals ein dynamisches Umfeld gefunden hätte, wenn er das Angebot angenommen hätte. Es fehlte wohl nicht an kurzen, dunklen, unscharfen, zittrigen Kriminalfilmen, in denen der große Bruder mit falschem grünen Bart die Treppe hinaufsprang, ein Buttermesser in der Hand, auf der Jagd nach der reichen Dame, die von der kleinen Schwester verkörpert wurde. Dunkle gelbe Gesichter, die plötzlich erblassten, weil die Tischlampe eingeschaltet wurde, die ungelenke Schönschrift auf kleinen Fetzen Papier, die die Handlung erklärte, der Held, Vaters Pfeife im Mundwinkel, starrte einen durch ein Vergrößerungsglas an, das nur schwer ruhig zu halten war, und Unmengen von Tomatenketchup mit Wasser vermischt: ein Blutbad im Keller und in der Küche, in der Stube und im Badezimmer. Es ist ziemlich gewiss, dass der Graf mit der höchsten Punktzahl, die der Fernlehrgang je vergeben hatte, mit dem offenkundigen Gespür für eine kontrollierte Handhabung der Kamera seine Kameraden vom Schmalfilmverband für den norwegischen Nachwuchs um das eine oder andre hätte bereichern können – aber der Graf hatte seine eigenen Pläne, hatte seine eigene Leinwand zu füllen. Und das, womit er sie füllte, waren Ewigkeit, Träume und Sehnsüchte. Und das, womit er sie füllte, war das Schönste, was Vilgot je gesehen hatte.

Sie sah Vilgot direkt an. Eine einzige kurze und sehr lange Sekunde lang sah sie Vilgot direkt an, und es kam ihm vor, als fiele er in ihren Blick hinein. Es war das erste Mal, dass er sie sah, er wusste nichts über sie, er wusste nicht, wie sie hieß oder weshalb sie ihm in die Augen schaute. Später sollte er alles erfahren, aber dieses erste Mal beim Grafen, umgeben von Papierbergen und Müll, merkte er nur, dass er in ihren Blick hineingesogen wurde.
Sie sah natürlich nicht Vilgot an, sie sah direkt in die kleine Filmkamera, die der Graf auf sie gerichtet hatte. Sie sah einen Augenblick lang in die Kamera, bevor sie sich abwandte und anfing zu lächeln, als wüsste sie, was für einen Blick sie ausgeschickt hatte, als wüsste sie, was diesem Blick innewohnte, als wäre sie selbst von diesem Blick getroffen worden. Dann wurde der Raum um sie größer. Sie stand auf dem Hof und ging in die Knie, als wollte sie knicksen, bevor sie eine schwebende Bewegung machte, ein paar langsame Tanzschritte, die Arme kokett und graziös zur Seite gestreckt, begleitet von einem geschmeidig in die Luft gestreckten Bein. Dann wurde sie plötzlich verlegen, schlug sich mit der Hand auf den Mund und winkte mit der anderen vor ihrem Gesicht, um dem Grafen zu signalisieren, dass er mit dem Filmen aufhören sollte, und sogleich kippte das Bild zu dem kleinen Hund, der mit hängender Zunge und vibrierenden Nasenlöchern dasaß, als ihm der Graf die Kamera plötzlich in die Schnauze hielt, und dann drehte die Kamera wieder zu ihr zurück, doch dieses Mal von hinten. Sie ging vor dem Grafen ins Haus, sie drehte sich um, um etwas zu sagen, aber Vilgot konnte erkennen, dass sie ärgerlich wurde, als sie feststellte, dass der Graf immer noch filmte. Sie tat, als würde sie nach ihm schlagen, und die Kamera fiel herab und fing die Stiefel des Grafen ein, voller Sand- und Schlammflecken. Vilgot hörte nur das surrende Geräusch des Projektors, und er sah den Lichtstrahl, der sich durch den Raum schnitt, in dem sie saßen, er und der Graf: Und er sah die Staubkörner, die golden durch das Licht

wirbelten, und er sah, wie das vergoldete Licht zu der Frau auf dem weißen Laken wurde. Plötzlich tauchte der Graf auf, Vilgot konnte sehen, dass er etwas jünger war, er erinnerte ein wenig an Vilgots Vater. Jetzt wurde der Graf gefilmt, und die Frau hielt die Kamera, wie Vilgot feststellte, und der Graf tanzte nicht, der Graf schlug nicht nach der Fotografin, der Graf stand lediglich ganz ernst da und sah ein wenig an der Kamera vorbei, und Vilgot konnte sehen, dass der Graf eine völlig andere Vorstellung vom Filmen hatte als die Frau. Der Graf war vollkommen ernst und blinzelte mit den Augen, und plötzlich wurde Vilgot klar, dass der erwachsene Mann, den er dort im Film sah, Angst hatte. Vilgot sah die Augen des Grafen und hatte plötzlich das gleiche Gefühl, das ihn mitunter überkam, wenn er sich am Abend in den Fensterscheiben spiegelte, dass nämlich das Bild etwas verbarg, dass es dort etwas gab, das Vilgot verstehen sollte, das er entdecken sollte, das er aber nicht zu fassen vermochte. Plötzlich war der Film zu Ende, die Rolle schlug gegen die Spule des Projektors, und der Hof vor dem Haus des Grafen wurde auf dem weißen Laken zu einem großen Viereck aus Licht. Der Graf schaltete die Deckenlampe wieder an, und Vilgot sah eifrig in sein Heft. Der Graf sprach, und seine Stimme klang anders.

»Hast du sie gesehen?«

Vilgot wusste nicht recht, was er antworten sollte, ihm war ja aufgetragen worden, sich um seine eigenen Sachen zu kümmern.

»Hast du sie gesehen?«

Vilgot sah zu dem Grafen auf, und plötzlich hatte der Graf den gleichen Blick wie im Film, und es war nicht Angst, was Vilgot in den Augen des Grafen gesehen hatte, es war Sehnsucht, und Vilgot konnte nichts sagen, aber er nickte. Er hatte sie gesehen. Der Graf nickte zurück.

»Das ist gut«, sagte er. »Ich hatte schon befürchtet, du hättest sie nicht gesehen.«

Dann sah er auf die Wanduhr, die immer noch zwei Uhr zeigte.
»Es ist jetzt spät, du musst gehen«, sagte er.
Vilgot nickte und stand auf. Er sah den Grafen an, den großen, grau gekleideten, alten Mann, der mitten in einem Zimmer voller Müll und alter Zeitungen stand, und er nahm allen Mut zusammen.
»War das Ihre Schwester?«, fragte er.
Der Blick des Grafen wich Vilgot aus und war stattdessen auf das weiße Laken gerichtet.
»Darüber können wir ein andermal sprechen«, sagte er. »Darüber können wir sprechen, wenn du das nächste Mal wiederkommst.«
Vilgot nickte. Vilgot nickte dem Grafen zu, dann lächelte er.
»Nächstes Mal«, sagte er.

Vilgot schloss die Wohnungstür auf, stand in dem schweren Licht der Diele und lauschte. Durch die Wohnzimmertür konnte er hören, dass sie beide drinnen saßen. Mutter auf ihrem festen Platz auf dem Sofa, Vater in dem guten Sessel neben dem Radio mit dem großen grünen Auge. Sie hatten ihn wohl nicht gehört, sie hatten wohl nicht so ein gutes Gehör wie Vilgot. Er konnte hören, dass sie lasen, er konnte hören, dass Mutter ein Buch las und Vater die Zeitung, er konnte hören, dass Mutter an einem Glas Wein nippte und Vater Pfeife rauchte. Jetzt sagte Mutter etwas, es war unmöglich zu verstehen, was sie sagte, aber der Klang ihrer Stimme durch die Tür hatte etwas sehr Beruhigendes und Gutes und Warmes. Und er wusste, dass es drinnen in der Stube bei ihnen sicher und gut und warm war. Er ging in sein Zimmer, er ging zum Schreibtisch am Fenster. Er richtete die Leselampe auf seinen Kopf, schaltete sie ein und sah, wie sein Spiegelbild in die Fensterscheibe schoss.

IN VILGOTS GEOGRAFIEBUCH, das er selbst versucht hatte einzubinden, gab es ein Foto des Turms, des so genannten Lie-Baus. Es war Norwegens höchstes Gebäude, und in der Bildunterschrift wurde es als Beispiel für den Wohnungsbau nach dem Zweiten Weltkrieg hervorgehoben. Vilgot mochte die Bildunterschrift nicht. Wenn sie schon ein Foto des Turms in das Schulbuch setzten, hätten sie etwas schreiben können, das dem Haus besser gerecht wurde, fand er. Sie hätten schreiben können, dass die Eingangstüren unten verschlossen waren, dass es schwierig war, hineinzugelangen, wenn man nicht dort wohnte. In den Wohnblocks waren die Türen stets unverschlossen. Sie hätten schreiben können, dass es im Eingangsbereich auf dem Weg zum Fahrstuhl große Blumenständer gab, ja, dass das gesamte Foyer gewissermaßen in schwarzem Granit und rosa Marmor erstrahlte, dass das ganze Gebäude von Fremden bevölkert war, die einer anderen Welt angehörten, einem anderen Volksschlag, und dass es ein verschlossenes Land war für all diejenigen, die in den Wohnblocks wohnten, wenn man nicht gerade wie Vilgot einen Freund darin hatte. Magne wohnte im vierten Stock, und ab und zu fuhren er und Magne mit dem Fahrstuhl in den zwölften Stock und sahen durch ein kleines Guckloch nach draußen, sie konnten nicht viel erkennen, aber sie konnten die Höhe spüren, konnten spüren, dass sie sich neigten, dass es möglich war zu fallen. Vilgot spürte es zumindest, und er war eigentlich der Meinung, dass es ein schönes Gefühl war, ein Gefühl, von dem er hoffte, dass es ihn begleiten würde, oder ein Gefühl, das er begleiten könnte, das er verfolgen konnte. Der Fahrstuhl brachte sie nicht bis ganz auf die Spitze, nicht ganz nach oben. Zwischen dem zwölften und dem dreizehnten Stock verkehrte ein eigener Fahrstuhl, und um diesen zu benutzen, brauchte man einen eigenen Schlüssel. Einen großen gelben Schlüssel, vom tüchtigsten Schlosser der Stadt geschmiedet, einen magischen Schlüssel, von dem es nur einen einzigen gab und der Trygve Lie von König Olav V. von Norwegen höchstpersönlich überreicht worden war. Magne hatte es selbst gesehen, oder vielleicht hatte Magnes Vater es gesehen, der vor einigen Jahren verschwunden war, um nie mehr wiederzukehren. Magnes Vater hatte mit einer Maschinenpistole schussbereit neben dem offenen Wagen von König Olav gestanden, als König Olav, der damals noch Prinz war, zusammen mit Trygve Lie aus dem Krieg heimkehrte.

»Ich hoffe, dass dein Vater zurückkommt«, sagte Vilgot einmal, als er und Magne vor Arnesens Laden an der Ecke saßen und Autokennzeichen aufschrieben.

»Darf ich ihn dann kennen lernen?«

Magne hatte nicht geantwortet, war nur eifrig damit beschäftigt gewesen, die Nummer eines türkisfarbenen Volvo PV zu notieren, der gerade vorbeifuhr.

Denn ist es nicht so, wollte Vilgot fragen, ist es nicht so, Magne, dass er dich packt, wenn er dich sieht, und dich an die Decke wirft und dich wieder auffängt, wenn du fällst, und dabei sein polterndes Lachen lacht? Dass er auf der Straße in die Hocke geht, wenn er dich kommen sieht, und seine riesigen Arme ausbreitet, damit du so schnell laufen kannst, dass die Füße nicht mehr den Boden berühren, und du dich in seine Bärenarme wirfst, egal, ob jemand zusieht, egal, ob jemand über euch lacht? Dass du, wenn er auf dem Sofa Mittagsschlaf hält, auf seinem großen, dicken Bauch liegen und ihn am Kopf kraulen darfst, seine dichten, krausen Haare auf der Brust kraulen darfst? Dass er sich neben dich setzt, wenn du schlafen sollst, dass er dir die Wange tätschelt, dir die Haare zerzaust

und sagt: »Du und ich, Magne. Du und ich.« Dass er bald zurückkommt, dass er wegen eines Geheimauftrags an der Elfenbeinküste unterwegs ist? All das, was du mir erzählt hast, Magne?
»Dauert es denn noch lange, bis er kommt?«, war alles, was er herausbrachte.
Magne sah ihn an und stopfte das Notizbuch in die Tasche. »Ich muss nach Hause«, sagte er. Dann lief er davon.

Es war jedenfalls ganz sicher, dass Magnes Vater Zeuge war, als der König Trygve Lie den magischen Schlüssel zum obersten Stockwerk im Turm gab. Den erhielt Trygve Lie als Belohnung dafür, dass er den Zweiten Weltkrieg beendet hatte, damals, als Norwegen die Deutschen besiegte, auch wenn die Deutschen an allen Fronten siegreich gewesen waren. Und mit diesem Schlüssel konnte man also mit dem Fahrstuhl bis in den dreizehnten Stock fahren, und wenn die Fahrstuhltüren aufgingen, stand man mitten in Norwegens größter Wohnung auf der Spitze von Norwegens höchstem Gebäude. Waren es vier oder fünf oder sechs Wohnungen, die zu einer einzigen Riesenwohnung zusammengelegt worden waren, damit Trygve Lie Platz genug für seine ganzen Medaillen, seine vielen Fracks und seinen dicken Bauch hatte? Wände waren eingerissen, Türen versetzt und Fenster miteinander verbunden worden, und an den Wänden hingen große Gemälde, auf denen man Trygve Lie mit einem Fuß auf Adolf Hitlers Kopf sehen konnte, Adolf Hitler lag auf dem Boden und weinte mit dem Gesicht im Asphalt, und Trygve Lie winkte mit einer Hand und lächelte aus dem Gemälde heraus, und hinter ihm, etwas links vom Turm, ging die Sonne auf; oder Trygve Lie, wie er von König Olav den Schlüssel zur obersten und prächtigsten Etage des Turms entgegennahm, und darauf konnte man, sagte Magne, auch Magnes Vater mit seinen borstigen Haaren sehen, mit dem herben Lächeln und der frisch geölten Maschinenpistole; oder Trygve Lie auf der Erdkugel, während alle

Völker der Erde mit Fackeln in den Händen an ihm vorbeizogen, sie lachten und lächelten Trygve Lie zu. Große und bunte Gemälde.
Magne hatte es gut, dass er im selben Haus wohnte wie Trygve Lie, dass er sich oft mit Trygve Lie über allerlei merkwürdige Dinge unterhalten konnte, und er hatte es gut, dass er einen Papa hatte, der Trygve Lie kannte und mitten auf der Straße in die Hocke ging und seine riesigen Arme ausbreitete, damit Magne sich hineinwerfen und darin verweilen konnte.

Vilgot blieb noch eine Weile sitzen und schrieb die Kennzeichen der vorbeifahrenden Autos auf. Er hatte nie darüber nachgedacht, warum sie das taten. Warum er und Magne Stunde um Stunde dort auf der Treppe saßen und Seite um Seite eng mit Autokennzeichen füllten. Und es verwirrte ihn im Grunde nur, als einer der großen Jungen vorbeikam und sagte, es sei eigentlich Klasse, dass Vilgot und Magne Kennzeichen aufschrieben. Vilgot wusste nicht, dass es Klasse war, er wusste auch nicht, dass es töricht war, er wusste einfach nur, dass es etwas war, wozu er und seine Freunde manchmal getrieben wurden, etwas, das sie vermissten und von Zeit zu Zeit einfach machen mussten. Aber der große Junge erzählte, wie zwei Jungen in Vilgots und Magnes Alter ein kleines Mädchen vor einem Schicksal bewahrt hatten, das er schlimmer als der Tod nannte. Das Mädchen war in das Auto eines fremden Mannes eingestiegen, obwohl es sehr genau wusste, dass es das nicht tun sollte. Das wussten schließlich alle. Es gab drei Dinge, vor denen Kinder sich zu hüten hatten. Das Erste war, direkt nach dem Essen zu baden – man musste mindestens eine Stunde warten, um keine Krämpfe zu bekommen; das Zweite war, mit Plastiktüten zu spielen; und das Dritte war, dass man nicht mit Fremden gehen sollte, die einem Süßigkeiten anboten. Am gefährlichsten war es anscheinend, mit Plastiktüten zu spielen, denn war es nicht so, als befehle allen Kindern eine innere

Stimme die Tüte über den Kopf zu streifen und zuzuziehen, sodass sie erstickten? Das kleine Mädchen hatte gewiss nicht direkt nach dem Essen gebadet, und es hatte ebenso wenig mit Plastiktüten gespielt. Also war es mit einem Fremden gegangen, der Süßigkeiten angeboten hatte. Das Mädchen war spurlos verschwunden, die Eltern waren verzweifelt und flehten die Polizei an, etwas zu tun, aber der Polizeichef hob bedauernd die Arme, sie konnten nichts tun – sie hatten überhaupt keine Spur. Da geschah es, und Vilgot wurde nicht ganz klar, wie der Kontakt zwischen den Jungen und der Polizei hergestellt wurde, aber da geschah es also, dass die Polizei mit Hilfe der Notizbücher der Jungen, voller Kennzeichen von Autos, die bei ihnen vorbeigekommen waren, in die Lage versetzt wurde, nach dem Mann und seinem Auto zu suchen, bevor der Mann dem kleinen Mädchen etwas hatte antun können. Vilgot und Magne betrachteten die vorbeifahrenden Autos jetzt mit ganz anderen Augen und notierten eifriger denn je. Denn man stelle sich vor, sie könnten der Polizei helfen! Sie könnten in die Verzweiflung der Eltern und die Ratlosigkeit der Polizei eindringen. Man stelle sich vor, sie selbst wären verschwunden, Vilgot und Magne, und ihre Eltern stünden da und weinten. Würde dein Vater nicht am lautesten weinen, Magne? Meinst du nicht? Am lautesten von allen auf der ganzen Welt? Er würde mit seinen borstigen Haaren dastehen und verzweifelt schluchzen, weil sein Junge, der kleine Magne, verschwunden war! Meinst du nicht auch, Magne?

Der große Junge ging weiter, und Magne erzählte, dass ein paar Mädchen einmal eine tote Frau gefunden hätten, zwischen dem Teich und der Scheune des Zornbauern. Sie sei mit Laub und Zweigen bedeckt gewesen, und die Mädchen wären nach Hause gelaufen und hätten erzählt, was sie gesehen hätten, und die Polizei sei gekommen, und alle hätten gewusst, dass der Zornbauer sie mit Süßigkeiten gelockt hätte, aber dass er nicht verhaftet worden sei, weil die Frau betrunken gewesen sei, und dann wäre es nicht so schlimm. Da konnte sie ebenso gut sterben. Vilgot sagte, er habe gehört, dass ein paar Jungen einen toten Mann gefunden hätten und dass der Mann beim Spazierengehen ausgerutscht und mit dem Kopf auf einem Stein aufgeschlagen sei. Dann stritten sie ein wenig über die Geschichte, bis Magne eine leere Limonadenflasche fand, in die sie pinkelten, um dann zwischen den Wohnblocks herumzulaufen und jemanden zu suchen, dem sie sie zum Trinken anbieten konnten. Aber an jenem Nachmittag waren alle drinnen. Deshalb ging Magne nach Hause, in das Gebäude, in dem Trygve Lie wohnte, und Vilgot tat so, als würde er nach Hause gehen, aber nachdem Magne um die Ecke gebogen war, steuerte Vilgot in Richtung Spielplatz zu den Schaukeln.

Er kommt zu spät nach Hause. Er sagt, dass Simens Mutter ihn zum Abendessen eingeladen hat und dass er vergessen hat anzurufen. Es ist gefährlich, zu spät nach Hause zu kommen, aber man weiß es nicht. Plötzlich ist es gar nicht so gefährlich. Wie heute Abend. Vilgot liegt im Bett, und Mutter sitzt auf dem Stuhl und liest aus Rotkäppchen vor.

»Rotkäppchen aber holte geschwind große Steine, damit füllten sie dem Wolf den Leib, und wie er aufwachte, wollte er fortspringen, aber die Steine waren so schwer, dass er gleich niedersank und sich totfiel«, liest die Mutter.

Sie ist fertig, sie sieht Vilgot an und lächelt.

»Ich glaube ganz gewiss, dass der Wolf heute Abend schon wieder gestorben ist!«

»Mutter?«

»Ja, Vilgot.«

»Hast du Angst vor dem Zornbauern?«

»Dem Zornbauern?«

»Der auf dem Hof?«

»Nennt ihr ihn Zornbauer?«

»Hast du Angst?«

»Es gibt keinen Bauern auf der Welt, der zorniger werden kann als ich. Das weißt du doch, Vilgot.«

Mutter lacht, und Vilgot muss auch lachen, obwohl es stimmt.
»Weißt du, dass er eine Frau umgebracht hat?«
»Wer?«
»Der … Zornbauer … oder vielleicht war es der Graf. Er musste ins Gefängnis.«
»Der Graf?«
»Ja … der … Bauer.«
Mutter lächelt nicht länger, sie ist nicht zornig. Das kann Vilgot sehen. Sie beugt sich zu ihm herab.
»Ich weiß, dass viele Geschichten über Landwirt Lange kursieren«, sagt sie. »Aber er ist ein feiner Mann, dem das Leben leider sehr zugesetzt hat. Verstehst du, was ich meine, Vilgot?«
Mutter weiß etwas, was niemand anders weiß. Manchmal weiß Mutter über alle etwas, wie heute Abend, dann wünscht sich Vilgot nicht, irgendwo anders zu sein als hier zusammen mit Mutter. Im Übrigen, denkt er, kurz bevor ihn der Schlaf übermannt, er könnte gut auch vor Arnesens Laden an der Ecke sitzen. Mit Magne in der tief stehenden Nachmittagssonne Autokennzeichen notieren und über Trygve Lie und Magnes Vater reden.

HEUTE GIBT ES NICHT LÄNGER einen Laden an der Ecke, aber früher war dort einmal Arnesens Kolonialwarenladen, von Herrn Arnesen, Frau Arnesen und ihren fünf Söhnen Arnesen, Arnesen, Arnesen, Arnesen und Arnesen betrieben. Die Söhne sahen völlig gleich aus, auch wenn Magne behauptete, dass es keine Fünflinge gäbe. Die großen Mädchen waren allesamt in die Arnesen-Jungen verliebt. Die Beatles waren Vierlinge, und die großen Mädchen waren auch in sie verliebt. Einmal hörte Vilgot einen der großen Jungen eine Art Schlachtruf brüllen, einen rhythmischen Schlachtruf, der sich sofort in ihm festgesetzt hatte und den er im Laufe der Jahre wieder aufnahm, wenn es nichts nützte, Schiffsjunge Jansson zu singen: We want the Rolling Stones, Beatles go home, yeah, yeah! We want the Rolling Stones, Beatles go home, yeah, yeah! Der Schlachtruf ließ sich sehr schön sprechen, und man konnte sehr gut dazu klatschen und auf und ab springen, wenn es keiner sah. An seinem Platz am Teich konnte Vilgot manchmal eine ganze Stunde lang stehen, den Schlachtruf wiederholen und dazu klatschen oder hüpfen: We want the Rolling Stones, Beatles go home, yeah, yeah! We want the Rolling Stones, Beatles go home, yeah, yeah!
Magne konnte erschütternde Geschichten erzählen von den Mitgliedern der Stones, die an Häuserwände pinkelten und Rollstühle mit lahmen kleinen Jungen darin umwarfen. Die Arnesen-Brüder pinkelten nicht an Häuserwände und waren zu kleinen Jungen einfach nur nett, ob sie nun im Rollstuhl saßen oder nicht. Jeden Morgen kam die gesamte Familie

Arnesen in Arnesens großem VW-Bus angefahren, und dann streiften alle Arnesens einen leuchtend weißen Kittel über und begaben sich dienstbeflissen auf ihre Positionen. Einer an die Obsttheke, einer an die Fleischtheke, einer an die Käsetheke, einer, der jederzeit abrufbar war und bei Bedarf Kaffee mahlte, und einer im Lager, der die Kisten mit Bananen und Erdnussbutter auspackte. Herr Arnesen saß in einem kleinen Kämmerchen im Lager und schrieb auf einen weißen Block, nachdem er die Bleistiftspitze zuvor mit der Zunge befeuchtet hatte. Frau Arnesen saß an der Kasse und war gerade angemessen freundlich und angemessen streng, und Vilgot stand an der Kasse, nachdem einer der Arnesen-Jungen alles, was auf Mutters Zettel stand, zusammengesucht hatte, und Frau Arnesen zerzauste ihm die Haare und fragte, wie es ging, und wenn es Samstag war und Mutter eine Flasche Bier für das Sonntagessen aufgeschrieben hatte, lächelte Frau Arnesen und sagte: »Verträgst du denn so früh am Morgen schon so eine große Menge, Vilgot?«
Plötzlich starb Herr Arnesen, und alles veränderte sich. Der Laden wurde für ein paar Tage geschlossen, und als er wieder aufmachte, saß eine junge, hübsche Frau an der Kasse, an der Frau Arnesen immer gesessen hatte. Es verbreitete sich schnell das Gerücht, dass es die Verlobte von William Arnesen sei, dem Liebling der großen Mädchen, die jetzt die Kasse bediente. Und der Laden füllte sich rasch mit Rivalinnen, die die Konkurrentin in Augenschein nehmen wollten, sie versuchten zwar, ihre kleinen Brüste herauszustrecken und der neuen Frau hinter der Kasse das, was sie für einen verächtlichen Blick hielten, zuzuwerfen, aber die Wahrheit war, dass niemand in der ganzen Gegend jemals eine solche Offenbarung gesehen hatte wie die freundliche, wunderschöne und wohl geformte Verlobte von William Arnesen! Die großen Mädchen waren bei den großen Jungen bald abgeschrieben, die hüstelten und husteten und sich lange an der Kasse herumdrückten, wenn sie nur einen neuen Kamm brauchten. William Arnesens Ver-

lobte war freundlich zu allen und hübsch für alle und ziemlich unwiderstehlich für alle, und im Laufe der Zeit war es kein seltener Anblick, dass sich Familienväter mit einem Einkaufsnetz oder einem Wägelchen auf den Weg zu Arnesens Kolonialwarenhandlung machten und dieselben Bürgersteige benutzten, auf denen ihre Frauen bis dato die Waren hatten allein nach Hause schleppen müssen. Bald nannten alle William Arnesens Verlobte beim Vornamen – sie hieß Siv, und sie war mit William verlobt, aber der Termin für die Hochzeit stand noch nicht fest. Die Männer eilten von ihren Büros nach Hause, um sich einen Überblick darüber zu verschaffen, was fehlte, entweder sie schauten selbst nach oder sie erhielten einen Zettel, den ihre Frauen geschrieben hatten. Anschließend galt es, schnell an den Rasenflächen vorbei zum Laden an der Ecke zu laufen, wo Siv an der Kasse saß. Kurz vor Schließung bildete sich stets eine kleine Schlange eifriger Männer vor dem Laden. Das konnte so nicht weitergehen. Es war wohl wenige Monate nach Herrn Arnesens Tod, als die Frauen anfingen, die Stirn zu runzeln, wenn sie den Inhalt in den Einkaufsnetzen oder Wägelchen näher in Augenschein nahmen. Waren die Scheiben mit der Cervelatwurst nicht ein wenig gräulich? Und sag mal, haben denn alle Äpfel dort braune Flecken? Die Männer schoben die Hüte in den Nacken.

»Quatsch!«, hüstelten sie. »Die Äpfel sind prima und die Cervelatwurst auch.«

Aber eine der Frauen hatte einen Blick auf Arnesens Söhne erhascht, als sie den Laden durch die Hintertür verließen und in den VW-Bus stiegen, und das, was einmal kreideweiße, leuchtende Verkäuferkittel waren, sah dank der Cervelatwurst jetzt aus, als kämen die Arnesen-Söhne direkt vom Schlachthof, und gestern hatte sich eine der Frauen ein Stück von einem frisch gekauften Pfund Kong-Haakons-Konfekt gönnen wollen, und es war innen drin schon weiß und hart gewesen, und sie hatte immer noch den ekelhaften Geschmack von alter Schokolade im Mund. Wenn sich der Laden, der einmal eine Zierde für die Gegend gewesen war und für den Handelsstand an sich, in einen Schweinestall verwandelte, ging es zu weit. Viel zu weit. Und ihre Gedanken waren vor allem bei Frau Arnesen, die nicht nur ihren über so viele Jahre treuen und guten Ehemann verloren hatte, sondern die jetzt auch noch mit ansehen musste, wie sein Lebenswerk ruiniert wurde.

Vilgot vermisste Frau Arnesen, obwohl Siv auch ihn anstrahlte. Siv behandelte alle gleich, und das sollte nicht so sein. In einem Laden musste man freundlich und streng sein, so wie Frau Arnesen es gewesen war, und außerdem glaubte Vilgot, dass Frau Arnesen über ihn Bescheid wusste. Dass es, wenn sie ihm beispielsweise eine Papiertüte mit Kuchenkrümeln zusteckte, daher kam, dass sie wusste, dass er alleine herumstrich und in die Häuser der anderen hineinschaute. Und sie dachte vielleicht, dass er etwas Wegzehrung oder eine kleine Aufmunterung brauchte. So war Frau Arnesen, aber so war nicht die hübsche Siv, William Arnesens Verlobte.

Sivs Abenteuer als Kassiererin in Arnesens Kolonialwarenladen währte nicht lange. Die Frauen hielten ihre Männer vom Einkaufen ab, und eine Zeitlang lösten nur noch die Kinder den heiteren Klingellaut aus, wenn sie die Glastür öffneten. Sie wollten für fünzig Öre Salzpastillen, sie wollten hundert Gramm Himbeerbonbons aus dem schönen Glasbehälter voller Drops, der neben Siv an der Kasse stand. Sie wollten eine Tüte Saft und Stangeneis und eine neue Schokolade, die Tøff hieß, und ein Päckchen Kaugummi und drei Sweetmint und einen Lutscher und eine Tüte Brausepulver, das in eine schmutzige Hand geschüttet werden konnte und zu dicker Brause wurde, wenn man auf den kleinen Pulverberg spuckte, mit dem Finger umrührte und ihn dann ableckte. Sie wollten eine Lakritzpfeife und Riesenkaramellen zu zehn Öre das Stück und ab und zu ein Pfefferminzbonbon, das fünfundzwanzig Öre kostete und fast nicht in den Mund passte, so groß war es. Ganz oben auf dem Waffeleis befand sich ein kleines Plättchen, das man verbiegen konnte, wodurch bewegliche Bilder entstanden. Es ging das Gerücht, dass es auch ein bewegliches Bild von Trygve Lie gab, aber das, was Trygve Lie bisher am nächsten kam, war der glatzköpfige, zwergenähnliche Verrückte Chruschtschow, der, so fest er konnte, mit seinem Schuh auf das Rednerpult der UNO einschlug. Jetzt waren die Kinder an der Reihe. Sie wollten winzige Flaschen Limonade, in denen unten rostrote Plastikteile lagen, die das Fruchtfleisch hervorheben sollten, und sie wollten schließlich noch eine Tüte Brausepulver. Siv, die hübsche Siv, holte geduldig alles, was sie haben wollten, aber hinter ihr, weiter hinten im Laden, konnten Vilgot und die anderen fünf grau-weiße Säulen sehen, die immer schwerer an der Obsttheke, der Fleischtheke, der Käsetheke und der Kaffeemühle lehnten.

Eines Tages sah Vilgot, wie die Frauen in die Kolonialwarenhandlung an der Ecke strömten und mit kleinen Wagenladungen wieder herauskamen. »Räumungsverkauf« war im Fenster zu lesen, und als Vilgot hineinschaute, sah er, dass Siv verschwunden und durch eine dicke, fette, aufgedunsene und faltige alte Frau ersetzt worden war, und erst als er an die Kasse kam, merkte Vilgot, dass es Frau Arnesen war. Sie schwitzte und ihre Hände zitterten, aber für kurze Zeit war sie zurück an ihrem alten Platz.

»Hallo, Frau Arnesen«, sagte Vilgot.

Aber sie sah ihn an, als hätte sie ihn noch nie gesehen, als würde sie ihn nicht kennen.

»Ich bin's, Vilgot«, sagte er.

Ihre Augen waren zwei kleine Löcher, in ihnen gab es Herrn Arnesen nicht mehr und auch Vilgot nicht. Das war vielleicht auch nicht überraschend, denn eigentlich kannte auch er sie nicht mehr. Es gab ihn nicht mehr in ihrem Blick, und im Grunde hatte er sie noch nie zuvor gesehen.

DER COLAMANN GEHT DIE TREPPE HINAUF. Er hat unten auf der Straße geparkt und geht die Treppe zum zweiten Stock hinauf und auf eine Glastür zu. Er drückt den Klingelknopf und wartet auf den Summton des Türöffners. Er drückt die Tür auf und kommt in ein Zimmer mit braunen Stühlen an der Wand und einem kleinen Tisch, auf dem die heutige Morgenzeitung liegt. Er greift nach ihr, als er sich auf einem der Stühle niederlässt. Er schlägt ein Bein über das andere und schaut ein wenig abwesend in die Zeitung. Dann sieht er auf die Uhr. Er steht auf und geht zum Fenster. Er kann sein Auto sehen, den blauen Kombi mit dem Gepäckraum voller leerer Flaschen, jede Flasche eine Geschichte, jede Flasche eine Reliquie. Von hier oben kann er sehen, dass er ein wenig schief geparkt hat. Nicht so, dass er andere Autos behindert, aber dennoch. Er dreht sich um und sieht wieder auf die Uhr. Steht mit dem Rücken zum Fenster und wippt auf den Zehenspitzen, er wirkt nervös, unruhig. Ich spüre seine Unruhe in der Brust. Plötzlich geht eine Tür auf, und eine Frau sagt etwas zu ihm, sie ist Psychologin, sie trägt eine Brille, dann dreht sie sich um, und er folgt ihr über einen Flur, durch eine weitere Tür in ein weiteres Zimmer. Es ist ein ziemlich kleines, viereckiges Zimmer, aber es bietet dennoch Platz für einen Schreibtisch, einen Bürostuhl, zwei Sessel zu beiden Seiten eines Couchtischs und eine breite und knallrote Matratze auf dem Boden. Die Frau setzt sich in einen der Sessel, während der Colamann die Jacke an einen Haken neben der Tür hängt. Dann setzt er sich auch, auf die andere Seite des Tischs, wo ein kleines Blumengesteck steht und zwei Schachteln mit Papiertaschentüchern. Er sieht die Frau an, sie lächelt ihm zu, aber er lächelt nicht zurück.

»Wie ist es Ihnen seit dem letzten Mal ergangen?«
»Gut.«
»Ja?«
»Ja, gut.«
»Was war denn so gut?«
»Nichts … ich weiß nicht. Gut.«
»Sie wissen nicht, was so gut war?«
»Doch schon … Im Großen und Ganzen war es gut, eigentlich.«
»Eigentlich?«
»Eigentlich was?«
»War es vielleicht nicht so gut?«
»Ich weiß nicht.«
»Sie wissen nicht, ob es so gut war?«
»Nein, vielleicht nicht.«
»Es war nicht so gut?«
»Was?«
»Es war vielleicht nicht so gut?«
»Was denn?«
»Seit dem letzten Mal? Damals ging es Ihnen ja auch nicht so gut, wie sich herausgestellt hat.«
»Tatsächlich?«
»Waren Sie mit jemandem zusammen?«
»Wie meinen Sie das?«
»Warum sind Sie so wütend?«
»Ich bin nicht wütend!«
»Ich habe nur gefragt, ob Sie mit jemandem zusammen waren.«
»Ich weiß, was Sie meinen!«
»Was meine ich?«
»Es gefällt mir nicht, dass Sie diese Frage stellen!«
»Welche Frage?«

»Diese.«
»Diese?«
»Ob ich mit …«
»Okay, dann frage ich es nicht.«
»War ich nicht.«
»Was waren Sie nicht?«
»Mit jemandem zusammen.«
So fahren sie fort, bis der Colamann der Frau ein paar Hundertkronenscheine gibt, seine Jacke anzieht und allein durch den Flur ins Wartezimmer zurückgeht. Er geht die Treppe hinunter und tritt ins Tageslicht, er überquert die Straße und geht zum Auto, er dreht sich um und betrachtet das Gebäude, das er verlassen hat, versucht herauszufinden, von welchem Fenster aus er auf das Auto hinuntergeschaut hat. Aber das Gebäude erwidert seinen Blick mit hundert glänzenden und undurchdringlichen Fensterscheiben. Es kommt ihm vor, als wäre er nie darin gewesen, es kommt ihm vor, als wäre es unmöglich, in dieses Haus zu gelangen. Er legt die Hand aufs Autodach, legt die Hand flach aufs Autodach, befühlt das Auto. Das Auto existiert. Er auch. Er steigt ein, parkt aus und fährt langsam davon. Es ist lange her. Es ist lange her, dass er mit jemandem zusammen war.

DU SOLLST KEINE ANDEREN GÖTTER *neben mir haben. Ich bin der kleine Elefantengott, und du sollst mich fürchten und ehren an allen deinen langen und eintönigen Tagen, in deinem einsamen Tanz, in deinen Rufen und deinem Grollen, und wenn ich im Sessel in der Stube sitze und wenn ich vom Sessel in der Stube aufstehe und durch das Zimmer gehe und wenn ich in die Diele komme und wenn ich die Tür öffne und hinausgehe und wenn ich draußen auf dem Hof stehe und wenn ich über den Hof gehe und wenn ich den schweren Riegel zur Seite schiebe und wenn ich die riesigen, knarrenden und krächzenden Türen aufziehe und wenn du meinen Schatten siehst, der auf dich fällt, und wenn du mich siehst, den kleinen Elefantengott, den winzig kleinen Elefantengott, und wenn ich den Stock nehme, den langen, den langen und spitzen Stock, dann sollst du mich mannigfach fürchten, dann sollst du mich sehr, sehr fürchten, und wenn ich in der Scheune auf dich zugehe und wenn du versuchst, in deinem Tanz innezuhalten, wenn du vergeblich versuchst innezuhalten und wenn ich den Stock hochhebe und wenn ich ihn fallen lasse, ihn auf deinen Kopf sausen lasse, dann sollst du auf die Knie gehen, dann sollst du vor mir auf die Knie gehen, denn du sollst keine anderen Götter neben mir haben, denn ich bin dein einziger Gott, ich bin der kleine Elefantengott, ich bin der kleine Elefant, und wenn du auf die Knie gehst und wenn ich den Stock zwischen deine Hinterbeine schiebe, hinein und nach oben, dann stürzt du in den Fesseln nach vorne, dann bläst du so laut du kannst, aber du stehst, wo du stehst, unter einem niedrigen, niedrigen Himmel, geschaffen von einem kleinen Gott, einem kleinen und strafenden Gott.*

DIREKT UNTER VILGOT WOHNT DER HUSTEN. Der Husten heißt Halvor Husten, und Halvor Husten ist so fein, dass seine Hände zittern. Er wohnt noch nicht sehr lange hier, und er gehört irgendwie nicht richtig hierher. Halvor Husten kann einem Leid tun, er ist aus seiner großen Holzvilla in Røa hierher gezogen, als seine Frau krank wurde. Sie hieß Frau Husten und ist jetzt tot. Einmal, als Vilgot krank im Bett lag und nicht zur Schule ging, klingelte es. Vilgot trottete in den Flur und öffnete die Tür, und draußen stand Halvor Husten zusammen mit einem anderen Mann, einem Klempner, wie Halvor Husten sagte, und fragte nach Vilgots Mama.
»Mutter ist nicht zu Hause«, sagte Vilgot. »Und ich bin krank«, fügte er hinzu.
Halvor Husten betrachtete Vilgot durch die dicksten Brillengläser, die er je gesehen hatte.
»Die Schulkrankheit vielleicht?«
»Was? Nein, nein. Ich bin krank!«
War es denn so deutlich? Vilgot errötete, schüttelte aber energisch den Kopf, doch dann entspannte er sich. Er merkte, dass Halvor Husten sich nicht so sehr dafür interessierte, wie es Vilgot ging.
»Habt ihr Schalldämpfer in der Toilette?«
»Was?«
»Schalldämpfer.«
Vilgot sah wohl so aus, als würde er überhaupt nichts mehr verstehen, und dem war auch so, und das merkte anscheinend auch Halvor Husten, der einen Schritt auf ihn zumachte.

»Dann dürfen wir vielleicht reinkommen? Wir wollen nur etwas nachschauen.«
Halvor Husten und der Klempner warteten die Antwort nicht ab. Sie traten in die Diele und öffneten die Tür zum Klo.
»Müssen Sie aufs Klo?«, wollte Vilgot wissen, aber Halvor Husten hörte nicht zu. Er und der Klempner gingen ins Klo und traten auf das Pedal; es war ein schönes und glänzendes Pedal, und man konnte damit spielen, dass man ein Motorrad anließ oder eine andere Maschine oder dass man lediglich das Gaspedal durchdrückte oder mit dem Pedal eine Bombe zündete, aber das hatten Halvor Husten und der Klempner nicht vor. Sie standen einfach nur da und horchten auf das brausende Wasser, Vilgot stand in der Diele, barfuß und im Pyjama, und sah ihnen zu. Zuerst trat der Klempner auf das Pedal, und dann, als sich das Rauschen gelegt hatte, Halvor Husten. Sie konzentrierten sich beide. Dann schüttelten sie den Kopf, zuerst der Klempner, dann Halvor Husten. Und dann gingen sie.
Vilgot war froh, dass er nicht Halvor Husten war, als er Mutter davon erzählte. Oder Vilgot war froh, dass er nicht Halvor Husten war, wäre Halvor Husten im Zimmer gewesen, als Mutter von dem Besuch erfuhr. Sie erstarrte und wurde rot und klapperte mit allen möglichen Geräten und Tellern in der Küche, ganz hart, ganz laut. Und dann die schrille Stimme. Die Stimme, die kam, wenn es am allergefährlichsten war.
»Aber er kann doch nicht einfach hier hereinmarschieren, das musst doch sogar du verstehen!«
Und Vaters resignierte, tonlose Stimme:
»Sie liegt doch im Sterben.«
»Und wie lange soll sie noch im Sterben liegen? Mein Gott, wir sterben doch alle!«
»Vergiss nicht, dass Vilgot dich hören könnte.«
»Er schläft. Dass du nicht auch wütend bist!«
»Ich bin wütend, ich ...«
»Unsinn! Dann wärst du in null Komma nichts unten gewesen und hättest ihn dir vorgeknöpft.«

»Das kannst *du* doch tun.«
»Was hast du gesagt!?«
»Nichts.«
»Was bist du manchmal für ein jämmerlicher Kerl!«

Sie liegt im Sterben, denkt Vilgot. Sie geht kaputt. Frau Husten geht kaputt, Frau Husten besteht bald nur noch aus Fasern, und ich habe sie noch nie gesehen. Wir sterben alle, sagt Mutter. Ich gehe kaputt, Mutter geht kaputt, Vater geht kaputt, aber jetzt gerade ist Frau Husten diejenige, die am meisten kaputtgeht, und jedes Mal, wenn ich auf dem Klo bin, jedes Mal, wenn ich auf das Pedal trete, als würde ich ein Motorrad anlassen oder das Gaspedal eines großen, großen Autos durchtreten, dann rennt und braust und tost das braune und gelbe Wasser durch den faserigen Körper von Frau Husten, und Halvor Husten sitzt an ihrem Bett und wiegt sich verzweifelt vor und zurück, vor und zurück, vor und zurück und ist manchmal ein ganz jämmerlicher Kerl.

DER CONTAINER HINTER DER BROTFABRIK ist voll mit Brot. Jeden Tag ist er voll mit Brot. Ich verstehe nicht, warum sie das Brot wegwerfen, sobald es gebacken ist, aber für mich und für Batir ist es gut. Dies ist tatsächlich eins der Dinge, die sich nicht geändert haben. Niemand mäht mehr den Rasen zwischen den Wohnblocks weiter hinten. Niemand streicht die Bänke, macht die Sandkästen sauber, jätet das Unkraut zwischen den Steinplatten oder streicht die Wäschestangen mit der dunkelgrünen Rostschutzfarbe. Niemand fegt Laub oder Schnee, niemand spült den Kies von den Garagendächern in der Nähe der Geschäfte. Die beiden Hausmeisterwohnungen sind seit langem verkauft. Der weiße Turm ist fast grau, und niemand in den Blocks macht sich auch nur einen Augenblick lang Gedanken darüber. Sie putzen nicht einmal die Fenster, die Blocks blitzen also nicht mehr so schön, wie sie damals vor vielen, vielen Jahren, als ich zum Grafen ging, in der hellgelben Frühlingssonne blitzten. Sie pflanzen keine Blumen mehr in die Balkonkästen und waschen keine Vorhänge. Sie ziehen nicht einmal die Vorhänge auf, diese hängen schwer und dunkel und halten das Licht ab, sodass, sollte es einen Wanderer geben, einen kleinen Jungen oder ein kleines Mädchen, einen zweiten Steffensen, einen zweiten Vilgot, der draußen herumläuft und sich nach anderen Orten sehnt, er nichts zu sehen bekäme, es nichts gäbe, wonach er streben könnte, nichts, wonach er sich sehnen könnte. Mir selbst bleibt es erspart, zwischen den Wohnblocks hindurchzugehen, um zu den Containern an der Brotfabrik zu gelangen. Ich kann die Schub-

karre nehmen und über das kleine Feld gehen, das es immer noch gibt, und an den äußeren Blocks entlang, bevor ich nach links zur Fabrik abbiege. Und es ist über dreißig Jahre her, seit Simen und ich herausgefunden haben, dass die Fabrik dort Brot hineinwirft, manchmal war es frisch gebacken, und manchmal war es Weißbrot. Ich weiß noch, dass ich Vater gefragt habe, warum sie Brot wegwerfen.
»Wir werfen kein Essen weg, Vilgot.«
»Tun wir wohl.«
»Wie meinst du das?«
»Nicht wir, aber die Brotfabrik.«
»Was erzählst du da, Junge?!«
Daraufhin erzählte ich Vater von dem Container, der jeden Abend bis zum Rand mit Brot gefüllt war.
»Was für ein Unsinn«, sagte er und runzelte die Stirn. »Das wüsste ich doch.«

Weißbrot gab es am Samstag, sonst nicht. Weißbrot mit Butter und Cervelatwurst. Es war einer meiner vielen Träume, genug Geld zu haben, um mir ein Weißbrot bei Frau Arnesen kaufen zu können, ein eigenes Weißbrot, in das ich den Finger bohren könnte. Das Weiche mit dem Finger herausbohren, um es in den Mund zu stecken. Ein ganzes Weißbrot. Es kam also vor, dass Simen und ich frisches Weißbrot im Container fanden, aber meistens war das Brot ein paar Tage alt und ziemlich hart. Doch es war Brot, und es war gratis, und alles, was gratis war, war toll, und wenn wir es nicht essen mochten, konnten wir es gebrauchen, um im Teich unterhalb vom Hof des Grafen Plötze zu angeln. Dann nahmen wir Magne mit, denn sein Keller war voll mit langen, leeren grünen Weinflaschen, die sein Vater wegwerfen wollte, wenn er zurückkam. Einige Flaschen hatten eine Art umgekehrte Tülle im Boden, und wenn man Löcher hineinschlug, Brotstücke in die Flasche steckte und den Flaschenhals mit einem Korken verschloss, hatte man im Grunde eine Reuse. Der Fisch schaffte es hinein, schwamm dann aber an der Flaschenwand entlang und fand nicht mehr hinaus. Ich brachte drei Plötze mit nach Hause, und das Wasser, in dem ich sie transportierte, roch ein wenig nach Kloake, desgleichen meine nassen Schuhe und sogar die Fische selbst, als ich sie in eine Wanne mit Leitungswasser warf. Es roch so stark, dass sich Mutter vom Sofa im Wohnzimmer erhob, bestürzt zu mir kam und eine Erklärung verlangte. Aus irgendeinem Grund trug sie mir nicht auf, die Fische ins Klo zu werfen, aber sie verbot mir, die Fische mit in mein Zimmer zu nehmen. Ich stellte die Wanne auf die Veranda. Am nächsten Morgen trieben sie mit dem Bauch nach oben, und Vater sagte, sie würden nur das dreckige Wasser aus dem Teich des Grafen vertragen. Das hätte er mir sagen können, als ich kam, außerdem hatte ich ihn und Mutter im Verdacht, die Fische in der Nacht vergiftet zu haben, damit sie sie nicht länger anzusehen brauchten.

Ich hatte schwarze Müllsäcke dabei und füllte sie mit Brot aus dem Container. Ich versuchte vor allem Mehrkornbrot zu nehmen, Weißbrot war nichts für Batir. Ich schaffte nur drei Säcke auf einmal, nicht weil sie so schwer, sondern weil sie so unförmig waren. Jeden Abend ging ich dreimal zum Container und zurück, meistens war niemand anderes draußen unterwegs, kein anderer Wanderer. Manchmal ein Kind, das mich und die Schubkarre neugierig betrachtete. Einmal stellte ich die Schubkarre ab, um zu erklären, was ich in den Müllsäcken hatte, aber in dem Moment drehte sich das Kind um, ich glaube, es war ein Junge, und lief davon. Ich dachte an unsere Geschichten über den Grafen von Hoff und den Zornbauer und was wahr gewesen war und was nicht. Ich dachte an die Geschichten, die vielleicht jetzt kursierten, aber ich konnte mir nicht vorstellen, wie sie lauteten, von wem sie handelten, ob sie unheimlich waren oder nur amüsant.

Einmal rief ich in einer zoologischen Handlung an, um mich zu erkundigen, wie gefährlich eine allzu einseitige Ernährung für Elefanten sei. Sie legten einfach auf, mein Anruf kam vielleicht ungelegen. Ich fragte das Mädchen an der Kasse im Supermarkt, was sie mit dem Gemüse machten, das sie nicht verkauften, aber sie zuckte nur mit den Schultern und machte mit dem Kaugummi eine Blase, die platzte und an ihren Lippen kleben blieb. Ich nahm allen Mut zusammen und fragte nach dem Ladenchef, aber sie zuckte nur noch einmal mit den Schultern.

Ich stand da, füllte den Müllsack mit Mehrkornbrot und dem einen oder anderen Weißbrot und dachte an Simen und Magne und die anderen. Ob sie manchmal zu den Blocks zurückkehrten, ob sie manchmal zur Brotfabrik fuhren, um zu sehen, ob immer noch jeden Abend massenhaft Brot weggeworfen wurde? Und das ist das Einzige, was sich nicht verändert hat. Simen hat sich sicher verändert und Magne auch. Ich habe mich verändert. Früher konnte ich reden und denken. Das ist lange her. Jetzt kann ich fast nicht mehr reden. Ich kann mit Batir reden. Und ein bisschen mit Vater, wenn ich vorher anrufe. Aber ich kann denken. Ich denke an Simen. Ich war elf, ich war auf dem Weg zu Simen.

Am Anfang ließ ich die Kinder schauen. Sie kamen vorsichtig über die Felder, ich konnte sie aus dem Küchenfenster sehen. Manche hielten sich bei der Hand, um sich sicherer zu fühlen. Jetzt war ich der Graf von Hoff. Jetzt war ich der Zornbauer. Dann standen sie draußen im Hof und warteten. Sie klopften nicht an die Tür, sie riefen nicht. Sie standen nur da, sie waren still, und sie kamen Hand in Hand, die kleinen schmutzigen Kinderhände waren ineinander verflochten, bis ich zu ihnen ging. Ich nahm sie mit in die Scheune, einen nach dem anderen, um den Elefanten nicht zu erschrecken. Sie blieben dicht an der Tür stehen und brauchten einige Zeit, bis sich ihre Augen an die Dunkelheit gewöhnten. Ich hielt sie bei der Hand und konnte spüren, wie die kleinen Körper zuckten, ich konnte hören, wie ihre kleinen Herzen schlugen. Mit großen

Augen standen sie da und sahen zu, wie ich den Brotbrei mischte. Ein Junge fragte, ein kleiner Junge mit orangefarbener Mütze.
»Frisst er Brot?«
»Wie du siehst.«
»Frisst er keine Menschen?«
»Nein.«
»Das hatte ich geglaubt. Dass er Menschen frisst. Frisst er nur Brot?«
»Ich habe nichts anderes als Brot.«
Dann nahm ich den Jungen an die Hand und führte ihn ganz dicht an Batir heran. Vorsichtig tätschelte er die raue Haut, er zuckte zusammen, wenn Batir nur den Schwanz bewegte. Der Junge starrte in das große, große Auge, das dennoch das Kleinste an dem ganzen Elefanten war. Das tat ich auch. Dann führte ich den Jungen wieder hinaus, hinaus in die Sonne zu den anderen. Ich nahm einen anderen Jungen mit hinein. Er hatte helle Locken. Einmal blieben wir ziemlich lange drinnen. Ich wollte gerne zeigen, wie ich den Elefant mit einem Schrubber und Wasser wusch, und als wir endlich wieder nach draußen kamen und in die Sonne blinzelten, waren die anderen gegangen. Sie waren es wohl leid gewesen zu warten. Um den Mund des Jungen herum begann es zu zucken. Ich versuchte, etwas Nettes zu sagen, aber er sah mich nur an und ging ein paar Meter zurück, bevor er sich umdrehte und davonlief. Ich blieb stehen und sah ihm nach, dem kleinen Jungen, der Angst bekommen hatte. Ich hätte mir gewünscht, dass er keine Angst hat. Dann ging ich wieder zu Batir hinein. Er zerrte unruhig an den Fesseln, ich versuchte, ein Grollen von mir zu geben, aber Batir wurde nur noch unruhiger. Ich stand im Dunkeln in der Scheune, und auch ich hatte Angst. Auch ich ging ein paar Schritte zurück, wie der kleine Junge, bevor ich mich umdrehte und davonlief. Batir sah mir nach. Er hätte sich gewünscht, dass ich keine Angst habe.

Als ich am nächsten Tag nach draußen kam, standen drei Männer vor der Tür. Sie packten mich und zerrten mich die Treppe hinunter, dass ich hinfiel. Doch sie ließen nicht von mir ab, nein, es war wohl Absicht. Ich hatte nicht den Eindruck, dass es wehtat. Sie beugten sich über mich und schrien etwas. Es war nicht leicht zu verstehen, was sie schrien, aber mir wurde klar, dass es mit den Kindern zu tun hatte. Dass sie Angst bekommen hatten. Ich sagte, es sei nicht so schlimm, dass sie Angst bekommen hätten. Auch wenn ich mir wünschen würde, dass sie keine Angst bekommen hätten, wäre es nicht schlimm. Da trat mir einer von ihnen in den Bauch. Ich hatte nicht den Eindruck, dass es wehtat. Ich sagte, ich hätte selbst Angst bekommen, und es sei erlaubt, Angst zu haben. Darauf schrien sie noch lauter, sie schrien so laut, dass ich mir die Ohren zuhalten musste. Dann trat mir ein anderer in den Bauch. Ich hatte nicht den Eindruck, dass es wehtat. Ich versuchte, ein Grollen zu erzeugen, ich weiß nicht genau, warum, ich rief nach Vater. Es ging darum, dass ich die Kinder nicht anfassen sollte. Ich sagte, ich hätte nur ihre Hand gehalten. Ihre schmutzigen Kinderhände. Darauf trat mir der dritte Mann in den Bauch. Ich hatte nicht den Eindruck, dass es wehtat. Ich sagte, die Kinder seien doch gekommen, um den Elefanten zu sehen, darauf traten sie mich alle drei. Ich hatte nicht den Eindruck, dass es wehtat. Das nächste Mal wollten sie die Polizei rufen. Ich glaube, das sagten sie. Es gelang mir recht gut, ein Grollen zu erzeugen. Ich lag auf dem Boden und grollte wie ein Elefant und wartete darauf, dass Batir in der Scheune antwortete. Ich merkte fast nicht, dass die drei Männer wieder gingen. Ich lag ganz still auf dem Boden vor der Treppe und wartete darauf, dass Batir antwortete.

Ein paar Tage später schlug ich rund um die Scheune Zaunpfähle in die Erde. Ich stand mit nacktem Oberkörper draußen und schlug Pfähle in die Erde, ich stand mit nacktem Oberkörper im kalten Regen. Dann spannte ich Stacheldraht von Pfahl

zu Pfahl, um die ganze Scheune herum. Im Wohnzimmer lag eine kaputte Leiter, ich sägte sie in der Mitte durch, verband die Teile mit zwei Scharnieren und stellte sie über den Stacheldrahtzaun. Wenn ich Handschuhe an den Händen hätte, würde ich wohl darüber klettern können. Anschließend könnte ich die Leiter einfach wegnehmen. Ich ging zu Batir. Er starrte mich an. Ich starrte zurück.
»Niemand soll dir in den Bauch treten können«, sagte Batir zu mir.
»Ich hatte nicht den Eindruck, dass es wehtat«, sagte ich.
Batir schloss das große, große Auge und machte es wieder auf. Eine große Träne rollte über seine zerfurchte Wange.
»Es hat wehgetan«, sagte er. »Du hast geschrien, aber niemand hat dich gehört.«

Vilgot war nicht aufgefallen, dass Damm nie ein weißes Hemd trug, doch jetzt fiel es ihm auf.
»Damm ist Kommunist«, sagte Magne.
Das war erschütternd. Bernt hatte zwar das mit dem Schlangestehen für ein Stück Seife erzählt, aber das war in der Sowjetunion gewesen. In der Zeitung hatte Vilgot Fotos aus der Tschechoslowakei gesehen, weinende Menschen, die auf russische Panzer einschlugen. Doch Damm wohnte in Norwegen. Damm war Norweger. Der kurz gewachsene Zeichenlehrer mit Brille und abgewetztem Anzug trug nie ein weißes Hemd. Alle anderen trugen weiße Hemden, sogar der Fisch, der immer einen grauen Mantel trug, wenn er in die Schule kam, hatte ein weißes Hemd darunter. Nur Damm nicht. Vilgot erzählte es der Mutter, als sie auf dem Weg zur Straßenbahn waren.
»Damm ist Kommunist. Denn er trägt nie ein weißes Hemd.«

Mutter wurde böse, aber anders als gewöhnlich. Diesmal waren nicht die Schmerzen schuld. Er merkte, wie Mutters Wangen feuerrot wurden und sie seine Hand so fest drückte,

dass es wehtat. Sie blieb stehen und beugte sich zu Vilgot hinunter.
»Wer sagt das?«
»Magne.«
»Dann bestell Magne Grüße und sage ihm, dass die Leute herumlaufen können, mit welchem Hemd sie wollen, ohne dass das etwas zu bedeuten hat. Verstehst du das, Vilgot?«
»Ja.«
»Damm ist ein anständiger Mann und ein toller Künstler. Und das wäre er auch, wenn er Kommunist wäre.«
»Ja.«
»Du sollst nicht alles glauben, Vilgot.«
»Das tu ich auch nicht.«
»Doch, das tust du.«

Dann gab es wohl nichts mehr dazu zu sagen. Aber der Druck von Mutters Hand ließ nicht eher nach, als bis sie an der Straßenbahnhaltestelle angekommen waren. Dort beugte sie sich erneut zu ihm herunter, doch dieses Mal lächelte sie.
»Du trägst ja auch kein weißes Hemd«, sagte sie.
Vilgot gefiel es, wenn sie scherzte, aber er traute sich kaum zu lächeln. Er konnte nie wissen. Außerdem zog er an Weihnachten und an Geburtstagen ein weißes Hemd an. Das wollte er sagen, aber dann sah er, wie die Oberleitungen anfingen sich zu bewegen, und ganz richtig, kurz darauf hörte er die Straßenbahn kreischen, als sie beim Fußballplatz um die Kurve bog. Er kannte alle Geräusche. Er kannte alle Geräusche!
Damm trug kein weißes Hemd, aber er hatte weiße Schultern, und dafür, dass er so wenig Haare auf dem Kopf hatte, viele Schuppen. Er roch streng, und er lächelte nie, aber wenn jemand in Damms Stunde fluchte, wenn jemand zum Beispiel Teufel auch sagte, dann drehte sich Damm auf dem Absatz um, auch wenn er mit dem Rücken zur Klasse stand und eifrig mit der Farbkreide beschäftigt war, streckte den Arm in die Luft und rief: »Hallo! Wer hat mich da gerufen?« Vilgot glaubte,

das sei der Grund dafür, dass es in Damms Stunde nicht so laut war, obwohl sich niemand sonderlich für die Perspektivlehre interessierte, die er ihnen beizubringen versuchte. Abgesehen von Simen vielleicht, der Klassenbester im Zeichnen war. Er war in fast allem der Beste, Simen, ohne dass er sich groß anstrengen musste. Vilgot hätte sich gewünscht, dass das bei ihm so wäre. Er wünschte sich oft, Simen zu sein.
Dennoch kam es Vilgot vor, als würde Damm im Unterricht direkt zu ihm sprechen. Als wollte Damm Vilgot etwas erzählen, als wollte er versuchen, in Kontakt zu kommen. Es war auch etwas in Damms Blick, wenn dieser auf Vilgot fiel, der am zweitletzten Pult saß. Etwas, das sagte, dass sie beide zusammenhalten müssten, dass sie etwas teilten, das andere nicht kannten. Dass eines Tages etwas zwischen ihnen passieren würde. Dass sie vielleicht Freunde werden würden? Vielleicht waren sie schon Freunde?
Eines Tages fragte Damm, ob sich jemand freiwillig meldete, um bei ihm zu Hause ein Buch zu holen, das auf einer Bank in der Diele lag. Es war ein Buch, das Damm unbedingt brauchte und das er am Morgen vergessen hatte, und er konnte sich nicht freinehmen, um es selbst zu holen. Alle meldeten sich freiwillig. Alle sehnten sich nach einer Unterbrechung. Vilgot spürte ein Kribbeln auf der Stirn und wusste, dass Damms Blick an ihm haften bleiben würde. Dass nichts anderes möglich war.
»Vilgot, möchtest du es holen?«
Vilgot konnte nicht antworten, aber er nickte. Damm nickte zurück. Vilgot spürte, wie sich Damms Blick einen Weg zu ihm bahnte. Mit zitternden Knien ging er den langen Weg zum Katheder. Er erhielt die Schlüssel und eine Beschreibung. Vilgot wusste, dass er Damm nicht enttäuschen durfte, wusste, dass Damm ihm vertraute. Dass sie Freunde waren, fast ohne es zu wissen.
Damm wohnte im Künstlerviertel, einem Ghetto, das von merkwürdigen Typen mit verblichenen Lederjacken und langen

Bärten bevölkert war, die sich völlig selbst überlassen waren. Vilgot war nicht sicher, ob der Graf von Hoff nicht auch dieses Mal seine Finger im Spiel hatte, jedenfalls hatte die Stadt ein größeres Gebiet gekauft, das bis zum Hof des Grafen reichte, und hatte dort kleine weiße Reihenhäuser gebaut, damit Maler und Bildhauer einen Ort zum Wohnen hatten. Das Künstlerviertel war von der Blocksiedlung durch einen kleinen unpassierbaren Wald getrennt. Es führte ein Weg durch den Wald, aber er war ebenso unpassierbar. Keins der Kinder aus den Wohnblocks spielte mit den Künstlerkindern, sie blieben im Ghetto für sich und gingen auf die Waldorfschule, wo in den Mathestunden getanzt wurde und wo man nicht Lesen und Schreiben lernte. Und wenn die Künstler von Zeit zu Zeit einmal durch den Wald kamen und zu den Wohnblocks vordrangen, waren sie natürlich sturzbetrunken und riefen merkwürdige Dinge und hatten Malflecken auf den Kleidern und unglaublich hübsche Frauen – auch sie Künstlerinnen, aber dunkel, schweigsam und nüchtern. Vilgot war noch nie in einem der Häuser im Künstlerviertel gewesen, und der einzige Kontakt, den er je mit einem der Kinder dort gehabt hatte, war, dass ein Junge mit langen, goldenen Locken einen Stein nach ihm warf, als er sich einmal in den Wald verirrt hatte. Jetzt hatte er sich nicht verirrt, jetzt wollte er in das Haus von Damm, dem Kommunisten.

Es war seltsam genug, dass Lehrer ein Zuhause hatten, einen Ort, an dem sie wohnten, dass sie verheiratet waren, Kinder hatten. Einmal, als Vilgot und Mutter ins Theater gingen und auf dem Weg zur Straßenbahnhaltestelle im Stadtzentrum waren, hatte Vilgot einen Lehrer aus der Schule gesehen, der in einer Kneipe saß und ein Bier trank. Vilgot war stehen geblieben und hatte ihn angestarrt, sodass die Mutter ihn schließlich hatte weiterziehen müssen. Man stelle sich vor, dass Lehrer außerhalb der Schule existierten. Und Damm existierte. Damm war sogar noch etwas anderes als Lehrer. Mutter hatte gesagt, er sei ein toller Künstler. Hatte Damm auch so eine Frau von überirdischer Schönheit? Bekommt man Frauen von überirdischer

Schönheit, wenn man anfängt, Bilder zu malen oder Steine zu behauen?
Vilgot schloss vorsichtig die Tür hinter sich und stand in der Diele von Damms Haus. Er rief ein vorsichtiges »Hallo«, aber niemand antwortete ihm. Es war niemand zu Hause, deshalb brauchte Damm ja jemanden, der das Buch holte. Und dort lag auch tatsächlich der große gelbe Briefumschlag mit dem Buch darin, wie Damm gesagt hatte. Vilgot brauchte ihn nur zu nehmen und in die Schule zurückzugehen.
In einem fremden Haus zu sein, allein, zu einer Tageszeit, wo eigentlich niemand da sein sollte. Wo es verschlossen und verlassen dastand und sich nicht so ohne weiteres öffnen ließ. Vilgot wusste, dass er den Briefumschlag nehmen und wieder gehen sollte, und er wusste auch, dass er nicht eher gehen würde, bis er sich nicht umgesehen hätte. Er machte ein paar vorsichtige Schritte durch die Diele und stand im Wohnzimmer. Das Haus verhielt sich, als hätte es seit Jahren keinen Besuch mehr bekommen, obwohl es dort am Morgen bestimmt genauso hektisch zugegangen war wie bei Vilgot zu Hause, aber die Möbel, die Lampen, die Regale und der Regalschmuck konnten ein Geheimnis wahren, dies war ihr großer Augenblick. Vilgot spürte, wie sie ihn insgeheim musterten, wie sie ihm sagten, dass er hier nicht zu Hause sei. Er wusste, dass sie Recht hatten.
Er hatte es sich innerhalb der Wände eines Hauses im Künstlerviertel vielleicht anders vorgestellt. Er hatte es sich vielleicht mehr wie ein Künstlerzuhause vorgestellt – wie Mutter es in einem Artikel in *Haus und Heim* einmal beschrieben hatte: »Die unkonventionellen Lösungen, die abrupte und überraschende Farbwahl – eine vermeintliche Unordnung: aber mehr, um uns zu sagen, dass das Chaos droht, als um zu sagen, dass das Chaos herrscht.« Er konnte den Satz auswendig. Nicht weil er ihn verstanden hätte, sondern weil Vater ihn sich gemerkt und mitunter zitiert hatte, wenn er gut gelaunt war. Es schien, als würde seine Laune noch besser werden, wenn er

ihn zitierte, und Mutter tat ausnahmsweise nur, als wäre sie wütend, und warf ein Kissen nach Vater, der zu Vilgot ins Zimmer flüchtete, um sich im Kleiderschrank zu verstecken, und dann traute sich auch Vilgot zu lachen. Das Chaos droht. Das verstand Vilgot. Aber es sah nicht so aus, als drohte das Chaos in Damms Wohnzimmer. Es roch frisch geputzt und makellos sauber, nichts lag auf dem Wohnzimmertisch, das Sofa sah aus, als hätte noch nie ein Mensch darauf gesessen, und die Fenster waren so sauber, dass Vilgot einen Augenblick lang glaubte, der Garten käme direkt bis ins Wohnzimmer. Er sah Damm vor sich, wie er putzte und putzte und räumte und räumte, während sich Damms wahnsinnig hübsche Frau aus dem Fenster lehnte und die Scheiben putzte. Vilgot ging an den Bücherregalen entlang, in denen die Bücher in einer geraden Linie standen, und weiter in die Küche, wo die Edelstahlspüle blitzte und glänzte. Er machte den Kühlschrank auf und sah, dass Damm marinierten Hering und Erdbeermarmelade mochte. Er machte die Schränke auf, es war, als würde er etwas suchen, ohne zu wissen, was. Doch, er suchte etwas. Er suchte nach einem Geheimnis. Er konnte in Damms Blick sehen, dass dieser etwas wusste, was Vilgot nicht wusste. Und Vilgot wollte wissen.

Er ging wieder in die Diele und die Treppe hinauf ins obere Stockwerk. Schaute in die kleinen Schlafzimmer, in das blitzblanke Bad. Er sah aus dem Badezimmerfenster und konnte die Blocksiedlung erkennen, die ein ganzes Stück weg lag. Er ging wieder hinunter zu dem Umschlag in der Diele. Er verharrte mit geschlossenen Augen, dann öffnete er sie wieder, denn ihm war etwas aufgefallen. Es hingen keine Bilder an den Wänden. Nicht in der Diele, nicht im Wohnzimmer, nicht in der Küche, nicht im Treppenhaus und nicht im oberen Stockwerk, nicht in den Schlafzimmern und nicht im Bad. Keine Gemälde, keine Fotos, keine Plakate. Das war seltsam. Das wäre schon seltsam gewesen, wenn Damm kein Maler gewesen wäre. Die Wände waren weiß, offen und leer. Dann fiel ihm

eine Tür auf, die von der Diele abging und die er bisher nicht bemerkt hatte. Er spürte, wie sein Blut durch den Körper gewirbelt wurde, als er die Klinke drückte. Die Tür war verschlossen. Er probierte die anderen Schlüssel an Damms Schlüsselbund. Der dritte passte. Er stieß die Tür auf und wusste, dass er Damms Geheimnis gefunden hatte, dann ging er hinein.
Es rann rot von den Wänden, es rann rot und gold von den Wänden, es rann rot und gold und nächtlich von den Wänden ihm gegenüber, rote Nacht und rotes Gold spritzten von der Wand und trafen Vilgot auf der Stirn, dass er das Gleichgewicht verlor und aufpassen musste, und wohin er sich auch drehte, verwandelte sich das Zimmer in etwas Lebendiges, Farben krochen ihm wie Schlangen entgegen, und er merkte, wie sich das Zimmer um ihn wand und wie sich die Welt zu drehen begann, und Vilgot musste sich setzen. Er sah auf vier riesige Leinwände, eine an jeder Wand, vier riesige Gemälde, die jeweils eine Wand bedeckten und sich gegenseitig Farben zuschleuderten, rot, gold und nächtlich. Vilgot hatte plötzlich das Gefühl, die Farben mit den Händen einfangen zu können, und er merkte, wie sich das Gold über seine Hände legte, über die Stirn und auf die Nase. Dann entdeckte er plötzlich etwas in einem der Gemälde, und die Farben fuhren mit einem leisen Knall in die Bilder zurück, und er hörte ein zaghaftes, hohes, durchdringendes Geräusch und hielt sich die Ohren zu, um sich zu schützen, bevor ihm klar wurde, dass er es war, der schrie.
Vilgot schrie, weil ihr eine Brust abgerissen worden war und eine der grün gekleideten Gestalten im Begriff war, ihr einen brennenden Stock zwischen die Beine zu schieben. Er brüllte, weil sie auf einer Art Bank festgebunden war und das Blut aus ihr rann und in vergoldete Schüsseln lief und ein Priester mit einem riesigen Kreuz in den Händen über ihr schwankte, und über dem Priester riss der Himmel auf, und es regnete grüne Geldscheine auf ihn, und vor der verstümmelten Frau lag noch

eine weitere Frau, und ihr hatten sie den Arm abgerissen und den Hunden zugeworfen, die unter der Bank lagen und gierig das Blut schlabberten, das aus den Schüsseln spritzte. Aus einem Hubschrauber zwischen den Bäumen hinter Vilgot kam ein riesiger Grashüpfer, und darunter lief ein kleines Kind, ein kleiner Junge, ein kleines, brennendes Kind. Aus seinem Körper schlugen Flammen, und er lief direkt auf Vilgot zu, das Gesicht schmerzverzerrt, und die anderen Kinder traf ein Schuss in den Nacken, und sie fielen vornüber und in die Gruben, die ihre Väter gezwungen gewesen waren auszuheben. Die Kinder lagen auf einem Haufen, und ein Bulldozer schaufelte Erde, rotschwarze Erde voller Knochenreste, voller Schädelreste in das offene Grab, und alle Häuser brannten lichterloh, und ganze Dschungel brannten lichterloh, und einem alten Mann wurde von Splittern der Bauch aufgerissen, und nicht nur der kleine Junge brannte, drei Frauen liefen wie lebende Fackeln zum Fluss, der schon voller Leichen war, sie brannten immer noch, die Flammen ließen sich vom Wasser nicht löschen, und am Ufer stand ein junger Mann mit nacktem Oberkörper und mit einem grünen Helm auf dem Kopf, er hatte eine Zigarette im Mundwinkel und eine Kette aus Menschenohren um den Hals, in der einen Hand hielt er eine Maschinenpistole, in der anderen einen abgeschlagenen Kopf, und neben ihm saß ein Mann bis zum Hals im Sand, den Körper im Sand gefangen, die Augenlider in der stechenden Sonne abgeschnitten, und hinter ihm hingen seine Brüder am Kreuz, ohne Ohren, und die amerikanische Flagge wehte, und darunter waren vier Soldaten im Begriff, einem jungen Mädchen die Kleider vom Leib zu reißen, und ganze Dörfer brannten, und nirgendwo konnte man sich verstecken, überall war nur der Tod.

Vilgot stand wieder in der Diele. Er konnte sich nicht erinnern, wie er aus Damms Atelier herausgekommen war, wie er es geschafft hatte, sich von den Bildern loszureißen, aber jetzt stand er hier und drückte prüfend die Klinke herunter. Die Tür war verschlossen. Vilgot sah sich im Spiegel, er war blass, die Augen waren rot, und aus seinem Mund rann Speichel.

»Hallo!«, sagte er zu dem Spiegelbild. »Hat mich jemand gerufen?«

Vilgot hatte das Gefühl, Damm würde ihn forschend anschauen, als er mit dem Umschlag zurückkam. Er entschuldigte sich damit, dass er das Haus nicht auf Anhieb gefunden habe. Von Damms Stunde war noch etwas übrig, und Vilgot betrachtete ihn verstohlen. Er fragte sich, wann all das Grausame und Schreckliche sichtbar werden würde, wann es als Schweiß oder Rotz aus dem Lehrer heraussickern würde, aber Damm sah genauso aus wie immer. Vilgot streckte den Arm hoch. Damm runzelte die Stirn.

»Ja?«

»Ich wollte nur …«

»Ja?«

»Mutter sagt, Sie seien Maler?«

»Sagt sie das?«

»Kunstmaler?«

»Ja, so nennt sie es wohl, denke ich.«

»Ich habe nur überlegt …«

»Ja?«

»Ob wir vielleicht … ob Sie uns vielleicht etwas mitbringen und uns zeigen …«

»Was denn zeigen?«

»Ein … ja … ein Bild? Ein Gemälde.«

»Ein Gemälde?«

»Ja. Oder …?«

»Sollte ich in diese Schule von Reederkindern ein Gemälde mitbringen?«

»Ja, ich …«

»Willst du meine Kündigung, Junge?«

»Nein, ich …«

»Sei vorsichtig, du.«

Es war einfach nur peinlich, so peinlich, dass es außer Vilgot auch andere merkten. So peinlich, dass es sogar Simen merkte. Jedenfalls glaubte Vilgot, dass das der Grund dafür war, dass Simen plötzlich laut und inbrünstig fluchte, sodass Damm die Gelegenheit nutzen konnte, um sich auf dem Absatz umzudrehen und die Hand zu heben.

»Hallo! Hat mich jemand gerufen?«

Und Vilgot dachte, ja, das habe ich. Ich habe gerufen, aber Sie haben es nicht gehört.

Aber vielleicht hatte Damm es doch gehört. Denn als Vilgot später aus der Schule trat, wurde er plötzlich an der Schulter gepackt und mit einem Ruck zum Anhalten gezwungen. Es war Damm. Er sah Vilgot an, und sein Blick war eiskalt.

»Was treibst du eigentlich?«

»Nichts!«

Vilgot merkte, wie sich Damms Finger in seine Schultern gruben.

»Du warst im Atelier, stimmt's?«

»Nein, ich …«

»Das ist nur Schund«, sagte Damm plötzlich, den Blick unverändert kalt. »Das ist nur wertloser Schund.«

Vilgot merkte, wie seine Lippen zu zittern begannen. Er schluckte und schluckte und versuchte den Blick des Lehrers zu erwidern.

»Ich … ich fand es toll.«

Da schlug Damm zu. Er schlug Vilgot mit der flachen Hand und hielt ihn mit der anderen Hand fest, damit Vilgot nicht fiel, denn der Schlag war fest genug, und Vilgot stand völlig benommen und verängstigt da und wollte sich mit den Händen schützen, aber Damm hielt seine Arme fest. Vilgot sah sich um, wollte sehen, ob jemand etwas bemerkt hatte, aber niemand blieb stehen. Um sie herum liefen und lachten und spielten die Schüler auf dem Heimweg. Damm beugte sich zu Vilgot hinunter.

»Du wirst nie wieder über die Bilder sprechen. Du hast sie nie gesehen, verstanden?«
Vilgot konnte nur nicken. Damm fuhr fort.
»Du bist ein verflucht kleiner, hinterhältiger Scheißer, Vilgot. Du hältst dich für etwas Besseres als die anderen, stimmt's? Du hältst dich für etwas Besonderes, stimmt's? ›Mutter sagt, Sie seien Kunstmaler‹, wie? Das Einzige, was ich will, ist in Ruhe gelassen zu werden. Ist das zu viel verlangt? He? Das Einzige, was ich will, ist von euch verfluchten Reederkindern in Ruhe gelassen zu werden, die ihr in Sahne badet auf dieser Scheißschule. Ist das klar?«
Vilgot wagte nur zu nicken. Er hätte gerne gesagt, dass er kein Reederkind war, traute sich aber nicht. Damm sah aus, als wollte er noch mehr sagen, aber er hielt inne. Vilgot spürte, dass ihm die Tränen kamen, und er bemühte sich, sie zurückzuhalten. Er hätte gerne gesagt, dass er nicht wie die anderen sei, dass weder er noch Damm wie die anderen seien und dass sie zusammenhalten könnten, er und Damm. Aber er traute sich nicht. Er nickte nur und schluckte, schluckte und nickte. Dann lockerte Damm den Griff und ließ ihn gehen.

ICH SITZE AM KÜCHENTISCH und starre in die Teetasse. Irgendetwas ist seltsam, ich sehe, wie sich der Tee leicht kräuselt, als wäre ich an Bord eines Schiffs. Ich lege die Hand flach auf den Küchentisch und spüre eine schwache Vibration, wie von einem Motor tief in der Erde. Mir ist nicht wohl, mir wird übel. Ich stehe auf, und es wird zunächst etwas besser, aber dann spüre ich den Boden an den Fußsohlen vibrieren, mir wird schwindlig, und ich muss mich auf die Arbeitsplatte stützen. Ich habe Angst vor Erdbeben, ich habe Angst vor Kriegen. Ich habe Angst vor dem Dröhnen der Panzer im Wald, in dem ich gespielt habe. Jetzt höre ich es auch. Ein tiefer Basston, der sich auf mich legt und mich mit Unruhe erfüllt, ein Grollen, das immer stärker wird, je mehr ich hinhöre, ein Grollen, das in der Lage ist, alle Räume und alle Hohlräume zu erobern, und ich muss mich erbrechen. Und ich erbreche mich in die Spüle, und ich halte mir die Ohren zu, aber das Grollen lässt sich nicht aussperren. Es wirkt so, als habe eine Raubkatze von der Größe eines Hauses zu schnurren begonnen, und nachdem mir dieser Gedanke gekommen ist, ist es plötzlich kein Rätsel mehr, und ich gehe über den Hof hinüber zur Scheune, ich bewege mich vorsichtig, und bevor ich das große Tor öffne, umfasse ich den Elefantenhaken mit festem Griff, und das Grollen erfüllt mich mit Übelkeit und Schwindel, und ich reiße die Türflügel auf und stehe im Licht, und Batir ist plötzlich still. Es ist ganz, ganz still, und der strenge Geruch von Elefantenmist steigt mir in die Nase, und ich schlucke und schlucke, um die Übelkeit in Schach zu halten. Er sieht mich an. Ich sehe ihn an. Dann wird mir klar, dass er gerufen hat, dass er gerufen hat, damit jemand kommt. Vielleicht hatte er sich gewünscht, dass ihn andere Elefanten hören, auf einer Lichtung im Dschungel stehen bleiben, lauschen, die Rüssel in die Luft strecken, um meine Scheune anzusteuern. Kein Meer und kein Berg könnte sie aufhalten, sie würden durch Stahlgebäude und Busse, durch Betonwände und Wohnhäuser laufen, sie würden über das große Meer schwimmen, als wären sie zum Schwimmen geboren, und endlich, endlich würden sie nach Norwegen kommen, endlich würden sie an Land gehen und ihre Route fortsetzen, aber jetzt reden wir nur noch vom Endspurt, dem letzten Stück vom Oslofjord bis hierher zum Hof, und ich würde am Küchenfenster stehen und zusehen, wie sie die Scheune des Grafen in Stücke rissen, Brett für Brett, Nagel für Nagel, und plötzlich stünde Batir vor ihnen, an den Füßen und am Hals festgebunden, und der Anblick der Freunde, der Brüder und Schwestern, des Vaters und der Mutter würde Batir in die Lage versetzen, sich mit einem nahezu mühelosen Ruck loszureißen, und kurz bevor sie sich zu dem langen Marsch und der Wasserdurchquerung zurück zum Dschungel aufmachen würden, würde sich Batir zu mir umdrehen, der ich am Küchenfenster stünde, und dann würde er sich auf die Hinterbeine stellen und mir zuwinken, seinem Freund, der allein zurückbliebe.

Vielleicht hatte er aber auch nach Alexej Kornilow gerufen. Vielleicht wollte er, dass Alexej Kornilow, der in dem großen Lagergebäude, das der Zirkus Strakosch vor St. Petersburg gemietet hatte, gerade einen neuen Elefanten abrichtet, seinen Ruf hört. Dieses Mal war es eine indische Elefantenkuh namens Marja, die noch gelehriger sein sollte als Batir – die jedoch erstaunlich wenig Fortschritte zeigte. Alexej wusste, dass er nicht mit einem Elefanten in die Manege zurückkehren konnte, der weniger Kunststücke konnte als Batir. Dass er die farbige Kreide mit dem Rüssel hochnahm und W-I-L-L-K-O-M-M-E-N auf die kleine Tafel schrieb, war das Mindeste, was er von seinem neuen Elefanten verlangen konnte. Doch Marja zeigte sich weder willig noch fähig. Sie konnte sich auf die Hinterbeine stellen, sie konnte sich hinlegen, herumrollen, tot wie ein Hund daliegen, aber das war natürlich nicht genug. Und während ein wütender Alexej die Schachtel mit der Farbkreide an die Wand wirft, erreicht ihn das Grollen. Und er glaubt nicht, dass Krieg ist, er glaubt nicht, dass es ein Erdbeben ist. Er weiß genau, was es ist, und ein jubelndes, breites Lächeln erhellt sein verlebtes Gesicht. Batir, flüstert er. Und noch einmal: Batir, bevor er sich umdreht und aus dem Lagergebäude stürmt. Und jetzt hilft es auch nicht, dass Marja ein Stück Kreide vom Boden aufhebt, dass sie zu der kleinen Tafel geht und, so gut es geht, versucht, W-I-L-L-K-O-M-M-E-N zu schreiben. Alexej treibt Geld auf, ich weiß nicht, woher, aber er treibt Geld auf und setzt sich ins erste Flugzeug, das St. Petersburg verlässt, und die ganze Zeit hat er Batirs Grollen im Bauch und in den Ohren und in allen Hohlräumen seines Körpers. Und bevor ich weiß, wie mir geschieht, bevor wir wissen, wie uns geschieht, Batir und ich, gleitet ein Taxi auf den Hof, und Alexej stürzt heraus. Er hat eine Flasche Wodka in der Hand, und mit dem anderen Arm umarmt er mich und drückt mir feuchte Küsse auf die Wangen, und als wir gemeinsam zu Batir gehen, sehen wir, dass Batir festlich geschmückt ist, dass er farbenprächtige Stoffe und ein glitzerndes Diadem auf der Stirn trägt und dass er die Tafel im Rüssel hält, und darauf steht WILLKOMMEN, auf Norwegisch und auf Russisch.

Oder er ruft nach mir. Ich stehe in der Tür, und er steht drinnen in der Ecke, im Dunkeln, aber ich spüre, dass er mich mit seinem großen, großen Auge anstarrt, und ich bin es, den er mit seinen zitternden, erschütternden, bebenden Schreien herbeirufen wollte. Vielleicht wollte er sagen, dass ihn der Tod holt, wenn er gefesselt und an Beinen und Hals festgebunden dastehen muss, dass ich ihn freilassen solle, damit er dorthin kann, wo er hingehört. Vielleicht weiß er nicht, wie weit er von zu Hause weg ist, vielleicht weiß er nicht, was ein Zuhause ist,

vielleicht hat er kein Zuhause, vielleicht hat er ein Zuhause, in dem er nicht sein will, vielleicht hat er ein Zuhause, zieht es aber vor, ihm fernzubleiben?
Ich habe den Schlüsselbund in der Tasche, ich fühle nach, ob er da ist. Merke, wie schwer er ist. Vielleicht sollten wir ein bisschen trainieren, Batir und ich. Ich versuche mich zu erinnern, was Alexej mich in den langen Nächten am Lagerfeuer, an den milden Tagen in der Scheune mit Batir gelehrt hat, als er bisweilen den Arm um mich legte und mich an sich zog. Bruder, konnte er dann sagen. Du und ich, Bruder, und ein Elefant namens Batir.

Er sagte, es dürfe kein Zweifel daran bestehen, wer der Chef ist. Das Tier müsse dem Befehl folgen, ohne ihn je in Frage zu stellen. Erst dann kannst du Batir hinauslassen, erst dann kannst du Batir die Freiheit schmecken lassen. Erst dann wird die Situation stabil sein, sagte er.
»Du siehst vielleicht, dass ich selten den Elefantenhaken benutze, dass ich ein sanfter Dompteur bin, du denkst vielleicht, ich sei Batirs guter Freund? Ja«, rief er, und sein schallendes Gelächter erfüllte die Scheune, »ja, ich bin Batirs guter Freund!«
Alexej legte wieder den Arm um mich und zog mich näher an sich. »Aber Batir weiß, und ich weiß, dass Batir weiß, dass ich gnadenlos bin, wenn er mich enttäuscht. Und woher wissen ich und Batir das? Woher wissen wir das, Vilgot, mein Bruder!?«
Ich stehe in der Scheune, und während sich die Augen allmählich an das Licht gewöhnen, wächst Batir in der Ecke heran. Aus einem Schatten wird ein Berg. Bin ich Batirs guter Freund? Ist er meiner? Alexej hatte sich zu Batirs Freund geprügelt. Vom ersten Moment an hatte er Batir auf die Konsequenzen aufmerksam gemacht, wenn seine Kommandos nicht befolgt wurden. Beim geringsten Anzeichen von Aufmüpfigkeit wurde Batir bestraft, und er wurde so hart und erbarmungslos

bestraft, dass er begriff, was sich lohnte, wo es langging, wer das Sagen hatte, oder, wie Alexej es ausdrücken würde, Batir verstand, dass Alexej der stärkere Elefant war.
»Du musst zu einem Elefanten werden«, flüsterte er. Er hielt seinen feuchten, vollen Mund an mein Ohr, er hielt seinen wodkawarmen Mund an mein Ohr und sagte, ich müsse mir die Lebensweise eines Elefanten aneignen, ich müsse mich Batir nähern, als sei ich ein Elefant.
»Das schaffst du, Vilgot«, flüsterte er.

Ich weiß nicht. Wie ich jetzt hier stehe und Batir betrachte, festgebunden in der hintersten Ecke dieser dunklen Scheune, könnte ich gut und gerne er sein. Ich kann nie wie Alexej werden, und ich kann nie wie Batir werden, wenn er in der Manege auf zwei Beinen steht, geschmückt und stolz, während das begeisterte Trampeln des Publikums den Takt des Orchesters einfängt. Aber ich könnte durchaus ein Leben in der dunklen Scheune des Grafen verbringen. Ich denke erneut daran, dass Alexej gesagt hat, ich solle Batir nicht freilassen. Er wollte nicht, dass ich den Gedanken überhaupt erwog, sagte er. Bald würde er zurückkommen und Batir holen, und dann würden sie zusammen die Manegen der Welt erobern, aber bis dahin sei es am besten, wenn er festgebunden bei mir stünde. Und dann zeigte er mir, wie ich den Elefantenhaken anwenden musste, damit es wehtat. Ich sagte, dass ich nicht an körperliche Züchtigung glaubte, und darauf lachte Alexej, darauf lachte er laut. Er sagte, er könne in mich hineinschauen, er sagte, dass ich etwas anderes behaupten würde, wenn ich nur stark genug wäre.
»Wenn du nur stark genug wärst, Vilgot, würdest du nicht zögern. Hier heißt es: du oder er«, sagte er.
»Vilgot oder Batir. Und wenn man sich daranmacht, einen Elefanten zu zähmen, ohne das verstanden zu haben, geschieht bald ein Unglück. Du und Batir, ihr sprecht miteinander. Ihr verständigt euch darauf, wie ihr euch benehmen wollt. Du

sagst zu Batir, dass du nicht an Gewalt glaubst, aber dass es schön ist, wenn er tut, was du sagst. Batir nickt und ist einverstanden. Ich werde tun, was du sagst, sagt Batir. Und das tut er, bis er plötzlich nicht mehr will, und dann bist du im Weg, dann bist du vier Tonnen Elefantenfleisch im Weg, die nicht die Geduld für deine Friedensgespräche und Runde-Tisch-Verhandlungen haben. Dann geschieht ein Unglück, wenn du verstehst, was ich meine. Es ist nicht so, dass ein Elefant gut ist, wie viele glauben. Es ist auch nicht so, dass ein Elefant böse ist. Ein Elefant ist ein Elefant. So ist es. Deshalb müssen wir ebenfalls zum Elefanten werden. Wir müssen vergessen, dass wir Menschen sind. Wir müssen unsere menschlichen Gefühle vergessen, wir müssen alles vergessen, was wir über Richtig und Falsch gelernt haben. Das Einzige, was wir tun müssen, ist, den einfachen Regeln des Elefanten zu folgen. Und welche Regeln das sind, Vilgot, weißt du. Das spürst du tief im Innern deines kleinen Elefantenbauchs.«

Und dann lachte er wieder. Das Seltsame war, dass ich schwören könnte, auch Batir habe gelacht. Und ich wusste, tief in meinem kleinen Elefantenbauch spürte ich, dass die Regel Nummer 1, die Regel, die Batir aus dem Dschungel oder der Savanne oder dem Nationalpark oder wo auch immer er herkam mitgebracht hatte, völlige und bedingungslose Unterwerfung gegenüber dem Stärkeren war. Wir wussten, was zählte, Batir und ich. Wir waren beide Herdentiere, wir waren beide ohne Herde, wir hatten beide unten gelegen.

Daran denke ich jetzt, als ich hier in der Scheune stehe und höre, dass Batir ungefähr alle zwanzig Sekunden atmet. Daran denke ich, als ich allmählich einsehe, dass mein Freund und Bruder Alexej Kornilow niemals zurückkehren wird, um seinen Batir zu holen, dass er mir gehört, dass ich einen Elefanten besitze, der nichts anderes kann, als festgebunden in einer dunklen Scheune zu stehen und Sack für Sack hartes Brot zu fressen.

»Das Leben ist nicht gerecht, Batir«, sage ich. »Das Leben ist einfach nicht gerecht. Weder zu dir noch zu mir.«
Dann versuche ich, uns beiden Mut zu machen, indem ich das Lied singe, das mir der Graf von Hoff beigebracht hat. *He ho, Schiffsjunge Jansson, der Morgenwind frischt auf, die Nacht geht schon dahin, Constantia muss entfliehen*. Einen Augenblick lang glaube ich, dass Batir den Takt mittrampelt, dass er mitmacht, er will mir Mut machen, wie ich ihm Mut machen will. Aber dann sehe ich, dass er webt. Er geht auf die Hinterbeine, springt den Meter, den die Fesseln ihm lassen, und kommt wieder auf dem Boden auf. Und noch einmal, und noch einmal.
»Tu das nicht, Batir«, schreie ich.
Aber er hört mich nicht. Er kümmert sich nicht um mich. Er will nicht bei mir sein. Er will nur bei sich sein. »Halt, tu das nicht.« Aber er tut nicht, was ich sage. Ich bin es nicht wert, einen Elefanten zu besitzen, ich verlange völlige Unterwerfung, bekomme sie aber nicht. Alexej hat mir gezeigt, wie ich völlige Unterwerfung erreiche. Ich nehme den Stock fest in die Hand und stelle mich hinter ihn, und während er sich zum Gott weiß wievielten Mal aufrichtet, schiebe ich ihm den Stock zwischen die Hinterbeine, mit dem Haken zuerst, wie Alexej es mir gezeigt hat. Von Batir kommt kein Laut, aber es wirkt, als würde der riesige Körper zusammenzucken, und dann geht er einfach auf die Knie.
»Gut so«, sage ich schluchzend. »Gut so, Batir. Braver Junge.«
Dann gehe ich wieder ins Haus. Meine Hand zittert. Ich setze mich auf den Stuhl in der Küche, halte die Hand ins Licht und sehe, dass sie zittert. Es ist wichtig, einen Tag nach dem anderen zu überstehen. Einen Tag nach dem anderen zu bewältigen. Nicht jeden Tag zu leben, als wäre er der letzte, wie manche sagen. Sondern einen Tag nach dem anderen zu leben, als wäre er ein Tag.

Ich nehme den Hörer ab, und endlich ist der Summton zurück. Ich wähle noch einmal die Telefonnummer, die Alexej mir gegeben hat, vielleicht funktioniert sie ja jetzt, aber alles, was ich höre, ist eine Art schnelles Besetztzeichen, genau wie all die anderen Male, die ich es versucht habe. Dann rufe ich die Auslandsauskunft an und bitte sie um Hilfe. Ich habe es schon einmal versucht, aber ohne Erfolg, sie rufen in Russland an und fragen nach, habe ich verstanden. Mir wird aufgetragen zu warten, und sie spielen eine hübsche Melodie für mich, während ich warte. Ich bin sicher, dass sie von jemandem komponiert wurde, der Heimweh hatte, sie erinnert mich aus irgendeinem Grund an die Augen des Grafen. Ich sitze auf dem Stuhl in der Küche, und meine Hand zittert, und ich warte darauf, dass mir jemand hilft, mit Alexej Kornilow, meinem Bruder und Freund, in Kontakt zu kommen. Dann kehrt die Stimme zurück und sagt, dass es in St. Petersburg sechsundfünfzig Personen mit diesem Namen gibt. Ich protestiere. Das kann nicht sein, sage ich. Es gibt nur einen Alexej Kornilow. Es sieht nicht so aus, als würde sich die Stimme darum scheren, was ich sage. Sie möchte eine Straßenangabe, aber die habe ich nicht. Ich bitte um alle sechsundfünfzig Nummern. Die Dame seufzt ergeben. Das wird teuer, sagt sie. Ja, sage ich. Aber das ist es wert.
Eine Stunde später habe ich alle Nummern aufgeschrieben. Ich vergleiche sie mit der Nummer, die ich bekommen habe, finde aber keine einzige, die ihr ähnelt. Heute Nacht bleibe ich am Telefon, heute Nacht werde ich Alexej Kornilow anrufen, ihn, der wie ein Elefant denkt. Ihn, der wie ein Elefant geht, steht, sitzt und träumt. Vielleicht freut er sich, vielleicht hat er versucht, mich zu erreichen, versucht, zu Vilgot in Norwegen Kontakt aufzunehmen, um endlich wieder mit Batir, dem Elefanten, der einst schreiben konnte, vereint zu werden. Ich greife nach dem Telefon. Ich beginne zu grollen.

Ich habe nicht geschlafen. Es ist frühmorgens, ich habe nicht geschlafen. Ich fühle mich erschöpft und wie neu geboren, luftig und schwer zugleich. Mir ist klar, dass ich allein bin. Ich bin allein mit Batir, ich bin allein mit einem Elefanten. Er war Nummer neunundvierzig. Der neunundvierzigste Alexej Kornilow, den ich in St. Petersburg erreicht habe, war mein Alexej Kornilow. Ich habe es sofort an seiner Stimme gehört. Ich kann alles hören. Außerdem hat er sich ziemlich schnell verraten. Ich bin jedes Mal exakt nach dem gleichen Muster vorgegangen, und sie waren alle gleich wütend darüber, geweckt zu werden. Alle bestätigten sie mir mit einem Grunzen oder einsilbig und heiser, dass sie Alexej Kornilow hießen. Als Nächstes sagte ich ganz schnell hintereinander meinen Namen, den Namen des Elefanten und das russische Wort für willkommen. Wenn jemand etwas nicht versteht oder es ihm egal ist, klingt das auf Norwegisch und Russisch ziemlich gleich. Das jedenfalls war mein Eindruck. Es war so, dass Alexej, also der neunundvierzigste Alexej Kornilow, mein Alexej, meinen Namen wiederholte mit einer Stimme, die Überraschung und Wärme ausdrückte, bevor er regelrecht den Hörer fallen ließ. So musste es gewesen sein, denn ich hörte einen Knall an meinem Ohr, Alexej Kornilow verschwand, aber ich hörte das Geräusch von Schritten und leise aufgeregte Stimmen, bevor er wieder drankam. Jetzt klang er wie alle anderen, vielleicht noch kühler und abweisender.

»Alexej, ich weiß, dass du es bist«, sagte ich auf Englisch. »Wir brauchen dich. Batir und ich brauchen dich.«

Ich wünschte, ich könnte Russisch, um genau zu wissen, was er sagte, als er uns verriet. Welche Worte er wählte, um Batir und mir zu sagen, dass wir uns selbst überlassen waren. Andererseits klingt auch Verrat in allen Sprachen ziemlich gleich. Ich hatte jedenfalls das Gefühl, es schon einmal gehört zu haben.

Es ist frühmorgens, und ich greife wieder nach dem Hörer. Ich stecke einen Bleistift in den Mund, um die Stimme zu verstellen. Das habe ich in einem Donald-Duck-Heft gesehen, das ich in einem der Stapel beim Grafen gefunden hatte, während er

sich Karin ansah. Ich wähle Berntsens Durchwahl auf dem Polizeipräsidium und habe seinen Anrufbeantworter dran.
»Ich rufe an wegen des Colamanns. Wann werdet ihr ihn schnappen?«, sage ich. »Wann werdet ihr den Colamann schnappen? Er fährt ein blaues Auto, voll mit leeren Colaflaschen.«
Ich betrachte mich dabei im Spiegel und weiß nicht, was mir am meisten Angst einjagt – meine flache Stimme oder der Anblick von mir mit dem dicken Bleistift im Mund.

Berntsen ruft am späten Vormittag zurück. Er ist fröhlich und freundlich wie immer.
»Vilgot? Du warst auf meinem Anrufbeantworter. Wie geht's?«
Ich antworte nicht. Es ist sinnlos, ich bereue schon, dass ich ihn angerufen habe.
»Gibt es etwas Neues von deinem Colamann?«
Es ist sinnlos.
»Ist er wieder aufgetaucht?«
Ich antworte nicht. Es ist sinnlos, ich bereue schon, dass ich ihn angerufen habe.
»Vilgot?«
Ich bereue es.
»Es würde schon helfen, wenn ich wüsste, was dieser Colamann getan hat. Verstehst du, was ich meine?«
Ich antworte nicht.
»Ich will dir gerne helfen. Ich schulde dir ja auch einen Dienst!«
Plötzlich höre ich meine eigene Stimme. Es klingt, als hätte ich noch immer den dicken Bleistift im Mund, aber dem ist nicht so.
»Tatsächlich?«
Berntsen ist ebenso überrascht wie ich. Er fängt an zu lachen. Ich höre, dass es ein verblüfftes Lachen ist. Ich kann alles hören.
»Aber ja doch, Vilgot. Du hast schließlich den Zirkus aufgenommen, nicht wahr? Ich schulde dir einen großen Dienst.«

Ich sage nichts. Auch Berntsen sagt nichts, ich höre, wie er abwartend atmet. Ich versuche, meinen Blick im Spiegel einzufangen. Ich nehme den dicken Bleistift in die Hand, der immer noch auf dem Regal unter dem Spiegel liegt. Ich stecke ihn in den Mund. Jetzt bin ich eine Ente. Jetzt bin ich ein anderer.
»Kannst du den Elefant hier abholen?«
»Was sagst du? … Du sprichst so …«
»Den Elefant. Du musst mir helfen!«
»Vermisst du den Elefanten? Das verstehe ich, Vilgot. Das verstehe ich gut.«
»Du verstehst überhaupt nichts!«
»Vilgot …?«
Ich lege den Hörer weg. Ich kann seine dummen Rufe von weit weg hören, als würde er unter der Erde leben. Aber das tut er nicht, das weiß ich.

VILGOT IST AM LADEN AN DER ECKE angekommen. Jetzt kann er an der Brotfabrik vorbei Richtung Simen gehen oder er kann nach links gehen, am Turm vorbei und den Berg hinauf, zum Grafen von Hoff. Vilgot ist auf dem Weg zu einem Freund. Er ist auf dem Weg zu Simen. Zu Hause hat er gesagt, dass er zu Simen geht, er hatte Simen angerufen, um zu fragen, ob es ihm passe, es passte, aber erst später, sie hätten Gäste zum Essen, aber Vilgot könne kommen, wenn sie gegangen seien. So gegen sieben. Das erzählte Vilgot nicht, als er ging. Er sagte, Simens Mutter habe gesagt, Vilgot könne sofort kommen, wie immer. Und dann ging er nach draußen, er sah auf die Uhr, er hatte noch zwei Stunden Zeit, bis er zu Simen gehen konnte. Er konnte nicht zu Magne gehen und dann wieder abhauen, um zu Simen zu gehen, das ging nicht. Er stand einen Augenblick vor dem Laden an der Ecke, vor dem Magne und er gerne saßen und Autokennzeichen aufschrieben. Dann ging er langsam den Berg zum Grafen von Hoff hinauf. Vor diesem Laden hatte er einmal mit seiner Mutter gestanden und auf Großvater gewartet. Es musste passieren, während Vater bei der Arbeit war, und sie mussten so stehen, dass Vater sie von der Brotfabrik aus nicht sehen konnte. Vilgot verstand nicht ganz, warum Vater nicht wollte, dass er Großvater traf. Er verstand es ein bisschen, denn der Großvater war ein Riese, und auch wenn Großvater gewaltiger lachte als der Turm, war er ein gefährlicher Mann. Ein gefährlicher Mann, der Vater in die Schlangengrube geworfen hatte, als Vater klein war. In dem Märchenbuch zu Hause gab es eine Abbildung davon,

von Vater und seinem kleinen Bruder in der Schlangengrube. Aber bei Großvater war es so, dass er so laut lachte, dass um ihn herum Dinge passierten. Fast immer passierte etwas Spannendes, wenn man mit ihm zusammen war. Und es war so, dass Großvater Vilgot gerne treffen wollte. Doch als der große Ford näher kam, als Mutter die behandschuhte Hand hob und dem Auto zuwinkte, befiel Vilgot die Angst vor der Schlangengrube, und er begann laut zu schreien. Mutter hielt ihn fest, und Großvaters Auto fuhr auf den Bürgersteig, Großvater kurbelte die Fensterscheibe herunter und lachte sein enormes polterndes Lachen. Es musste schnell gehen, und Mutter riss die hintere Tür auf und schubste Vilgot regelrecht in das tiefgrüne Dunkel des Autos. Großvater fuhr wieder auf die Straße, und Vilgot heulte laut. Er schrie, bis eine weiche, weiche Hand aus dem Dunkel des Wageninnern kam und ihm die Wange streichelte. Er wurde still und spürte nur noch die Hand, die ihm die Wange streichelte und den Nacken. Vilgot neigte den Kopf und ließ die Hand immer wieder über seinen Nacken gleiten. Er war froh, dass Beate dabei war. Beate war Großvaters neue Frau, Vaters Stiefmutter. Vater und Mutter bekamen immer ganz steife und merkwürdige Gesichter, wenn sie über Beate sprachen, aber Vilgot freute sich, wenn er an sie dachte. Großvater fuhr langsamer und drehte sich zu Vilgot um. Er lächelte.
»Gib dem Jungen ein Marzipanbrot, Beate.«
Und plötzlich hatte Beate ein Marzipanbrot in der Hand. Das silberfarbene Papier knisterte, als Vilgot es löste. Er lehnte sich in dem weichen Sitz zurück, biss ein Stück von der Schokolade ab und atmete Beates süßes Parfüm und den schweren Geruch des Autos ein.
»Hast du schon wieder ein neues Auto, Großvater?«
Großvater lachte. Er ließ das Lenkrad los und streckte die Arme in die Luft, während das schwere Auto über die Straße sauste.
»Siehst du«, rief er. »Siehst du! Ich kann freihändig fahren!«

Jetzt musste Vilgot lachen. Jetzt mussten Vilgot und Beate lachen. Beates Lachen rollte gewissermaßen durch das Auto, und jedes Mal, wenn es Vilgot traf, musste er noch mehr lachen. Großvater lachte nicht, aber er lächelte. Er saß am Steuer seines großen, feinen Autos mit einem großen, feinen Hut auf dem Kopf und einem großen, feinen Lächeln um den Mund.
Sie fuhren die ganze Zeit bergauf, vorbei an der Schule, vorbei am Bolzplatz, vorbei an der Sprungschanze. Großvater fuhr langsamer, als sie an der Sprungschanze vorbeikamen, und erzählte Vilgot, dass er vor vielen Jahren zusammen mit dem König dort heruntergesprungen sei, als der König und er noch dicke Freunde waren. Vilgot fragte, ob Trygve Lie auch gesprungen sei, aber Großvater sagte, das glaube er nicht. Vielleicht sei Trygve Lie von der großen Schanze gesprungen, aber dann hätte Großvater es vergessen, sagte er. »Und ich, Vilgot, habe ein Gedächtnis wie ein Elefant!«

Sie aßen in einem Restaurant hoch oben über der Stadt, wo man auf alles herunterschauen konnte, und Vilgot konnte die Fünfundzwanzig-Öre-Münze, die er von Großvater bekommen hatte, in ein großes Fernrohr werfen und von dort oben auf den Turm schauen. Er richtete das Fernrohr auf die oberen Stockwerke und versuchte, einen Blick auf Trygve Lie zu erhaschen, aber die großen Fensterscheiben glitzerten nur. Er senkte das Fernrohr ein winziges Stück und war fast sicher, Magne am Küchenfenster gesehen zu haben. Vilgot richtete sich auf und winkte, hielt aber inne, als er merkte, dass ein paar Erwachsene über ihn lachten.
Bei Tisch fragte ihn Großvater ein wenig über die Schule aus und ein wenig über Mutter, aber nicht über Vater. Vilgot fiel das auf. Er sagte: Vater geht es auch gut, einfach, um zu sehen, wie Großvater reagierte. Großvater lächelte nur, er sagte nichts, aber Beate tätschelte Vilgot die Hand und sagte, das sei schön. Wie schön, dass es Vater gut geht, Vilgot! Sie aßen Beefsteak, und zum Dessert bekam Vilgot Eis mit Schokoladen-

soße. Plötzlich merkte er, dass etwas anders war, er blickte auf und sah, dass ihn Großvater mit merkwürdig abwesendem Blick betrachtete und dass ihm große Tränen über die faltigen Wangen liefen. Vilgot sah Beate an, die sanft und freundlich lächelte, und Vilgot sah wieder zu Großvater, und jetzt begegnete er Großvaters Blick, und er fiel ganz hinein und hörte sich selbst reden.

»Warum hast du Vater in die Schlangengrube geworfen?«

Großvater schüttelte verwirrt den Kopf.

»Was?«

»Als Vater klein war … warum hast du ihn in die Schlangengrube geworfen?«

»Na, jetzt reicht es aber wirklich!«

Beate schlug mit ihrer kleinen Faust auf den Tisch, aber Großvater hob die Hand, damit sie schwieg. Er beugte sich zu Vilgot vor und tätschelte ihm die Wange. Seine Augen waren groß und feucht.

»Das sagt er also? Dein Vater?«

Plötzlich wusste Vilgot nicht mehr, ob Vater es gesagt oder ob Vilgot es sich ausgedacht hatte. Er wollte etwas dazu sagen, aber Großvater kam ihm zuvor.

»Ich habe es getan, weil … Ich habe ihn in die Schlangengrube geworfen, weil … ich ihn so sehr geliebt habe!«

Beate fasste Großvater am Arm.

»Pass auf, was du sagst!«

Aber Großvater sprang auf, sodass sein Glas umfiel, und er legte den Kopf in den Nacken und brüllte zu der Holzdecke.

»Und ich liebe ihn heute immer noch genauso sehr!«

Es kostete Beate zwei Marzipanbrote und viele gute Worte, um Vilgot wieder unter dem Tisch hervorzulocken, wohin er sich verkrochen hatte. Als er schließlich wieder herauskam, war Großvater nicht da. Vilgot und Beate gingen Hand in Hand zum Auto, wo Großvater am Steuer saß, den Hut auf dem Kopf und ein Lächeln um den Mund. Er beugte sich aus dem Fenster, sah Vilgot an und sagte:

»Und dich habe ich mindestens genauso lieb, Vilgot. Also sieh dich vor.«

Erneut saß er in dem tiefen Dunkel hinten im Auto und fragte sich, ob das mit der Schlangengrube stimmte. Aber irgendetwas war! Er hatte Mutter versucht zu fragen, warum er Großvater und Beate heimlich treffen musste, aber sie sagte nur, das solle Vilgot erfahren, wenn er größer wäre.

»Aber was ist, wenn ich nicht größer werde?«, fragte Vilgot.

»Unsinn, natürlich wirst du größer. Du wirst erwachsen werden, Vilgot. Du wirst erwachsen und alt werden, und dann wirst du noch älter werden, und dann wirst du sterben.«

»Wirst du dann traurig sein?«

»Dann liege ich wohl schon ganz lange unter der Erde.«

Mutter sah Vilgot an, und Vilgot sah sie an. Vilgot sah, wie das winzige Lächeln plötzlich in Verärgerung überging, er wusste warum, aber er konnte nichts dagegen tun.

»Musst du denn wegen jeder Kleinigkeit weinen, Vilgot?«

»Du sollst nicht sterben!«

»Bis dahin ist es noch lange.«

»Du sollst nicht sterben!«

»Bis dahin ist es noch lange, sage ich!«

Jetzt klang sie resigniert, jetzt hatte sie wieder diese Stimme. Aber sie ging nicht. Sie saßen auf dem Sofa, und Vilgot hatte den Kopf in ihren Schoß gelegt, und es war herrlich, auch wenn er wusste, dass es nicht lange so bleiben könnte.

»Aber was ist, wenn ich nicht sterbe? Was ist, wenn ich nicht sterbe, aber trotzdem aufhöre zu wachsen?«

»Ja, was ist dann?«

»Was ist, wenn ich einfach aufhöre? Wenn etwas passiert und ich einfach aufhöre?«

»Aufhörst zu wachsen, meinst du?«

»Ja, vielleicht.«

»Aha.«

Sie hörte nicht mehr zu. Sie hatte das Strickzeug in die Hand genommen, und auch wenn sie nichts sagte, wusste Vilgot, dass er bald aus ihrem Schoß herausgestrickt würde. Und richtig, die Nadeln kamen seinen Augen gefährlich nahe. Schon kratzte eine der Nadeln an seiner Wange, und er kroch seitlich aus ihrem Schoß und legte sich auf den Boden. Sie hörte ihm nicht länger zu, also plapperte er drauflos.

»Ich bin gerne mit Großvater zusammen.«

»Aha«, strickte Mutter.

»Beate mag ich auch. Sehr gern.«

»So, so.«

»Ja, es stimmt ... Ich bekomme Marzipanbrot. Und er hat Vater in die Schlangengrube geworfen, weil er ihn so lieb hatte.«

»Ja, ja.«

»Warum sind sie keine Freunde?«

»So was kommt manchmal vor.«

»Wir werden Freunde sein, oder?«

»Mmmm.«

»Immer? Was? Wir werden immer Freunde sein, oder?«

»Ja, natürlich, Vilgot. Wenn du lieb bist.«

»Ich bin lieb.«

»Aha.«

»Ich bin lieb.«

»Mmm.«

»Ich bin lieb!«

Zum Schluss rief er es laut. Schrie er es. Immer und immer wieder. »Ich bin lieb! Ich bin lieb! Ich bin lieb!«

Schließlich musste Mutter das Strickzeug weglegen – sie seufzte dabei laut – und Vilgot in sein Zimmer tragen.

»So geht das nicht, Vilgot. Das verstehst du sicher.«

Er beruhigte sich wieder, als er ins Bett gelegt wurde. Er würde verstehen, sagte er.

»Entschuldigung, Mutter«, sagte er, und Mutter streichelte ihm die Wange, Mutter küsste ihm die Wange.

»Ich weiß, dass du lieb sein kannst. Du bist schließlich mein lieber, kleiner Junge«, sagte sie. »Komm jetzt, wir gehen ins Badezimmer und putzen die Zähne.«

Anschließend lag Vilgot im Bett und dachte über die Autofahrt mit Großvater und Beate nach. Dann dachte er eine Weile darüber nach, ob er lieb war oder nicht. Er konnte lieb sein, aber er war es nicht. Er war auch nicht unartig, aber er war nicht lieb, obwohl er lieb sein konnte. Er sah, dass Mutter müde war, und sie war seinetwegen müde. Das tat ihm Leid. Er kroch unter die Decke, er würde folgsamer und lieber werden. Das war ganz sicher. Dann stand er auf und trottete zu seiner Hose, die über dem Stuhl hing. Er holte ein halbes Marzipanbrot heraus, das er aufgespart hatte. Er legte sich wieder schlafen und kaute auf der Schokolade. Wenn Mutter jetzt hereinkäme und sehen würde, dass er Süßigkeiten aß, nachdem er die Zähne geputzt hatte! Er merkte, wie es im ganzen Körper zu kribbeln begann, als er daran dachte. Er stellte sich vor, dass Großvater ihn jetzt sehen könnte, dass Großvater sehen könnte, wie er dalag und sich ein Marzipanbrot gönnte. Großvater lächelte dazu, er lächelte unter dem großen, feinen Hut. Dann kam er mit einem merkwürdigen Ausdruck in den Augen auf Vilgot zu.

ICH WACHE AUF, UND ES IST GANZ, GANZ STILL. Im ganzen Haus kein Geräusch, kein Geräusch von der Scheune, kein Geräusch von der Straße. Sogar der Fluss fließt lautlos heute Nacht, und ich habe von Großvater geträumt. Ich habe geträumt, ich säße in einem Auto. Am Steuer saß ein fremder Mann, es war sein Auto, es war ein fremdes Auto, und der Kofferraum war voll mit leeren Colaflaschen. Plötzlich sah ich Großvater die Straße entlanglaufen, auf der wir fuhren. Ich rief nach ihm, und der fremde Mann fuhr langsamer und hielt an. Ich kurbelte die Fensterscheibe herunter und rief nach Großvater. Großvater blieb stehen und sah zu dem Auto herüber, dann kam er auf mich zu. Er war groß, und er war tot, und es war lange, lange her, dass er aufgehört hatte zu lächeln.

»Was machst du in diesem Auto, Vilgot?«

Ich konnte nur den Kopf schütteln. Ich wollte schließlich nicht in diesem Auto sein. Aber ich sorgte mich in gewisser Weise mehr um Großvater, es sah so aus, als könne er jeden Augenblick verschwinden, als könne er sich in Nebel auflösen und weg sein. Ich streckte eifrig den Kopf aus dem Fenster.

»Wie ist es dort, wo du bist?«, fragte ich.

Er sah mich an, und sein Blick war ganz traurig. Er streckte die Hand aus, um mir die Wange zu streicheln, aber er kam nicht weit genug heran.

»Das kann ich nicht sagen«, sagte er.

Der fremde Mann ließ das Auto wieder an und fuhr los, und ich drehte mich schnell auf dem Rücksitz um.

Großvater sah mir nach mit Trauer im Blick. Ich rief, so laut ich konnte.
»Wie ist es dort, wo du bist?«, rief ich mit aller Kraft. Aber er hörte mich nicht. Er stand einfach nur am Straßenrand. Ich wurde wach, und es war ganz still, und ich wusste, dass Großvater bei mir gewesen war. Dass es nicht nur ein Traum gewesen war, nicht nur. Ich stand auf und ging zum Telefon. Es klingelte fünfundzwanzig Mal, bis er antwortete, und seine Stimme war so rau vom Schlaf und von der Nacht, dass sie kaum wiederzuerkennen war.
»Ich habe von Großvater geträumt«, sagte ich.
»Vilgot, bist du's?«
»Ja, Vater. Ich bin's.«
»Weißt du, wie spät es ist?«
»Weißt du, wo Großvater ist?«
»Ich habe geschlafen.«
»Oder weißt du, wie es dort ist, wo er ist?«
»So geht das nicht. Kann ich dich morgen zurückrufen?«
»Warum wart ihr zerstritten?«
»Wir waren doch nicht zerstritten!«
»Ich durfte ihn nie treffen.«
»Was für ein Unsinn.«
»Ich habe ihn trotzdem getroffen.«
»Natürlich hast du ihn getroffen. Meine Güte, Vilgot ...«
»Du hast ihn gehasst, weil er dich in die Schlangengrube geworfen hat!«
»In die Schlangengrube! Was redest du da?«
»Tu nicht so. Die Zeichnung bei Asbjørnsen und Moe.«
»Meine Güte.«
»Warum darf ich nie etwas wissen?«
»Vilgot, ich bin ein alter Mann. Darf ich jetzt schlafen?«
»Nicht eher, bis du mir geantwortet hast.«
Plötzlich drang das Besetztzeichen an mein Ohr. Wir waren wohl unterbrochen worden. Ich versuchte noch einmal, ihn anzurufen, aber er ging nicht dran. Vielleicht war das Telefon

kaputt. Vielleicht hatte der Blitz eingeschlagen. Vielleicht blitzte und donnerte es dort, wo er wohnte. Hier war es ganz still, weil Großvater zu Besuch gewesen war.

Plötzlich ist es nicht mehr still. Plötzlich wird die Nacht von einer Art lang gezogenem, zähem Heulen zerrissen, das, wie ich weiß, aus Batirs Rüssel kommt. Eine Art donnerndes Brüllen. Ich frage mich, was jetzt schon wieder los ist. Gleichzeitig weiß ich, was dieses Heulen bedeutet, ohne es benennen zu können. Ich habe das Heulen schon einmal gehört.

AN DEM MORGEN, AN DEM ES AN DER TÜR klingelte, regnete es, es war Sonntag, und es war frühmorgens. Und wir wussten alle drei, dass etwas ganz Schlimmes passiert war, es hatte noch nie jemand sonntags früh bei uns geklingelt. Wir sahen einander an, Mutter im Morgenmantel, Vater und ich noch im Schlafanzug. Wir hatten Angst, dann nickte Vater, und Mutter öffnete die Tür. Draußen, außer Atem, nachdem sie sich die ganzen Treppen hochgequält hatte, stand Beate. Sie trug Ölzeug und einen Südwester, und das Regenwasser hatte um ihre Stiefel einen kleinen See gebildet. Als sie uns sah, begann sie zu weinen.

Ich versuchte ebenfalls zu weinen. Wie man es tut, wenn jemand gestorben ist. Ich brüllte wie ein abgestochenes Schwein und lief in mein Zimmer, steckte meinen Kopf unter die Bettdecke und brüllte. Aber ich dachte nur daran, dass ich es nicht schaffte zu weinen. Ich, der ich geglaubt hatte, ich würde Großvater lieben, und jetzt konnte ich nicht weinen. Ich dachte an sein lautes Lachen, das große Lächeln, den glänzenden, breitkrempigen Hut, aber es kam keine Träne. Ich schrie noch lauter, bis ich merkte, dass es vor meinem Zimmer ganz still war. Vielleicht hörte gar niemand zu, vielleicht interessierte es niemanden, ob mein Weinen echt war oder nicht. Ich ging wieder in die Diele, dort standen Mutter und Vater und zogen Regenzeug an, während Beate wartete. Ich versuchte, ihr zuzulächeln. Ich dachte, sie hätte vielleicht ein Marzipanbrot dabei, um mich zu trösten, jetzt, wo Großvater tot war, aber es schien, als würde sie mich nicht sehen. Vielleicht

hatte sie gemerkt, dass ich nicht wirklich geweint hatte, vielleicht hatte sie gemerkt, dass ich nicht wirklich traurig war. Vater sah mich an, aber auch er sah mich irgendwie nicht. Er sagte, ich solle Regenzeug anziehen. Ich fragte, wohin wir gingen. Mutter sah mich an und lächelte schwach.
»Wir wollen zu Großvater«, sagte sie.
»Aber er ist doch tot«, sagte ich.
Doch niemand hörte es.

Bei Großvater und Beate sah es so aus, wie ich es in Erinnerung hatte, nur kleiner. Es war lange her, dass ich da gewesen war, und das Haus war tatsächlich kleiner geworden. Mutter und ich waren ein paarmal dort gewesen und hatten Kuchen gegessen, das war unser Geheimnis. Jetzt ging Vater von einem Zimmer zum anderen und sah sich genau um. Er blieb vor Bildern und kleinen Gegenständen stehen, er zog ein paar Bücher aus dem Regal und strich sanft über die glänzenden Lederrücken. Ich saß auf dem Sofa im Kaminzimmer und hatte das Gefühl, bei Fremden zu Besuch zu sein, ich spürte, dass ich dort nichts zu suchen hatte. Großvater lag bestimmt im Schlafzimmer. Er lag bestimmt da und lächelte. Wie kann man lächeln, wenn man tot ist? Er war bestimmt sehr schön. Plötzlich entdeckte mich Beate, wie ich auf dem Sofa saß, ich dachte, dass sie jetzt vielleicht ein Marzipanbrot hervorzaubern würde, aber das hatte sie nicht vor.
»Du solltest zu ihm gehen und ihn dir anschauen, Vilgot. Er liegt so friedlich da. Als würde er schlafen.«
Ich sah zu Mutter hinüber, damit sie mir half, aber es schien, als hätte sie nicht gehört, was Beate gesagt hatte, und Vater lief nur mit verträumtem Gesichtsausdruck durch alle Zimmer. Ich kauerte mich auf dem Sofa zusammen und sah, wie Beate aufstand und auf mich zukam. Mutter sah es und sah es doch wieder nicht. Es schien, als fiele es Beate schwer, sich zu bewegen. Ich ließ mich wieder auf den Boden fallen. Ich ließ den Kopf wieder auf den Boden aufschlagen. Ich wurde wieder ohnmächtig.

Aber niemand kniete sich neben mich. Niemand legte mir einen feuchten Lappen auf die Stirn oder streichelte mir die Wange. Nach ein paar Sekunden gab ich vor aufzuwachen und sah, dass Beate sich einfach umgedreht hatte und zu ihrem Sessel zurückkehrte und dass Mutter noch immer am Fenster saß und fremd aussah. Aber es hatte funktioniert. Ich musste ihn mir nicht anschauen.

Später stand ich in dem langen, schmalen Flur, der das Wohnzimmer mit der Küche und den Schlafzimmern verband. Ich stand da und spürte, wie das Haus wirklich zum Haus eines Fremden geworden war, wie die Farben das Haus verlassen hatten, sodass sich alle Wände und Böden und Decken und Bilder und Vasen und Spiegel und Tische und Stühle zu einem kalten und grauweißen Nebel vermischten. Ich fragte mich, was ich jetzt machen sollte, wo Großvater nicht mehr da war. Ich war wütend auf Großvater, der mich in diesem Flur zurückgelassen hatte, allein in diesem fremden gräulichen Nebelmeer von einem Haus. Eine Sekunde lang glaubte ich tatsächlich, ein Nebelhorn zu hören, ein Heulen, das wie eine Kanonenkugel den Flur entlangkam. Im nächsten Augenblick glaubte ich, es sei Großvater, der von den Toten auferstanden war, wie Lazarus, von dem wir in der Schule gehört hatten. Aber es war etwas anderes. Das Heulen um mich herum schwoll an und wieder ab, es erfüllte mich, und es leerte mich, und es drohte mir, mich mitzunehmen, und um mich festzuhalten, griff ich mit beiden Händen nach dem Tisch unter dem Spiegel, versuchte mich mit aufgerissenen Augen anzuschauen. Und als das Zimmer anfing, sich um mich zu drehen, wurde mir klar, woher das Geräusch kam. Es kam aus dem Schlafzimmer, in dem Großvater lag und mit einem Lächeln um den Mund friedlich schlief. Es kam von einem Stuhl am Bett, auf dem Vater saß. Es kam von Vater, Vater war es, der heulte und brüllte, weil er seinen Vater verloren hatte, weil sein Vater tot war und nie mehr wieder lebendig werden würde.

Ich hielt mich noch immer am Tisch fest, als die Schlafzimmertür aufging und Vater herauskam. Ich sah ihn an, aber ich konnte nichts sehen. Er ging vorbei und zerzauste mir die Haare.

»Stehst du hier, mein Junge«, sagte er. Und als ich seine Stimme hörte, wusste ich, dass sie es war, die ich gehört hatte. Seine Stimme war voll von Großvater, und sein Rücken war schmal und zerbrechlich, wie er über den Flur ging, weg von mir.

ICH WEISS NICHT, WIE OFT DER COLAMANN in dem Büro Platz nimmt, in dem Papiertaschentücher auf dem Tisch stehen. Aber ich glaube, dass er dieses Mal bald wieder dahin zurückkehrt. Er spürt, glaube ich, dass sich etwas in ihm aufbaut. Die Frau sieht ihn eine Weile an, bevor sie spricht.
»Ich war ein wenig überrascht, dass Sie so schnell wieder angerufen haben, um einen neuen Termin zu bekommen.«
»Wieso denn?«
»Sie wirkten letztes Mal nicht sehr gesprächig.«
»Nein?«
»Worüber wollen wir reden?«
»Das wissen Sie wohl am besten!«
»Wie meinen Sie das?«
»Es ist Ihre Aufgabe zu wissen, worüber ich reden will.«
»Ich kann nicht für Sie sprechen.«
»Nein, das können Sie nicht.«
»Wenn Sie also sprechen wollten ...?«
»Ja?«
»Was würden Sie dann sagen?«
Der Colamann überlegt, dass er über Wiedererkennung sprechen könnte. Dass er, wenn er ihnen in die Augen sieht, sein eigenes Leben sieht, ein Spiegelbild seiner selbst, und er weiß, dass er in dieses Bild hineinfallen kann, dass es keine Wände gibt, dass der Fall kein Ende nimmt, dass er nichts mit den Armen auffangen muss, dass er sich nicht schützen muss und dass er sich nichts anderes wünscht als diesen Fall. Er wünscht sich einzudringen, immer tiefer einzudringen, und die einzige

Möglichkeit für ihn, es zu erreichen, ist einzudringen, tief einzudringen. Dass das so schwer zu verstehen ist! Es passiert nicht sehr oft. Es könnte durchaus öfter passieren. Es passiert bald. Das muss sie doch verstehen. Dass es näher kommt.

»Ich weiß nicht. Es war vielleicht dumm.«

»Was war dumm?«

»Hierher zu kommen.«

»Haben Sie vor etwas Angst?«

»Vor was denn?«

»Erzählen Sie es mir!«

»Was sollte das sein?«

»Das, was passieren kann.«

»Was kann passieren?«

Jedes Mal, wenn er hierher kam, kam er mit dem Wunsch nach mehr. Dass sie ihn sehen könnte, dass sie die Arme ausbreiten und ihn aufnehmen könnte, er sich bei ihr ausruhen könnte. Aber das war es eigentlich nicht, was er wollte, oder? Im Moment würde er ihr eigentlich am liebsten wehtun. Oder sie umbringen. Der Colamann steht auf.

»Nichts passiert«, sagt er.

VILGOT LÄUFT DIE ALLEE am äußersten Block entlang. Er hat beschlossen, zum Grafen von Hoff zu gehen. Er hat beschlossen, ein paar Stunden auf Bergen aus Zeitungen und Illustrierten zu sitzen und sich anzuhören, was der Graf von Karin erzählt, bevor er zu Simen geht.

Es ist lange her, dass er zuletzt beim Grafen war, letztes Mal haben sie sich gestritten, der Graf und er. Vielleicht nicht wirklich gestritten, aber es war nicht sehr schön. Es hatte schön angefangen. Es hatte angefangen wie immer. Der Graf hatte Vilgot etwas zu essen gekocht, Spiegelei, Speck und kleine Würstchen, Cowboyessen nannte das der Graf. Soweit Vilgot verstand, war Cowboyessen das, was sich jederzeit und im Moment im Kühlschrank des Grafen befand – und das waren häufig Speck und Eier –, aber einmal hatte der Graf einen großen Kohlkopf serviert, den Vilgot mit Butter und Salz essen sollte.

»Hier kommt etwas Cowboyessen«, hatte der Graf auch da gesagt.

Ja, es hatte schön angefangen. Zuerst hatten sie gegessen, und dann hatten sie sich Karin angeschaut. Vilgot wusste nicht, wie oft er den Film jetzt schon gesehen hatte, und es war nicht so, dass er ihn überhatte, im Gegenteil, es kribbelte immer ein wenig im Bauch, wenn der Graf den Projektor anstellte. Denn es gab jedes Mal etwas Neues zu entdecken. Es schien, als würde sich der Film von Mal zu Mal ein kleines bisschen verändern, oder als würde Karin in dem Film leben, was sie dadurch zeigte, dass sie jedes Mal, wenn sie ein Publikum hatte, etwas anders auftrat. Vielleicht war sie in dem Film lebend gefangen. Vielleicht befanden sich alle, die einmal halb in eine Filmkamera geblinzelt, halb gelächelt hatten, sofort darin gefangen, gefesselt und festgebunden und bis an ihr Ende zu einem Leben ohne Wasser und Brot verdammt. Vielleicht war Karin deshalb so plötzlich verschwunden, weil der Graf sie gefangen hatte. Eins war jedenfalls sicher, als der Graf seine traurige Geschichte erzählte und sie damit beendete, dass er Karin nie wiedergesehen habe, log er. Er sah sie jeden Tag, zur gleichen Zeit, das ganze Jahr über, und der Graf und Vilgot waren sich einig, dass sie immer hübscher wurde.

»Bei manchen ist es so«, sagte der Graf und nickte Vilgot ernst zu. »Es gibt diejenigen, die mit den Jahren immer hübscher werden. Auf mich trifft es nicht zu, aber auf Karin, nicht wahr?«

Vilgot nickte und stimmte ihm zu. Dann nahm er allen Mut zusammen.

»Können wir ihn rückwärts laufen lassen?«

Der Graf sah ihn an. Es war deutlich, dass er nicht verstand, was Vilgot meinte. Vilgot schluckte.

»Den Film. Karin. Können wir ihn einmal rückwärts sehen?«

Der Graf schüttelte verwirrt den Kopf.

»Rückwärts?«

»Ja, das ist lustig. So wie bei Chaplin!«

»So wie bei Chaplin?«

Dann war es ganz still geworden, und plötzlich hatte Vilgot begriffen, dass er etwas ganz Schlimmes getan hatte, und dann wurde es noch stiller. Dann wurde es mucksmäuschenstill, ohrenbetäubend still. Der Graf war jetzt ganz rot im Gesicht.

»Entschuldigung«, stotterte Vilgot, aber es schien, als würde ihn der Graf nicht hören.

»Ich habe nur Spaß gemacht ... ich ... das war dumm.«

Der Graf hob den Kopf und sah ihn an.

»Ich bin ein wenig müde«, sagte er. »Ich glaube, ich muss jetzt schlafen.«

Der Graf sah zu, wie Vilgot die Jacke anzog. Vilgot versuchte, dem Grafen zuzulächeln, aber der Graf lächelte nicht zurück. Vilgot wollte weinen, aber er hielt die Tränen zurück, damit der Graf nicht noch trauriger wurde.
»Wir sollten vielleicht ein bisschen Zeit verstreichen lassen, ehe du wiederkommst, ich habe Verschiedenes zu erledigen«, sagte der Graf, und Vilgot wurde rot wie eine Tomate und kämpfte gegen die Tränen und nickte nur, um zu zeigen, dass er verstand.
Dann ging er. Es war noch lange hin, bis er zu Hause sein musste, er ging hinunter zu seinem Platz am Teich. Als er sich mit dem Rücken gegen den Baum lehnte, versuchte er zu weinen, schaffte es aber nicht. Er hoffte, der Graf würde über die kleine Fußgängerbrücke kommen und ihn zurückholen, er hoffte, Vater würde ihn finden, er hoffte, Mutter würde ihn in die Arme schließen. Wenn sie gewusst hätten, dass er allein an den Baum gelehnt saß und so traurig war, hätten sie ihn gefunden, dann hätten sie ihn in die Arme geschlossen. Das wusste Vilgot.

Aber jetzt ist einige Zeit verstrichen. Jetzt ist der Graf wieder freundlich. Dessen ist Vilgot sicher, als er den Weg zum Hof hinaufgeht. Er kommt am Turm vorbei und sieht zum obersten Stockwerk hoch, bei Trygve Lie ist es dunkel, aber bei Magne, neun Stockwerke darunter, brennt Licht. Vilgot entscheidet sich plötzlich um und geht den kleinen Hang hinauf und über den Platz vor dem Seitenflügel, in dem man nicht so herrschaftlich wohnt. Er klingelt bei Magne und hört kurze Zeit später die Stimme des Kameraden. Aus dem Lautsprecher klingt sie flach und seltsam. Es ist das einzige Haus in ganz Norwegen mit Sprechanlage an der Klingel. Das hat Magne erzählt, und der Grund dafür ist natürlich, dass nicht einfach jeder hereinspazieren können soll, um Trygve Lie zu ärgern. Die Russen zum Beispiel. Die Kommunisten. Die Deutschen. Ja, es gab viele, die ein Hühnchen mit dem Mann zu

rupfen hatten, der einmal der Präsident der ganzen Welt gewesen ist. Eigentlich hätte es gereicht, wenn Magnes Vater Wache gestanden hätte, die Idee war ja, dass er mit einer frisch geölten Maschinenpistole unten an der Tür stehen und jedem Besucher fest in die Augen blicken sollte – aber Magnes Vater war auf seiner sehr langen Reise, und Magne ließ durchblicken, dass der Vater einen nahezu unendlichen Geheimauftrag für weit wichtigere Personen als Trygve Lie auszuführen hatte. Gerade Letzteres war schwer zu glauben, fand Vilgot. Es gab nicht viele Leute wie Trygve Lie. Aber Vilgot hatte nicht geklingelt, um über Trygve Lie oder Magnes Vater zu reden.
»Hier ist Vilgot«, sagt er. »Kann ich reinkommen?«
»Ich muss mal fragen«, sagt Magne und verschwindet.
Vilgot trippelt auf der Stelle, während er wartet. Dann knistert es wieder.
»Es passt nicht.«
»Nein?«
»Nein.«
Er hätte Magne gern gebeten, seine Mutter noch einmal zu fragen. Er hätte Magne gern gebeten, seiner Mutter zu sagen, dass Vilgot fror, dass Vilgot erst in zwei Stunden irgendwo sein konnte, dass der Graf vielleicht wütend auf ihn war und dass er heute keine Lust hatte, im Dunkeln durch die Straßen zu laufen. Aber er erzählt niemandem vom Grafen, und er sagt niemandem, dass er allein durch die Straßen läuft, dass er Stunden am Stück an seinen Plätzen zubringt. Er kann niemandem erzählen, dass er nicht zu Hause sein möchte, denn was wäre, wenn Mutter oder Vater es erführen?
»Bis morgen«, ruft Vilgot ins Mikrofon, aber Magne ist nicht mehr da.
Als sich Vilgot umdreht, wird er von zwei kräftigen Scheinwerfern geblendet, und ein großes schwarzes Auto rollt auf den Platz und hält direkt vor ihm an. Vilgot spürt, wie es in seinem Gesicht zu kribbeln beginnt, und ihm wird plötzlich warm. Er glaubt zu wissen, wer in dem Auto sitzt. Ein uniformierter

Mann springt vom Fahrersitz auf und sieht einen Augenblick lang grimmig in Vilgots Richtung, bevor er die hintere Tür öffnet und Vilgot direkt auf eine geschwollene, kreideweiße Hemdbrust schaut, über die quer ein breites Band in Rot, Weiß und Blau verläuft. Auf dem Rücksitz des Autos sitzt ein Riese und ist so groß und fein, dass er beim Aussteigen Hilfe braucht. Vilgot geht ein paar Schritte zurück und steht mit dem Rücken an die Hauswand gepresst, als Trygve Lie höchstselbst aus dem riesigen Auto steigt und sich dabei auf den uniformierten Arm des Chauffeurs stützt. Im Licht des Hauseingangs glänzen und glitzern die Medaillen an seiner Jacke, und Vilgot weiß nicht, was er tun soll, reißt sich zum Schluss aber die Mütze vom Kopf und verbeugt sich, so tief er kann. Und während er auf die Steinfliesen vor Norwegens höchstem Haus starrt und Norwegens größter Mann an ihm vorbeigeht, nachdem er aus Norwegens größtem Auto ausgestiegen war, überlegt er, dass er etwas sagen muss.

»Ich soll von Magne grüßen«, sagt er. Und erdreistet sich, aufzuschauen.

Es scheint, als würde Trygve Lie nichts hören. Es scheint, als würde Trygve Lie nichts sehen. Er bleibt einen Augenblick vor der Tür stehen und wartet darauf, dass der Chauffeur für ihn aufschließt, dann gehen beide hinein, und die Tür fällt hinter ihnen ins Schloss, und Vilgot stellt sich auf die Zehenspitzen, um durch die Glasscheibe oben in der Tür zu schauen, und nun sieht er Trygve Lie und den Chauffeur um die Ecke biegen und auf den Fahrstuhl zugehen. Dann sind sie weg. Nur das große schwarze Auto steht noch da als Zeuge dafür, dass es tatsächlich passiert ist, dass er Trygve Lie tatsächlich so nahe gewesen ist, dass er ihn hätte berühren können – wenn er sich getraut hätte.

Plötzlich geht die Eingangstür wieder auf und der Chauffeur kommt heraus. Er sieht jetzt etwas netter aus und wirft Vilgot tatsächlich ein kleines Lächeln zu.

»Stehst du immer noch hier?«

»Ich gehe schon.«
»Es stört mich nicht. Bleib du nur hier!«
»Kennen Sie Magnes Vater?« Vilgot ist jetzt mutig geworden.
»Magnes Vater?«
»Magne wohnt im vierten Stock.«
Der Chauffeur sieht Vilgot an, dann zwinkert er, wie Vilgot es nicht mag, und nickt.
»Magne, ja. Vom vierten Stock.«
»Sein Vater. Kennen Sie ihn?«
Der Chauffeur nickt und zwinkert noch einmal.
»Na klar. Alle kennen doch Magnes Vater!«
Der Chauffeur zwinkert zum dritten Mal, setzt sich ins Auto und fährt davon. Es wird still und dunkel. Vilgot geht langsam zur Allee zurück. Der Graf ist jetzt sicher wieder freundlich.

Vilgot ist nicht sicher, ob er dem Grafen von seiner Begegnung mit Trygve Lie erzählen soll. Der Graf scheint Trygve Lie nicht sonderlich zu mögen, jedes Mal, wenn Vilgot etwas weitererzählt, was er von Magne gehört hat, schnaubt er auf eine bestimmte Art durch die Nase. Es stimmte nicht, was der Chauffeur gesagt hatte, dass alle Magnes Vater kannten: Der Graf hatte noch nie von ihm gehört, bis Vilgot ihm erzählt hatte, was Magnes Vater alles erlebt hatte, und er schien nicht gerade beeindruckt.
»Alle haben den Krieg gewonnen. Das ist nichts.«
»Haben Sie auch den Krieg gewonnen?«
»Ich habe noch nie etwas gewonnen, Vilgot.«
Gerade als Vilgot zum dunkelsten Teil der Allee kommt – den hundert Metern, zu denen weder die Lichter des Turms hinter ihm noch die Außenbeleuchtung des Grafen vordringen, schießt plötzlich ein riesiger Schatten zwischen den Bäumen hervor und stellt sich vor Vilgot, der so erschrickt, dass er einen Satz macht. Einen Augenblick lang glaubt er, es sei der Elch, der vom Tierpark zurückgekehrt ist, der mit Betäubungs-

pfeilen angeschossen wurde, aber dann sieht er, dass es Steffensen ist. Sigurd O. Steffensen läuft ebenfalls draußen herum, und Vilgot nickt ihm vorsichtig zu. Steffensens Gesicht liegt im Schatten, Vilgot sieht also nicht, ob Steffensen zurücknickt. So bleiben sie einige Zeit stehen, denn es scheint, als würde Steffensen Vilgot am Weitergehen hindern, indem er im Dunkeln einfach vor ihm stehen bleibt. Und plötzlich spricht Steffensen, es ist das erste Mal seit Jahren, dass Vilgot seine Stimme hört, sie ist kratzig und rau und untrainiert.
»Hast du mit ihm gesprochen?«
Vilgot versteht sofort, wen Steffensen meint.
»Ich habe es versucht.«
»Aber er hat nicht geantwortet?«
Vilgot schüttelt den Kopf. Steffensen gibt einen zischenden Laut von sich.
»Das ist ganz normal«, sagt er resigniert. »Und sonst?«
»Und sonst?«
»Ja, wie sah er zum Beispiel aus?«
Vilgot zuckt mit den Schultern. Alle wissen wohl, wie Trygve Lie aussieht.
»Mächtig«, sagt er. »Er war sehr mächtig.«
»Mächtig, ja. Das kannst du laut sagen!« Von Steffensen ist eine Art Lachen zu hören. Vilgot lächelt unsicher.
»Aber er ist fertig, weißt du. Er ist allein. Er ist so verdammt allein!«
Für Vilgot hört es sich an, als wäre Steffensen plötzlich den Tränen nahe, und er überlegt, ob er sich umdrehen und nach Hause laufen soll. Er kann sich ja in den Fahrradkeller setzen. Doch dann gleitet Steffensen plötzlich wieder in die Dunkelheit der Felder. Vilgot bleibt stehen und lauscht. Vilgot hört, wie sich Steffensens Schritte entfernen, dann geht er weiter, das letzte Stück zum Hof des Grafen hinauf.

In dem Moment kommt ein Auto. Vilgot ist schon an der Hecke und will sich gerade auf den Hof des Grafen schleichen, als er vom Scheinwerferlicht eingefangen wird und sich flach an die Hecke drückt, um nicht überfahren zu werden. Die Straße ist schmal, und er streckt den Ärmel mit dem aufgenähten Reflektierstreifen aus. Der Fahrer hat ihn gesehen, denn das Auto fährt langsamer, und Vilgot sieht, dass die Scheune rot aufleuchtet, als sie von den Lichtern des Autos getroffen wird. Doch als das Auto auf gleicher Höhe mit Vilgot ist, bleibt es ganz stehen, der Fahrer kurbelt die Scheibe herunter, und Vilgot sieht ihm direkt ins Gesicht. Direkt in die Augen, und einen Augenblick lang glaubt er, es sei der Graf. Aber es ist nicht der Graf, denn jetzt schlägt eine Tür, und die Scheinwerfer fangen die lange, zähe Gestalt des Grafen ein, der aus der Scheune kommt, und im selben Moment kurbelt der Fahrer die Scheibe wieder hoch und fährt weiter. Der Abend wird schwarz, als die Lichter verschwinden, und Vilgot hört die Schritte des Grafen auf dem Weg über den Hof zum Wohnhaus, und er weiß nicht, ob der Graf ihn gesehen hat oder nicht. Aus irgendeinem Grund ruft er nicht und springt dem Grafen auch nicht nach. Er wartet, bis der alte Mann im Haus verschwunden ist, dann geht er über den Hof und klopft mit dem großen Messinghammer an die Eingangstür des Grafen. Es dröhnt an der Tür und in Vilgots Ohren.

Aber kein Graf kommt. Noch einmal schlägt Vilgot den Messinghammer gegen die Tür, noch einmal singt es in seinen Ohren, und noch einmal ist es ganz still im Haus, nachdem der Ton verklungen ist. Vilgot weiß ja, dass der Graf da ist, und er glaubt, dass der Graf immer noch böse auf ihn ist. Aber der Graf ist alt und kann auch krank geworden sein in dieser Minute, die er im Haus war, bevor Vilgot angeklopft hat. Das ist nicht ausgeschlossen. Vielleicht liegt der Graf hilflos zwischen all den Haufen aus vergilbtem Papier, vielleicht braucht er Hilfe. Vilgot läuft um das Haus herum zur Veranda. Er springt die morsche Holztreppe hinauf und bleibt mit einem Ruck stehen, denn durch das Fenster, in strahlend weißem Licht, sieht er Karin an der Wand. Sie hat das helle, schöne

Sommerkleid am Saum gepackt, sie hat die flachen Schuhe abgestreift, und sie ist barfuß. Mit der freien Hand zeichnet sie eine schöne Figur in die Luft und neigt den Kopf ein wenig nach vorn und zur Seite, sodass ihr langer Hals zu einer Verlängerung des freien Arms wird. Sie hält das eine Bein in die Luft, und es sieht so aus, als würde sie schweben, als würde sie fliegen, und Vilgot sieht, wie der Graf sie mit leerem, trübem Blick anstarrt. Heute Abend gibt es nur den Grafen und Karin, Karin und den Grafen. Es ist nicht Vilgot, für den sie schwebt, und es ist nicht Vilgot, um den der Graf trauert.

MANCHMAL DENKE ICH DARÜBER NACH, wie alles gekommen wäre, wenn der Graf an diesem Abend aufgemacht hätte oder wenn Magnes Mutter gesagt hätte, dass es passt. Oder wenn ich früher zu Simen gedurft hätte. Oder wenn ich im Fahrradkeller geblieben wäre. Oder wenn es so gewesen wäre, dass ich mich gerne zu Hause aufgehalten hätte. Aber es ist schwer, sich das vorzustellen. Es ist schon schwer genug, sich vorzustellen, wie es gewesen ist, in den dreißig Jahren, die vergangen sind, seit ich vor dem Haus des Grafen gestanden, hineingeschaut und verstanden habe, dass Karin nicht für mich tanzte. Sicher ist nur, dass ich jetzt im Sessel des Grafen sitze und Karin auf der weißen Wand betrachte. Sie gehört jetzt mir, ich habe sie geerbt. Der Projektor hat angefangen, bedrohliche Laute von sich zu geben, und ich weiß nicht, wie lange die Filmrollen noch halten. Ich habe gehört, dass man sie auf Videokassetten überspielen kann, aber ich habe kein Geld, weder dafür noch für einen Videorekorder. Oder auch nur für einen Fernseher. Es soll gehen, solange es geht, wie alles andere auch.

Ich erinnere mich, dass der Graf eine Woche später anrief. Das Telefon läutete mitten beim Essen, und Mutter seufzte ergeben, warf die Serviette von sich und ging in die Diele. Vater und ich tauschten Blicke, niemand rief ungestraft bei uns an, wenn wir bei Tisch saßen, und wir hörten ganz richtig, wie Mutter etwas in den Hörer kläffte, aber dann wurde sie still. Sie kam wieder ins Wohnzimmer und hatte einen merkwürdigen Gesichtsausdruck.

»Es ist Landwirt Lange, er will dich sprechen, Vilgot.«
Vater runzelte die Stirn. Ich stand auf und ging in die Diele. Das Sitzen tat immer noch weh. Ich hatte erzählt, dass ich Rückenschmerzen bekommen hätte, nachdem ich auf dem Eis ausgerutscht sei, und Mutter wollte mit mir zum Arzt gehen, aber das sagte sie nur. Wir gingen nicht zum Arzt, zum Glück. Ich nahm den Hörer in die Hand und sagte Hallo, und die Stimme des Grafen kam aus dem Hörer, als befände er sich auf einem anderen Erdteil. Es knisterte und pfiff und rauschte.
»Ich bin's.«
»Aha.«
»Du hörst, wer es ist?«
»Ja.«
»Ich … ich wollte hören, wie es dir geht?«
»Aha.«
»Und … wie geht es dir?«
»Gut.«
»Kommst du bald vorbei, um Hallo zu sagen?«
»Ich weiß nicht.«
»Du weißt nicht?«
»Haben Sie nicht gehört, dass ich geklopft habe?«
»Ich war dumm, ich … Entschuldigung. Ich rufe an, um mich zu entschuldigen.«
»Aha.«
»Entschuldigung.«
»Ist schon gut.«
»Wer ist schon gut? Du? Gibt's was Leckeres? Dann will ich dich nicht länger stören!« Ich lachte ein wenig. Ich lachte ein wenig, weil es der Lieblingswitz des Grafen war und er vielleicht traurig wäre, wenn ich nicht lachte. Ich lachte immer, wenn er einen Witz machen wollte. Dann freute er sich ein wenig, das konnte ich hören.
»Kommst du dann?«
»Okay.«
»Heute Abend?«

»Okay.«
Aber ich würde nicht gehen. Ich würde zu Hause bleiben. Ich legte den Hörer auf und versuchte nicht in den Spiegel über der Kommode zu schauen. Dann ging ich zum Esstisch zurück. Mutter und Vater waren still, ich setzte mich. Sie tauschten Blicke, und Vater räusperte sich.
»Ist etwas nicht in Ordnung, Vilgot?«
»Doch.«
»Hast du etwas getan?«
»Etwas getan?«
»Habt ihr Landwirt Lange geärgert? Du und Magne?«
»Nein.«
Mutter mischte sich jetzt ein.
»Was wollte er denn?«
»Der Graf?«
»Er ist kein Graf, Vilgot. Es gibt keine Grafen in Norwegen.«
»Ich ... ich und Magne haben für ihn Schnee gefegt.«
»Warum hast du das nicht erzählt?«
»Das habe ich doch erzählt. Wir haben jeder fünf Kronen bekommen. Das habe ich erzählt.«
»Und was wollte er jetzt?«
»Er wollte, dass wir noch einmal fegen.«
»Wollt ihr das tun?«
»Ich habe ja Rückenschmerzen.«
»Wir gehen morgen zum Arzt, Vilgot. Und lassen deinen dummen Rücken röntgen.«
Ich weiß nicht, ob man diese Dinge auf Röntgenbildern sehen kann, aber ich ließ es nicht darauf ankommen und sagte schon am selben Abend, dass mir der Rücken nicht länger wehtäte. Dass es langsam nachließe.
»Du solltest trotzdem ein bisschen warten, bevor du für Lange Schnee fegst«, sagte Mutter.
»Ja«, sagte ich. »Das ist bestimmt am besten.«
Ich wäre vielleicht lieber zum Arzt gegangen, wenn ich gewusst hätte, dass es später so schwierig werden würde zu

sprechen, so schwer, den Mund zu bewegen, so hart, die Zunge zu bewegen. Aber das merkte ich erst sehr viel später, und da war schon nichts mehr da, was sich mit Hilfe eines Röntgenbildes hätte nachweisen lassen können.

Karin verschwindet in einem letzten Aufleuchten von der Wand, und ihr herrliches weißes Sommerkleid wird von einem Viereck aus gelbem Licht auf der weißen Tapete ersetzt. Der Film schlägt gegen die Spule, und ich schalte den Projektor aus. Ich gehe nach oben und öffne die große Kiste, die auf dem Treppenabsatz steht, ich nehme noch eine der weißen Damasttischdecken heraus, die seit Karins Verschwinden in der Kiste gelegen haben. Ich denke an den Grafen und Karin in der großen Stube unten, an die Glastüren zur Veranda, die offen standen, die weißen Sommergardinen bewegten sich leicht in dem nachmittäglichen Lüftchen, der Rotwein funkelte in den Kristallgläsern, die langen Mahlzeiten, das frische Gemüse aus dem Küchengarten des Grafen. Ich versuche mir Karins Stimme vorzustellen. Der Graf hat sie einmal als blau und kühl wie die Dämmerung im Spätsommer beschrieben und sagte, sie würde sich samtweich auf seine Nerven legen. Ich glaube die Stimme jetzt zu hören. Dann nehme ich die Decken. Sie eignen sich gut als Kompressen. In der dicken Elefantenhaut tauchen ständig neue Wunden auf. Ich weiß nicht, wie oder warum, aber sie sprießen regelrecht hervor, mit gelblichem Eiter gefüllt. Dass die Stellen, an denen die Fesseln sitzen, wund werden, kann ich verstehen. Ich habe zwei Tierärzte angerufen. Der Erste legte auf, als ich sagte, es ginge um meinen Elefanten. Dem anderen habe ich erzählt, dass mein Hund plötzlich nässende Wunden bekommen habe, ob man dagegen etwas tun könne? Der Tierarzt sagte, ich müsse mit dem Hund vorbeikommen, er könne die Diagnose nicht am Telefon stellen, und dann wollte er wissen, um was für eine Rasse es sich handelte. Daraufhin legte ich auf. Es blieb beim Jod, den Damasttischdecken des Grafen und dem braunen Klebeband.

Vielleicht ist es eine Art Allergie. Eine Brotallergie womöglich. Aber was soll ich tun? Brot ist das Einzige, was ich besorgen kann. Unter den Decken in der Kiste liegen schwarze Kleider. Ich ziehe sie heraus und habe den dunklen Anzug des Grafen in der Hand. Den habe ich schon einmal gesehen. Auf den Tag genau eine Woche, nachdem er angerufen hatte, stand er plötzlich vor unserer Tür, und ich erkannte ihn nicht sofort. Die grau-weißen Haare hatte er mit Wasser gekämmt, und sie klebten ihm mit einem gestochen scharfen Seitenscheitel am Kopf. Er trug einen offenen hellgrauen Staubmantel und darunter einen eleganten dunklen Anzug.
Er verbeugte sich lächelnd, als er sah, wie verblüfft ich war.
»Hier bin ich richtig, wie ich sehe.«
Ich konnte zunächst nichts sagen, stand einfach mit offenem Mund vor ihm. Der Graf lächelte noch breiter.
»Ich habe dich immer für einen höflichen jungen Mann gehalten …«
»Oh, Entschuldigung«, sagte ich und trat zur Seite, damit der Graf hereinkommen konnte. »Wie elegant Sie sind!«
»Danke, danke.«
Ich konnte nicht glauben, dass der Graf mich wirklich besuchen wollte, und das wollte er auch nicht. Er wollte mit Mutter und Vater sprechen.
»Was wollen Sie denn von ihnen?«
»Darüber sollst du dir dein kleines Spatzengehirn nicht zerbrechen«, sagte der Graf vergnügt. »Sieh du dir einen Film rückwärts an. Aber sag deinen Eltern zuerst Bescheid. Sag ihnen, der Graf von Hoff sei zu Besuch gekommen!«
Mutter sah auf, als ich ins Wohnzimmer kam, und wollte wissen, wer geklingelt hatte. Sie saß auf dem Sofa und strickte und hörte dabei ein Radioprogramm über Kindererziehung. Vater saß auf dem Sessel mit einer Zeitung im Schoß und schlief, den Kopf nach hinten gelehnt, mit offenem Mund.
»Es ist der Graf«, sagte ich. »Er will mit euch reden.«
»Wer, sagst du?«

»Der Graf … Landwirt Lange.«
Mutter ließ das Strickzeug aus den Händen gleiten. Dann seufzte sie und stieß Vater an, der brummend zusammenzuckte.
»Landwirt Lange ist hier. Er ist hier, bei uns in der Wohnung …!«
»Ganz ruhig …«, sagte Vater genervt. Er hasste es, geweckt zu werden.
»Ganz ruhig, du! In unserer Diele steht ein wildfremder Mensch und will mit uns sprechen, jetzt!«
»Er ist nicht wildfremd«, sagte ich. »Es ist doch der Graf. Der Graf von Hoff.«
Endlich wachte Vater auf.
»Ist Landwirt Lange hier? Bei uns?«
Mutter seufzte und sah mich an.
»Was will er denn, Vilgot?«
Ich antwortete nicht. Zuckte nur mit den Schultern.
»Aber das weißt du doch bestimmt«, sagte sie. »Du musst doch etwas ausgefressen haben.«
»Er steht in der Diele«, sagte ich. »Er wartet auf euch.«
Mutter stand langsam auf und blieb stehen. Sie sah plötzlich klein und verängstigt aus, und ich hätte sie gerne in den Arm genommen. Aber Vater kam mir zuvor. Er erhob sich ebenfalls und legte den Arm um sie.
»Er will sicher nur etwas verkaufen«, sagte er beruhigend.
Doch Mutter ließ sich nicht beruhigen. Etwas verkaufen! Das war das Dümmste, was sie je gehört hatte. Aber sie schob seinen Arm nicht weg, was sie sonst oft tat, und zusammen kamen sie durch das Wohnzimmer auf mich zu. Ich weiß nicht, ob sie mein Herz schlagen hörten. Ich konnte es pochen hören. Ich hätte ja nie gedacht, dass der Graf hier auftauchen würde, ansonsten hätte ich ihn gewarnt. Es ist so, als würden wir unter der Erde wohnen, hätte ich gesagt. Ich sage es jetzt. Hallo, Graf, kannst du mich hören. Ich gehe zum Elefanten und sage es. Irgendwie glaube ich, dass mich der Graf dort

hören kann: Es war so, als würden wir unter der Erde leben, sage ich zu dem Elefanten. Ich glaubte, dass sich andere Leute nach uns umdrehten, sobald wir nach draußen kamen, weil wir aus der Erde kamen, hässlich und verkrüppelt waren, wir zogen Schleier aus Schleim hinter uns her, wir sabberten Dunkelheit und weinten Schlamm. Das alles erzähle ich dem Elefanten. Das alles erzähle ich dem Grafen oben im Himmel. Und ja, ich hörte mein Herz wirklich pochen, als Mutter und Vater an mir vorbeigingen. In die Diele, um den Grafen von Hoff zu empfangen.

Ausnahmsweise war meine Angst unbegründet. Er hat sie im Sturm genommen, ja, er überschwemmte sie buchstäblich mit der nervösen Eleganz, die eines Grafen würdig war. Er machte Vater Komplimente über seinen Pfeifentabak, Mutter über ihre Kleidung und ihre Artikel in *Haus und Heim*, er konnte sogar aus einem davon zitieren, dem über die Tapeten, und das alles, während er freundlich über mich, die Wohnung, die Gegend und den Spiegel über der Kommode im Flur sprach, in der Zeit, die er brauchte, um den Mantel und die Galoschen auszuziehen. Ich sah, wie Mutters Wangen von einem schönen Rot überzogen wurden und wie Vater mindestens einen halben Meter wuchs – aber ich konnte im Grunde an nichts anderes denken, als weshalb der Graf da war. Ich war sicher, dass der Graf etwas begriffen hatte. Dass er irgendwie erfahren hatte, was an jenem Abend passiert war. Aber das hatte er natürlich nicht, und ich hätte es wohl jemandem erzählen sollen. Das weiß ich jetzt. Oder glaube es zumindest. Ich glaube, ich hätte es erzählen sollen. Aber ich tat es nicht, ich sagte nichts.

Ich durfte nicht dabei sein. Der Graf gab deutlich zu verstehen, dass dies ein Treffen unter Erwachsenen war – aber er hob die Hand, als wollte er mir zuwinken, als ich in mein Zimmer trottete –, trotzdem hatte ich Angst, trotzdem war ich unruhig. Ich setzte mich an den Schreibtisch, wie schon so oft. Aber ich richtete die Lampe nicht auf mein Gesicht, ich versuchte nicht, mich selbst in meinem Spiegelbild zu versenken. Das war zu Ende, das war vorbei. Ich fragte mich, wie ich verschwinden könnte, wie ich mich auflösen könnte. Die ganze Zeit höre ich das Summen von Stimmen im Wohnzimmer. Was wäre, wenn der Graf es wusste, wenn er es Mutter erzählte? Es könnte nur die strengste Strafe zur Folge haben. Die strengste, strengste, strengste Strafe.

Ich stehe beim Elefanten. Ich stehe mit dem Stock in der Hand. Ich zittere. Ich hebe den Stock. Ich schlage mit aller Kraft auf die größte Wunde, gelber Eiter spritzt heraus, und der Elefant zuckt zusammen und stößt ein Gebrüll aus, ein Gebrüll, so laut, dass ich schreien muss, um es zu erwidern, zu bekämpfen, zu besiegen. Dann schlage ich noch einmal. Zwischen die Hinterbeine. Er brüllt erneut, und ich schreie zurück. Du kriegst mich nicht, dieses Mal kriegst du mich nicht. Ich rufe nach Mutter, aber niemand hört es.
Anschließend komme ich mit Jod, den Decken und dem Klebeband. Ich säubere und verbinde, so gut ich kann. Der Elefant sieht mich von der Seite an. Vielleicht glaubt er, ich sei zwei Personen. Vielleicht bin ich zwei Personen. Eine Person, die nimmt, und eine, die genommen wird.

Es klopfte an der Tür zu meinem Zimmer, und der Graf schaute herein.
»Ich gehe jetzt«, sagte er. »Kommst du bald mal vorbei, um Hallo zu sagen?«
Ich nickte, konnte aber nichts sagen, es fiel mir schwer zu reden. Der Graf nickte und lächelte etwas verunsichert.
»Mach's gut, dann«, sagte er, und ich nickte noch einmal. Plötzlich hörte ich Mutters Stimme.
»Jetzt komm schon und sag Landwirt Lange Auf Wiedersehen, Vilgot.«
Ich trottete zur Tür und sah hinaus. Der Graf lächelte mir noch einmal zu, und dann drückte er Vater die Hand, schüttelte sie herzlich und ging. Ich sah Mutter und Vater an. Vater war

noch einen halben Meter gewachsen, und Mutter hatte rot geränderte Augen mit verwischten Mascararesten. Sie lächelte mich an, sie kam zu mir herüber und tätschelte mir den Kopf.

»Mein lieber, lieber Vilgot«, sagte sie.

Ich war sicher, alles wäre entdeckt worden, und ich hatte noch nie in meinem Leben solche Angst. Das ist im Übrigen nur eine Redensart. Ich hatte schon öfter solche Angst. Ich hatte schon viel, viel mehr Angst.

Der Graf muss gewusst haben, dass er nicht mehr lange zu leben hatte, dass er sterben würde – und er kam zu uns nach Hause, um sein Erbe zu regeln. Ich weiß nicht, was er in mir gesehen hat. Früher habe ich einmal geglaubt, alle, die mich kennen lernten, müssten mich lieben. Ich wäre etwas Besonderes, was Mutter und Vater nicht sehen konnten, weil ihre Augen mit Schlamm und Schleim verklebt waren, was aber alle anderen sahen. Heute weiß ich, dass ich nicht geliebt werde. Ich dachte, ich würde in den Blicken fremder Menschen Freunde sehen. Heute habe ich keine Freunde. Früher habe ich mich selbst bemitleidet, aber das habe ich aufgegeben. Ich verachte mich selbst, und ich mache mir Vorwürfe, aber das ist etwas anderes. Ich gebe zu, dass ich vom Colamann angezogen wurde, dass ich wusste, dass ich etwas Verkehrtes tat, als ich mich neben ihn in den großen, blauen Kombi setzte. Aber ich glaubte, der Colamann könnte sehen, was Mutter und Vater nicht sehen konnten. Ich glaubte, der Colamann wäre noch einer, der mich liebte. Und ich konnte an diesem Abend nirgendwo hingehen, nirgendwo sein. Nicht bei Magne, nicht bei Simen, nicht beim Grafen. Ich war elf, ich war auf dem Weg zu einem Freund.

Zu Mutter und Vater sagte der Graf vielleicht, dass ich für ihn wie ein Sohn geworden sei. Dass ich ein feiner und guter Junge sei, der wieder Licht und Wärme in sein Leben gebracht habe – er, der im Herbst seines Lebens stand. Er sagte vielleicht, dass er den Menschen und der Welt Lebewohl gesagt habe, dass er kalt und hart geworden sei, aber dass meine Besuche ihn langsam wieder aufgetaut hätten – Hoffnungen geweckt und ihm den Glauben an die Menschheit zurückgegeben hätten. Mutter und Vater brachten möglicherweise ihre Überraschung zum Ausdruck, sie wussten zwar, dass ich für den Grafen einoder zweimal Schnee gefegt hatte, aber sie wussten nicht, welches Ausmaß das Verhältnis angenommen hatte. Der Graf beeilte sich vermutlich zu betonen, dass dies sein Wunsch gewesen sei. Er wisse, dass viele Gerüchte über ihn in Umlauf seien, und um mich und meine Eltern zu schützen, habe er mich gebeten, über die Häufigkeit meiner Besuche zu schweigen. Ich glaube, das Gespräch bewegte sich auf verschlungenen Pfaden. Ich glaube, alle waren sehr bewegt. Ich kann es aber nicht wissen.

Was ich weiß, ist, dass der Graf Mutter und Vater erzählt hat, er wolle mir den Hof testamentarisch vermachen. Er habe keine Verwandten, weder entfernte noch nahe, und ich sei, wie gesagt, mittlerweile so etwas wie ein Sohn für ihn geworden. Ich weiß nicht genau, welche Worte er wählte. Ich war nicht dabei. Ich saß in meinem Zimmer und versuchte, nicht an Mutters weiß glühende Wut zu denken. Ich versuchte nicht an den großen, fetten Schwanz des Colamanns zu denken, die geschwollene blaue Ader, seine Hand, die meinen Kopf nach unten drückte, und die andere Hand, die meinen Mund aufhielt. Es stimmt, dass ich für den Grafen wie ein Sohn war, er verschloss die Tür, er ließ mich nicht ein. Es stimmt, dass der Colamann mich liebte, er liebte mich auf seine Weise, und danach ist nichts mehr so gewesen wie zuvor.

AUF DEM RÜCKWEG VON DEN CONTAINERN der Brotfabrik geschieht etwas Merkwürdiges. Etwas, das mir noch nie passiert ist, soweit ich mich erinnern kann. Ich gehe mit der Schubkarre über die gerade Straße, am Bretterzaun entlang, wo er mich aufgelesen hat, als ich auf dem Weg zu einem Freund war, und sehe weiter vorne am Laden an der Ecke eine Frau stehen. An Arnesens Laden, den es nicht mehr gibt.
Ich komme näher. Ich betrachte sie mir genau, aber sie gibt keinen Laut von sich, und ich bin immer noch ein Stück weg. Sie steht neben der kleinen Treppe, auf der Magne und ich gesessen und Autokennzeichen aufgeschrieben haben, ich überlege, dass ich am Bretterzaun entlang abkürzen kann, damit ich nicht zu dicht an ihr vorbeikomme.
Plötzlich bilde ich mir ein, dass die fremde Frau vor dem stillgelegten Laden niemand anderes ist als Siv, William Arnesens hübsche Verlobte – und ich versuche sie unauffällig in Augenschein zu nehmen, aber es ist nicht einfach, mit drei großen Müllsäcken und einer Schubkarre zu verschwinden. Dann überquert sie die Straße und kommt auf mich zu. Ich zucke zusammen und bleibe stehen. Ich stelle die Schubkarre so hart ab, dass einer der Säcke herunterfällt. Mein erster Impuls ist, den Sack mitten auf der Straße liegen zu lassen und davonzurennen, aber aus irgendeinem Grund bleibe ich stehen. Ich sehe sie, und ich sehe, wer sie ist. Es ist nicht Siv. Es ist mitnichten die hübsche Siv. Sie macht den Mund auf. Den Mund kenne ich.
»Vilgot? Ist das nicht Vilgot?«

Ich möchte nicht unhöflich sein und nicke. Sie kommt noch näher, kommt tatsächlich ganz dicht an mich heran und legt die Arme um mich, wird aber unsicher und ein wenig starr, als sie merkt, dass ich stocksteif stehen bleibe. Ich weiß, dass ich nicht nachgeben darf, das weiß ich einfach. Sie versucht zu lachen, aber ich kann hören, dass sie eigentlich nicht lachen will, dass sie nicht der Meinung ist, es gäbe im Moment so viel zu lachen. Jetzt macht sie einen Schritt zurück und sieht mich an, ein wenig schelmisch, ein wenig forschend.
»Es ist lange her«, sagt sie, bevor sie nickt. »Du hast dich nicht verändert.«
Das stimmt nicht. Es ist gelogen, und ich weiß, dass sie das weiß, und ich weiß, dass sie weiß, dass ich weiß, dass sie das weiß. Es entsteht eine lange Pause. Der Sack, der von der Schubkarre gefallen ist, ist aufgegangen, und drei, vier Brote liegen auf dem Boden, und ich sehe, dass sie auf den Boden schielt, und sie macht sich wohl ihre Gedanken. Ich sehe, wie sie bereut, dass sie mich angesprochen hat und mich nicht einfach vorbeigehen ließ, mich mit meinen Müllsäcken in Ruhe ließ. Jetzt nickt sie zu den Wohnblocks.

»Ich … habe eine … Freundin besucht, und das Merkwürdige ist, dass ich an dich gedacht habe, als ich hier stand. Ich wusste ja, dass du hier aufgewachsen bist.«
Ich kann nicht antworten. Sie sieht mich an und nickt, aber ich habe bisher nicht genickt, noch nicht. Jetzt nicke ich. Jetzt bewegt sich mein Kopf im Takt mit ihrem auf und ab, aber ich kann nicht reden. Die Pausen werden länger, doch jetzt nicken wir uns wenigstens gegenseitig zu. Einmal vor langer Zeit haben wir miteinander gesprochen, einmal vor langer Zeit haben wir mehr getan als das. Sie lächelt.
»Ja, ich … bin abgesprungen«, sagt sie. »Es wurde … du weißt ja … die Universität … das ist eine geschlossene Welt.«
Ich kann hören, dass sie diesen Satz schon viele Male gesagt hat, und wenn er je eine Bedeutung hatte, so ist es lange her.

Ich kann nicht aufhören zu nicken. Sie auch nicht, wie es aussieht.
»Und du … du hast bestimmt deinen Abschluss gemacht … spielend leicht, denke ich.«
Ich nicke, auch wenn mich das zum Lügner macht. Sie nickt ebenfalls. Die Pause wird noch länger. Dann lächelt sie noch breiter und erhält ihr schelmisches Aussehen zurück.
»Und jetzt spazierst du … mit Brotsäcken auf einer Schubkarre draußen herum?«
Sie zwinkert mir zu. Das hat sie früher nie getan. Ich kann Menschen nicht ausstehen, die mir zuzwinkern, die mir eine Intimität aufzwingen, die es nicht gibt. Ich sehe auf den Sack mit dem Brot. Dann räuspere ich mich.
»Das ist für meinen Elefanten«, sage ich.
Aber ich höre, wie ich beim Sprechen kreische, wie das, was ich endlich hervorbringe, als krächzendes Kreischen herauskommt, und ich sehe, dass sie unsicher wird.
Ich gehe plötzlich einen Schritt auf sie zu, aber darauf macht sie einen Schritt zurück. Dann stehen wir wieder still. Ein Taxi kommt angefahren und rollt auf den Bürgersteig vor dem stillgelegten Laden. Sie atmet erleichtert auf.
»Das ist meins«, sagt sie schnell. »Darauf habe ich gewartet. Schön, dich getroffen zu haben. Wir sehen uns bestimmt mal wieder, nicht wahr?«
Sie ist wieder mutig geworden, kommt auf mich zu und tätschelt mir die Wange. Dann dreht sie sich abrupt um und geht zu dem Taxi. Ich bleibe steif neben der Schubkarre stehen und sehe zu, wie das Auto davonfährt, zu einem Ort, von dem ich nicht ahne, wo er sich befindet. Dorthin, wo sie wohnt, dorthin, wo sie alleine wohnt, das konnte ich an ihrer Stimme hören, und das konnte ich an ihrem Lächeln erkennen. Ich sehe vor mir, wie sie von Zimmer zu Zimmer geht, leise und still, und wie sie sich ab und zu ans Fenster stellt und in die Nacht hinausschaut, ohne etwas anderes sehen zu können als ihr eigenes Spiegelbild. Und ich sehe vor mir, wie ich draußen

stehe, dass ich es bin, der draußen steht und sie anschaut, durch ihr Spiegelbild hindurchschaut und sie in ihrem Zimmer sieht, in ihrem Zuhause, wo sie ist und wo ich nicht bin. Ich hätte sie zu mir nach Hause einladen können, ich hätte nach ihrem Leben fragen können – wie es ihr ging, ich hätte ihr von meinem Studium erzählen können, ich hätte ihr Batir zeigen können, ich hätte ihr die Filme mit Karin zeigen können. Sie hätte etwas sagen können, sie hätte mir einen Rat geben können, sie hätte mir den Nacken streicheln können mit ihren guten Händen. Ich sehe, wie das Auto verschwindet, ich sehe auf das Brot, das ganze trockene Brot.

Zu Hause hole ich ein Telefonbuch hervor und suche ihre Adresse. Sie wohnt auf der anderen Seite der Stadt, in einem alten Arbeiterviertel, in dem wir manchmal spazieren gegangen sind, sie und ich. Ich sitze am Küchentisch, die Lampe über mir ist kurz davor, ihren Geist aufzugeben, und die Neonröhre blinkt und blinkt und blinkt und blinkt. Ich rufe sie nicht an. Ich nehme den Hörer in die Hand, aber ich weiß, dass ich mir nur etwas vorzumachen versuche, dass ich es nicht über mich bringen werde. Schwierig war, dass sie zu viel wollte. Sie küsste gerne, aber sie wollte sich nicht damit zufrieden geben. Wir waren vielleicht spazieren gewesen, hatten irgendwo etwas Billiges gegessen und waren anschließend zu ihr gegangen. Sie hatte ein kleines Zimmer im ersten Stock einer großen weißen Holzvilla nahe der Universität gemietet. Sie durfte eigentlich keinen Besuch empfangen, aber die Zimmerwirte handhabten die Regel liberal, und der guten Ordnung halber schlichen wir uns die steile Treppe in das kleine Zimmer hinauf, das sie so behaglich wie möglich eingerichtet hatte. Sie hatte selbst die hübsche Bettwäsche genäht, und an der Wand hing eine Reproduktion von Henri Rousseaus *Schlangenbeschwörerin.* Sie zündete Kerzen und Räucherstäbchen an, legte Musik auf, und wir lagen nebeneinander auf dem Bett und hielten uns in den Armen. Es war herrlich. Sie streichelte

mir den Nacken, wie Beate es immer getan hatte, und es war herrlich. Dann küsste sie mich. Es war herrlich.
Doch dann küsste sie mich noch einmal, und dieses Mal streckte sie die Zungenspitze zwischen meine Lippen, das war nicht so herrlich. Ich dachte, wenn ich ihr den Rücken streichele, hört sie vielleicht auf, aber sie wurde nur noch eifriger und streckte die Zunge weit in meinen Mund, sodass ich mich losreißen und mein Gesicht in ihrer Halsgrube verbergen musste, um mich nicht zu erbrechen. Daraufhin schmiegte sie sich nur noch mehr an mich, und ich spürte, dass ihr Körper leicht zitterte, und plötzlich spürte ich ihre Hand zwischen meinen Beinen, und dann zog sie den Reißverschluss auf, und ich zog ihn wieder zu, und sie zog den Reißverschluss wieder auf, und ich zog ihn wieder zu und versuchte, mich ihr zu entziehen, und ich roch die Räucherstäbchen und die brennenden Kerzen, und plötzlich roch ich sie und kauerte mich zusammen, und sie zog meinen Reißverschluss wieder auf und steckte ihre Hand hinein und lächelte gierig, wie ich fand, während sie schneller atmete, und ich riss mich los und stand plötzlich vor dem Bett, und auch ich atmete schwer. Ich zog meine Kleider zurecht und stammelte, dass ich gehen müsste, ich hätte einen Termin. Sie blieb einfach auf dem Bett liegen und lächelte mich an, als wüsste sie etwas, und das tat sie sicher auch. Ich lief die Treppe hinunter, die wir uns hinaufgeschlichen hatten, und hielt ein Taxi an, das gerade vorbeikam. Ich warf einen Blick zu ihrem Fenster, bevor ich einstieg, aber sie stand nicht dort, um mir nachzuschauen oder mir zu winken. Das hätte sie durchaus tun können, fand ich. Sie lag wohl immer noch auf dem Bett mit gierigem Lächeln und wissendem Blick.
Wir gingen nicht mehr zusammen spazieren, wir saßen nicht mehr nebeneinander im Lesesaal der Bibliothek oder in den Hörsälen. Ich weiß nicht, ob sie weiter in die Examensgruppe ging, denn ich blieb weg. Ich brauchte im Grunde auch nicht hinzugehen. Ich war mitgegangen, weil sie es wollte. Zum

Schluss verschwand sie aus der Universität. Ich hatte es wohl gemerkt. Wir sprachen nie mehr miteinander, bis heute Abend, und da hatte ja nur sie etwas gesagt. Ich konnte nicht länger reden. Jedenfalls nicht mit ihr, und jetzt war sie weg. Ich denke an Frau Arnesens leeren Blick, Batirs großes Greisenauge, das blinkende Deckenlicht. Ich schalte die Lampe aus und höre ein leises Paffen, als die Neonröhre den Geist aufgibt.

AM TAG DARAUF GEHE ICH DEN ALTEN SCHULWEG noch einmal, auf dem Weg zu Mutters Grab. Überquere die Felder, gehe über die Brücke und betrachte den kleinen Teich, auf dem ich Schlittschuhlaufen gelernt habe. Ich gehe am Teich entlang und muss einen Abstecher zur Flussmündung machen, zu meinem Platz. Es ist nichts mehr von mir da, und das verwirrt mich. Wie kann es sein, dass dieser Ort, an dem ich so viele Stunden, so viele Nachmittage, so viele Jahre gesessen habe, keine Spuren mehr von mir aufweist? Ich versuche mir selbst etwas vorzumachen. Ich streiche mit der Hand über eine der Birken und sage zu dem Baum: Da bist du ja, alter Freund. Du bist ganz schön gewachsen, das muss ich sagen!
Aber die Wahrheit ist, dass ich keinen Baum vom anderen unterscheiden kann und dass ich jeden auswählen könnte. Ich weiß nicht, was ich erwartet hatte, und ich bin auch nicht wirklich enttäuscht, aber leer bin ich. Ohne mich bin ich. Doch, ich weiß, was ich erwartet hatte. Ich hatte erwartet, einen kleinen Jungen am Baum lehnen zu sehen, mit Schlieren von Tränen in dem schmutzigen Gesicht – einen Jungen, der kein Wort sagt und mir nicht in die Augen schaut. Und ich hatte wohl vor mir gesehen, wie ich den Jungen berührte, wie ich ihn in die Arme schloss, wie ich ein Taschentuch befeuchtete und vorsichtig sein Gesicht abwischte, wie ich ihm den Nacken streichelte, wie er es so gerne mochte, und wie ich meine Jacke öffnete und den Jungen einließ, bevor ich die Jacke um ihn und mich zuknöpfte, sodass wir eins wurden, eine Jacke, ein Junge, ein Mann. Aber ich weiß nicht, was

passiert ist, ob ich vielleicht zu spät kam. Vielleicht wurde er von jemand anderem geholt, vielleicht liegt er irgendwo im Graben, vielleicht gibt es ihn nicht mehr. Ich beschließe, am Spielplatz nachzuschauen, es ist auch lange her, dass ich dort gewesen bin. Ich bin unruhig und eile weiter über die Felder auf der anderen Seite des Teichs. Dort haben sie angefangen, Wohnungen zu bauen. Auf dem großen, prangenden Schild kann ich sehen, dass Reihenhäuser gebaut werden sollen in einem Stil, der in südlicheren Breiten heimisch ist. Ich komme zur Anhöhe mit den neuen Wohnblocks, in denen ich nie jemanden gekannt habe und in denen ich niemals jemanden kennen werde, gehe daran vorbei, stehe auf dem Parkplatz und blicke auf die schmutzig gelbe, riesige Schule, die weiter unten liegt. Der große Kirschbaum ist gefällt worden, mehrere Fensterscheiben sind zerbrochen, und die schmale Wand über dem Büro des Rektors ist mit Graffiti übersät. Die Krise der norwegischen Seefahrt traf die Reederschule wie mit einem Schmiedehammer, ich merke, wie ich mich zusammenkrümme, als ich den Abhang zu dem kleineren Schulhof hinuntergehe. Wie ich immer kleiner werde, und ich denke, dass der Bruder des kleinen Jungen, der an dem Baum an der Flussmündung hätte sitzen sollen, nicht verschwunden ist. Der Bruder des kleinen Jungen ist auf dem Weg zur Schule. Auf dem Weg zu einem neuen Tag in der schmutzig gelben, riesigen Schule, wo die Reederkinder laut lachten. Ich rufe so leise, dass nur ich es hören kann: *Smestad Schule, die ist schön, auf die musst Kronprinz Harald gehn.* Und noch einmal, etwas lauter: *Smestad Schule, die ist schön, auf die musst Kronprinz Harald gehn.* Jetzt komme ich draußen am Büro des Rektors vorbei und hebe die Stimme, jetzt rufe ich so laut, dass es gegen die Wände klatscht: *Smestad Schule, die ist schön, auf die musst Kronprinz Harald gehn.*
Plötzlich steht ein Mann vor mir. Er sieht mich mit schmalen Augen an, er hat einen Schlüsselbund in der Hand, und damit schlägt er gegen sein Bein. Ich sehe einen anderen Weg,

gehe ein paar Schritte zur Seite und stelle mich unter das Schutzdach. Ich stelle mich in die hinterste Ecke und wende ihm den Rücken zu. Ich höre das Geräusch des Schlüsselbunds, der gegen sein Bein schlägt, und versuche mich klein zu machen, wie ich da stehe. Das Geräusch hört auf, und ich hoffe, dass er gegangen ist, aber ich wage nicht, mich umzudrehen. Dann höre ich seine Stimme plötzlich ganz dicht hinter mir, sie kriecht mir fast den Rücken hinauf.

»Ist alles in Ordnung? Kann ich Ihnen irgendwie helfen?«

Und als ich nicht antworte, nimmt er das Schlagen wieder auf, jetzt aber ganz dicht bei mir. Ich versuche den Kopf zu schütteln, aber es wird nicht mehr als ein Zucken im Nacken. So jedenfalls fühlt es sich an. Dann höre ich, dass er sich entfernt, das Geräusch der Schlüssel wird immer schwächer. Sicherheitshalber bleibe ich eine ganze Weile unter dem Schutzdach stehen, ganz in der Ecke, mit dem Rücken zu ihm, das Gesicht zur Wand. Dann traue ich mich unter dem Dach hervor. Ich überquere langsam den großen Schulhof, als ein schrilles, durchdringendes Klingeln ertönt, bleibe mitten auf dem Platz stehen und halte mir die Ohren zu. Dann höre ich die Schreie und Schritte, das Gelächter und die Rufe. Ich will davonlaufen, schaffe es aber nicht, bevor ich von Hunderten von Kindern umringt bin, die johlen und laufen, nach meiner Jacke greifen, mich schubsen, versuchen, mir ein Bein zu stellen, und die ihre kleinen, dreckigen Hände in meine Jackentaschen stecken, und ich ducke mich und halte meine Jacke mit aller Kraft fest und versuche zu laufen und schaffe es auf eine merkwürdig humpelnde Art, mitten in dem Schwarm brüllender, jubelnder Kinder zu laufen, und ich sehe mich um, und sie sind zu einem Meer angewachsen, als würden sie aus einem Loch im Boden sprießen, und ein Stück weiter weg sehe ich den Mann mit dem Schlüsselbund stehen und den Vorfall mit trägem Lächeln verfolgen. Ich sinke auf die Knie und verstecke meinen Kopf unter dem Arm und lasse sie schlagen und rufen und schubsen und zerren, und das Seltsame ist, dass ich durch

den ganzen Lärm der Kinder die Schlüssel des Lehrers hören kann, die gegen sein Bein schlagen.
Ich weiß nicht, wie lange ich schon so verharre, auf den Knien im Schulhof, den Kopf unter den Armen, um mich vor Schlägen und Tritten zu schützen. Aber jetzt bin ich wieder allein. Es muss geklingelt haben, und alle Kinder wurden wieder von dem Loch im Boden aufgesogen. Ich traue mich endlich, mich umzusehen, und vergewissere mich, dass auch der Mann mit den Schlüsseln gegangen ist, dann komme ich wieder auf die Beine und schwanke fast, als ich den restlichen Schulhof überquere. Früher habe ich hier auch gespielt, früher war ich auf diesem Platz sicher, früher war ich der König des Schulhofs, vor ganz langer Zeit.
Jetzt muss ich an der Ampel nur noch nach rechts gehen und weiter, bis der Friedhof linker Hand auftaucht, aber ich bin nach dem Vorfall im Schulhof etwas benommen. Ich setze mich auf die Treppe eines Reihenhauses an der Straße. Ich muss mich ein wenig ausruhen. Natürlich entscheide ich mich für die falsche Treppe. Es ist jemand zu Hause. Es ist jemand zu Hause, der die Tür aufmacht und mich anspricht.
Es ist ein älterer Herr. Er streckt den Kopf und den mageren Oberkörper aus der Tür und starrt mich an. Seine Stimme kommt ein wenig krächzend aus der Tiefe seiner Vogelbrust.
»Kann ich Ihnen helfen?«
Einen Augenblick lang glaube ich, es sei Steffensen, Sigurd O. Steffensen, der mir beispringt – aber er ist es nicht. Und als ich mir den Mann näher anschaue, stelle ich fest, dass er ihm fast gar nicht ähnelt, dass es etwas anderes gewesen sein muss, was mich an Steffensen denken ließ. Was war überhaupt aus ihm geworden? Was war nach dreimal kurz, dreimal lang, dreimal kurz gekommen? Noch einmal dreimal kurz? Irgendetwas an dem Blick des alten Mannes erinnert mich an Steffensen, aber nicht nur an ihn. Der alte Mann hat Augen, in denen man sich verstecken kann, wie der Graf von Hoff sie hatte, wie Damm sie hatte, wie Alexej Kornilow sie hatte, und noch

einer, an den ich nicht denke, wie ich hier sitze. Der alte Mann kommt ganz auf die Treppe, und ich stehe auf, sodass wir einander vor der geöffneten Tür gegenüberstehen. Er lächelt mich an, und sein Kopf wackelt leicht, ja, sein ganzer Körper wackelt leicht, wie es bei alten Menschen gerne der Fall ist, und dann drehe ich mich um und gehe. Aus Schaden klug mache ich auf dem Absatz kehrt und gehe die Treppe hinunter und weiter die Straße entlang zur Ampel. Ich drehe mich nicht um, aber ich weiß, dass er da steht und mir nachsieht, mit Augen, in denen man Zuflucht suchen kann, und mit einem Körper, der leicht wackelt, und ich weiß, dass er Pläne mit mir hatte. Ich weiß, dass er große Pläne mit mir hatte, aber darauf ist er jetzt sitzen geblieben. Ich lache triumphierend, als ich an der Ampel um die Ecke biege. Er hatte große Pläne mit mir, aber hat es nicht geschafft, mich zu überlisten. Dieses Mal nicht.

Gleich hinter dem Eingang des Friedhofs liegt Adelaides Papa sechs Fuß unter der Erde. Dorthin will ich nicht, aber ich weiß es, weil ich einmal nur bis dahin gekommen bin. Adelaide und Adelaides Papa zogen ungefähr zur selben Zeit aus, als Trygve Lie starb, und das Seltsame war, dass ich sie sofort wiedererkannte. Ich fing ihren Rücken im Augenwinkel ein und schon wusste ich, dass Adelaide dort stand, obwohl ich sie seit über dreißig Jahren nicht gesehen hatte. Ich weiß nicht, warum ich nicht einfach vorbeiging, warum ich mich ihrem in schwarzen Pelz gekleideten Rücken überhaupt genähert habe. Ich weiß noch, dass die Wege vereist und nur einzelne Stellen gestreut waren und dass man vorsichtig sein musste. Jetzt ist alles grün.

Ich war jetzt auf gleicher Höhe mit ihr und blieb in ein paar Metern Entfernung stehen. Sie bemerkte mich nicht oder ließ es sich nicht anmerken. Ich weiß nicht. Sie schien von dem Grabstein vor sich völlig aufgesogen. Sie hatte den Kopf geneigt und den Nacken gekrümmt wie ein Geier und hing fast über dem koksgrauen Stein. Sie war natürlich älter geworden und ähnelte ihrem Papa, hatte aber vielleicht nicht den gleichen weichen Gesichtsausdruck wie er. Ich fragte mich, ob Adelaide wusste, dass ich mich einmal auf ihren Papa erbrochen hatte. Ich fragte mich, ob Adelaide es mir nachtragen würde oder dankbar wäre. Plötzlich machte Adelaide ihre Tasche auf und holte eine Flasche Sechzigprozentigen und ein Glas heraus. Ich weiß ja, wie sich allerhand Dinge vererben können, und jetzt war es also Adelaide, die hin und wieder durch die Gegend torkelte und nach Pisse, Schnaps und Blut stank, und ich fragte mich, ob Adelaide eigene Kinder hatte oder nicht. Es ist bestimmt gut, dass ich keine Kinder bekommen habe.

Adelaide schenkte das Glas mit dem klaren Schnaps randvoll, aber sie trank es nicht. Sie hob das Glas über den Kopf und goss den Inhalt auf die Erde vor dem Grabstein. Dann steckte sie die Flasche und das Glas wieder in die Tasche und hielt den Blick noch immer auf den Grabstein vor sich gerichtet. Sie begann zu reden, und es dauerte einige Sekunden, bis ich begriff, dass sie zu mir sprach.

»Er bekommt einen Schnaps im Monat, Vilgot. Das steht ihm zu, finde ich. Er ist natürlich nicht zufrieden damit, aber es ist besser als nichts, denke ich. Meinst du nicht auch?«

Sie hob den Kopf und drehte sich zu mir um. Ich wünschte, ich hätte ihr antworten können. Stattdessen versuchte ich ein Lächeln, aber ich fürchte, es wurde wohl eher eine Grimasse. Adelaide lächelte ohne Probleme, soweit ich sehen konnte.

»Ich habe so oft an dich gedacht, Vilgot. Aber es hat nichts genützt, wie ich sehe. Du musst vergeben, weißt du. In dem Akt des Vergebens liegt eine enorme Kraft.«

Ich hätte mich so gerne mit ihr unterhalten. Aber als sie ein paar Schritte auf mich zukam, die Hand erhoben für eine mögliche Liebkosung, drehte ich mich abrupt um und lief, so schnell ich konnte, davon, weg von Adelaide und Adelaides Papa, weg vom Friedhof und nach Hause. Seitdem habe ich einen großen Bogen um das Grab gemacht, in dem Adelaides Papa liegt und jeden Monat einen Schnaps trinkt, und ich habe Adelaide seither nicht wiedergesehen. Ich hätte mich gerne mit ihr unterhalten. Ich hätte gerne mehr darüber erfahren, was es heißt zu vergeben. Man hört dem Wort ja schon an, dass etwas von ihm ausgeht. Es ist ein so offenes und mildtätiges und kontaktfreudiges Wort. Vergeben. Geben. Etwas geben. Bekommen. Bekommen. Ich will haben.

Auch dieses Mal stoße ich auf dem Weg zu Mutters Grab nicht auf Adelaide. Mutter liegt auf einem der großen Hügel hinter den beiden Kapellen, etwas links zur Straße hin. Die Aussicht ist nicht gerade berauschend, sie ist von schweren Tannen und anderen Toten umgeben.

Auf deinem Grabstein steht, dass du vermisst wirst, weißt du das? Dein Name, natürlich, und die Jahreszahlen. »Wir werden dich immer vermissen«, steht da. Vater ruft mich bisweilen in der Nacht an, aber ansonsten amüsiert er sich mit Louise, und ich weiß wahrlich nicht, ob er dich vermisst oder nicht, Mutter. Aber ich vermisse dich genauso sehr wie zu Lebzeiten und auf die gleiche Weise. Mit dem einen, aber nicht unwesentlichen Unterschied, dass es dich überhaupt nicht mehr gibt. Dass es dich nicht einmal mehr in einem anderen Zimmer gibt, über eine Schreibmaschine gebeugt oder ein Pillendöschen, außer Reichweite. Sondern dass du wirklich weg bist, wirklich unwirklich, wirklich tot. Und das ist noch eine Spur schlimmer, jawohl.

Ich richte mich auf und gehe zu den Nachbargräbern, als wollte ich ihr zeigen, dass sie nicht die Einzige ist. Die meisten Grabsteine sind im Boden eingelassen, aber es gibt einen Stein, der aufrecht steht und alle überragt. Er ist zwar zugewachsen, nicht gepflegt und verlassen, aber er steht unnachgiebig da und lässt sich nicht ignorieren. Ich lese laut, damit sie es hören kann: *Hier liegt jemand, der das Leben geliebt hat, dessen Liebe jedoch nicht erwidert wurde.*

Ich lese die Grabinschrift laut. Ich setze mich neben Mutter, ich gehe zurück und schmiege mich an sie. Mutter sagt nicht, aber du weinst ja bei der geringsten Kleinigkeit, Vilgot. Das sagt sie jetzt nicht. Ich weine bei der geringsten Kleinigkeit, Mutter. Mutter streichelt mich, ihre Hand streichelt mir den Nacken. Was wird auf meinem Stein stehen, wenn ich tot bin? Gibt es jemanden, der mich vermissen wird? Aber ich kann nicht reden. Ich schmiege mich an Mutter, während ihre Hand endlich meinen Nacken streichelt.

Ich muss eingeschlafen sein. Ich mache die Augen auf, es ist dunkler geworden, und ich friere. Ich will gerade aufstehen, um zu gehen, da flüstert Mutter. Ich gehe auf die Knie und beuge mich vor, lege das Ohr auf den Stein.

»Was sagst du, Mutter?«

»Ei, Vilgot, was hast du für große Ohren?«

»Ich habe so große Ohren, Mutter, damit ich hören kann, wenn ich rufe.«

»Ei, Vilgot, was hast du für große Augen?«

»Ich habe so große Augen, Mutter, damit ich sehen kann, wie ich alleine herumlaufe.«

»Ei, Vilgot, was hast du für große Hände?«

»Ich habe so große Hände, Mutter, damit ich mir den Nacken tätscheln kann.«

»Ei, Vilgot, was hast du für einen großen Mund?«

»Ich habe so einen großen Mund, damit sein Schwanz in mich hineinpasst.«

VILGOT STEHT DRAUSSEN IN DER WINTERLICHEN Dunkelheit und sieht in die eigene Wohnung, sieht in die Küche, in der Mutter steht. Er ist denselben Weg zurückgegangen, den er gekommen ist. Über den Hof des Grafen, auf die Straße, wo das große Auto angehalten hatte und der Fahrer etwas zu ihm sagen wollte, die schmale Allee hinunter, am Turm vorbei, in dem Trygve Lie und Magne wohnten, an Arnesens Laden an der Ecke vorbei und über die schneebedeckten Rasenflächen. Bei der gemeinsamen Waschküche der Wohnblocks ist er nach rechts gegangen und steht nun vor seinem eigenen Eingang und will nicht weinen. Er überlegt, wo er jetzt hingehen soll, da er den Grafen nicht mehr hat. Er sieht Mutter oben in der Küche, sie stellt Geschirr weg, das sie vorher abgewaschen hat. Vilgot kennt ihre Bewegungen so gut, dass er sagen kann, was sie gerade an welchen Platz räumt. Jetzt streckt sie sich, um die grüne feuerfeste Form auf das zweithöchste Regalbrett über der Spüle zu stellen, dann bückt sie sich, und es ist vielleicht die Schöpfkelle, die auf ihren Platz in der Schublade soll. Plötzlich kommt Vater in die Küche, und Mutter dreht sich zu ihm um. Vilgot wartet darauf, dass sich Mutters Mund wie zu einem Schrei öffnet, dass sie über irgendetwas streiten werden, das nicht gut ist. Es gibt immer irgendetwas, das nicht gut ist. Aber das geschieht nicht. Was jetzt geschieht, ist, dass Vater den Arm hebt und Mutter die Wange streichelt. Was jetzt geschieht, ist, dass Mutter ihn anlächelt und seine Hand nimmt. Sie drückt sie an sich. Sie legt seine Hand auf ihre Brüste und drückt sie an sich. Dann lehnt er seinen Kopf an ihren, er legt seinen Mund auf ihren. Vilgot hat das noch nie gesehen. Er steht unten auf dem Parkplatz und sieht hinauf in die Küche, und dort stehen Mutter und Vater und küssen sich. Der Kuss dauert und dauert, und als er vorbei ist, als Vater sie loslässt und sie ihn loslässt, hat es auf Vilgot geschneit. Schnee hat sich auf den Parkplatz gelegt und auf die Autos dort und auf Vilgot. Jetzt küssen sie sich noch einmal. Sie haben einander, denkt er. Mutter hat Vater, und Vater hat Mutter. Der Graf hat Karin, und ich habe niemanden. Jetzt verschwinden sie vom Fenster, verlassen die Küche. Auch er verschwindet. Vilgot verschwindet aus dem Licht des Blocks, er geht über den Rasen zum Spielplatz. Hinter ihm werden die Abdrücke seiner kleinen Füße bald zugeschneit sein.

Es ist lange her, dass er zuletzt hier gewesen ist, er hat sich auf die eine Seite der Wippe gesetzt. Wenn er sich kräftig abstößt, schafft er einen leichten Aufprall auf der anderen Seite, aber Sinn und Zweck dieser Wippe ist ja, dass man zu zweit ist. Das trifft seine Situation ganz gut, findet er. Aber es stimmt nicht ganz. Ein andermal könnte er mit Simen oder Magne hier sitzen, wenn es so wichtig wäre, die Wippe richtig zu benutzen. Es war im Grunde nur so, dass weder Magne noch Simen zu ihm vordrangen. Sie unterhielten sich gewissermaßen immer auf Abstand. Das war ein schwieriger Gedanke, die Tränen drückten hinter seinen Augen, wenn er versuchte, darüber nachzudenken, wie es ihm eigentlich ging. Er war allein, immer. Er denkt an Karin. An das weiße, weiße Kleid und wie es sich um ihren Körper legt. Dann denkt er an den Kuss. Er denkt an Vater, der Mutter küsst, und an Mutter, die Vater küsst, oben in der Küche – und er spürt ein warmes Ziehen im Bauch, ein Ziehen, das zittert und wärmt. Er überlegt, wie es wohl ist, so zu küssen, wie sie küssen, mit offenem Mund an offenem Mund. Vilgot zieht den Jackenärmel über den Ellbogen und begräbt seinen Mund in der weichen Kuhle zwischen

Ober- und Unterarm. Er sitzt still auf der Wippe und küsst sich selbst. Er weiß nicht, wie lange er so sitzt, aber es hört auf zu schneien, und plötzlich sieht er einen dunklen Schatten auf einer der Schaukeln sitzen, auf einem der Autoreifen. Einen großen, dunklen Schatten, der hin- und herschaukelt, hin und her. Vilgot bleibt ganz still sitzen. Es ist ein Mann, ein großer, dunkler Mann, jetzt spricht er, mit großer, dunkler Stimme.

»Er ist so allein.«

Es ist Steffensen. Es ist Steffensen, der groß und dunkel dort sitzt und hin und her schaukelt.

»Hallo Steffensen«, flüstert Vilgot.

Aber Steffensen antwortet nicht. Vilgot hört das leise Klimpern der Kette, wenn sich die Schaukel vor und zurück bewegt, vor und zurück. Vilgot ist ganz warm geworden beim Gedanken an den Kuss dort oben am Küchenfenster, warm beim Gedanken an Karins schwebenden Körper, und er sitzt still auf der Wippe und sieht Steffensens schweren Schatten, hört das Klimpern der Metallringe, die die Schaukel halten.

»Armer Tropf.«

Es klingt plötzlich so, als wäre Steffensen wütend, und instinktiv beugt Vilgot den Nacken. Konnte er denn heute Abend nirgendwo sein? Waren denn alle böse auf ihn? Dann fängt Steffensen an zu reden. Noch nie hat Vilgot Steffensen so viele Worte am Stück sagen hören. Steffensens dunkle Stimme, Steffensens dunkler Schatten, Steffensens dunkle Schleppe, Steffensens schwere Dunkelheit. Vilgot konnte spüren, wie die Lider schwer wurden, wie er dort auf der Wippe einschlafen könnte, während Steffensen redet und redet. Es klingt, als hätte Steffensen das Gleiche schon öfter gesagt, als hätte er es auswendig gelernt. Eine Geschichte, einen Psalm. Vielleicht war es das, was er übte, wenn er Stunde um Stunde draußen stand und in die Luft sah. Vielleicht war es das, was er in der dunklen Wohnung vor sich hin murmelte, nachdem seine hübsche Frau ausgezogen war.

Dann wird es still. Steffensen hört auf zu schaukeln und sitzt eine Weile mit gebeugtem Kopf. Vilgot fragt sich, ob er es wagen kann, sich von dem Spielplatz wegzustehlen, aber plötzlich hebt Steffensen den Kopf und sieht ihn direkt an.
»Du und ich, Vilgot«, sagt er und steht auf.
Vilgot möchte gehen.
»Ich glaube, ich ...«, sagt er. Aber schweigt, als Steffensen den Kopf noch einmal hebt.
»Du hast vielleicht geglaubt, du wärst allein? Ich habe dich schon gesehen. Du glaubst, du wärst allein. Ich kann dir ansehen, dass du glaubst, du wärst allein. Und du siehst mich an und denkst, dass auch ich allein bin, dass du und ich allein sind. Allein! Du und ich, wir wissen nicht, was es heißt, allein zu sein.«
Steffensen holt ein großes weißes Taschentuch heraus und putzt sich die Nase. Das Taschentuch glänzt wie ein Möwenflügel in der Nacht.
»Tschüss, Steffensen«, flüstert Vilgot und verlässt rückwärts den Spielplatz. Auf dem groben Kies am Tor dreht er sich um und spurtet über die Straße zu den Garagen und den Straßenlaternen. Hinter sich hört er, wie Steffensen ruft, und Vilgot bleibt einen Augenblick stehen.
»Wir sind nicht allein«, ruft Steffensen. »Wir sind nicht allein.«

Steffensens Stimme hallt vom untersten Wohnblock wider. Vilgot kann mit Mühe erkennen, dass Steffensen aufgestanden ist und die Arme schwenkt, für Vilgot. Vilgot hebt den Arm zum Gruß, aber er glaubt nicht, dass Steffensen es sehen kann. Dann läuft er weiter. Bald ist es an der Zeit, zu Simen zu gehen. Vilgot ist auf dem Weg zu einem Freund.

VILGOT WILL NICHT AN MUTTER UND VATER denken, will nicht an Magne denken, will nicht an Trygve Lie denken, will nicht an den Grafen von Hoff denken, will nicht an Steffensen denken. Er versucht, an Karin zu denken. Karin, die auf der weißen Wand des Grafen tanzt, Karin, die Augen hat, in die man hineinfallen kann. Das hat der Graf übrigens auch. Und auch Mutter mitunter. Und der Mann, der jetzt bremst und auf den Bürgersteig fährt, neben Vilgot, und der die Fensterscheibe herunterkurbelt, auch er hat solche Augen. Vilgot hat ihn schon einmal gesehen, vor nicht allzu langer Zeit, oben auf der Allee beim Grafen. Und Vilgot hatte einen Moment lang tatsächlich geglaubt, es sei der Graf. Vilgot bleibt auf dem Bürgersteig stehen, es kribbelt auf der Haut. Der Mann beugt sich über den Beifahrersitz, um durch das offene Fenster mit Vilgot zu sprechen. Er sitzt in einem blauen Kombi. Seine Augen. Es sieht aus, als fände Vilgot Platz in seinem Blick, der ganze Vilgot.
»Hallo.«
»Hallo.«
Er sieht Vilgot an. Vilgot versucht ihm in die Augen zu schauen, muss aber den Blick senken.
»Willst du eine Cola?«
»Was?«
Es entsteht eine kleine Pause. Es scheint, als würde der Mann nachdenken.
»Weißt du, wo hier ein Kiosk ist?«
Das weiß Vilgot. Er zeigt und erklärt, es ist nicht schwer zu erklären, es ist nicht schwer zu verstehen. Aber der Mann

versteht es trotzdem nicht, zumindest schneidet er eine Grimasse, die besagt, dass das zu schwierig wird.
»Steig ein«, sagt er. »Steig ein und zeig mir den Weg, dann bekommst du eine Cola.«
Vilgot ziert sich ein wenig. Er will, dass der Mann begreift, dass er nicht mit Fremden gehen darf, deshalb setzt er eine zweifelnde Miene auf. Doch darum kümmert sich der Mann im Auto nicht, er sieht nur wütend aus, macht die Tür auf und signalisiert Vilgot, dass er sich neben ihn setzen soll. Vilgot will nicht, dass der Mann wütend wird. Vilgot hat Lust auf eine Cola, und er kennt auch den Weg zum Kiosk, es ist nicht so, dass er nichts kann. Er steigt ein und erklärt den Weg noch einmal, aber der Mann am Steuer hört nicht zu. Vilgot sieht sich im Auto um, der Kofferraum ist voll mit leeren Colaflaschen. Er sieht auf und erhascht einen Blick auf die Brotfabrik und den nächsten Wohnblock, bevor das Auto nach links abbiegt und den Berg zu Simen hinauffährt.

Simen stand am Kiosk! Als der Mann Vilgots Wegbeschreibung schließlich verstand und sie zum Kiosk hinunterfuhren, sah Vilgot Simens Rücken. Simens Kopf konnte er nicht sehen, der steckte in der Luke, er musste vielleicht zeigen, wo die Himbeerdrops waren. Jetzt könnten Vilgot und Simen zusammen zu Simen nach Hause gehen. Simen mit den Himbeerdrops und Vilgot mit der Cola. Doch der Mann hielt nicht vor dem Kiosk. Er fuhr vorbei und hielt viel weiter unten am Berg, weit weg von Simen. Vilgot sah ihn fragend an.
»Du willst ja wohl nicht einfach die Cola nehmen und abhauen? Das wäre nicht sehr höflich«, sagte der Mann.
Vilgot ahnte, dass er sehr wütend werden konnte. Jetzt bat er Vilgot zu warten, dann könnten sie die Cola trinken und ein wenig miteinander plaudern, wie er sagte.

Vilgot sitzt im Auto und sieht, wie sich der Mann dem Kiosk nähert, sieht Simen, der den Kopf wieder aus der Luke heraus-

zieht und sich auf die Papiertüte mit den Himbeerdrops konzentriert. Er versucht Simen zuzuwinken. Er würde gern zu seinem Freund gehen, aber das wäre unhöflich. Darin hat der Mann Recht. Vilgot betrachtet noch einmal die leeren Flaschen im Kofferraum. Wenn man nur so viel Cola trinken könnte, wenn man nur erwachsen werden und so viel Cola trinken könnte, wie man will, sooft man will. Jetzt kommt der Mann zurück. Aber er hat nur eine Flasche gekauft. Sie wollten doch Cola trinken und plaudern, war es nicht so? Sollten sie sich die Flasche teilen? Vilgot hofft, dass nicht. Er hofft, dass er eine ganze Flasche für sich allein bekommt. Der Mann steigt ein und gibt Vilgot die Flasche.
»Bitte schön«, sagt er.
»Trinken Sie nichts?«
Es sieht nicht so aus. Denn jetzt dreht er den Zündschlüssel um.
»Wir können ja eine kleine Runde drehen«, sagt er.
Vilgot dreht sich um und will Simen hinterherschauen, aber der Freund ist verschwunden. Er ist sicher nach Hause gerannt.
»Ich bin auf dem Weg zu einem Freund«, sagt Vilgot.
Der Colamann nickt.
»Ich kann dich fahren«, sagt er, dann biegt der Wagen wieder auf die Straße.

ER HAT MICH GENOMMEN, MUTTER. Er hat mich genommen. Ich sitze hier an deinem Grabstein. Hier steht, dass du vermisst wirst. Ich glaube nicht, dass Vater dich vermisst. Ich vermisse dich. Er hat mich genommen. Das wusstest du nicht. Der Colamann hat mich aufgelesen, ich war auf dem Weg zu Simen. Ich wusste, dass es verkehrt war, Mutter. Ich wusste, dass es verkehrt war!
»Aber warum bist du dann mit ihm gegangen, mein kleiner Junge?«
Ich dachte, er sei du, ich dachte, er sei Vater, ich dachte, er sei Großvater, ich dachte, er sei der Graf, ich dachte, er sei Damm. Er sah mich an, und ich habe mich in seinen Augen gesehen. Ich wollte nicht, dass er wütend auf mich wurde, Mutter. Ich hatte Lust auf eine Cola, Mutter.
»Aber warum warst du denn so allein, mein geliebter Schatz?«
Es gab keinen Platz, Mutter. Es gab nirgendwo einen Platz, und alle hatten einander, und so bekam der Colamann mich. Ich wurde in die Schlangengrube geworfen, Mutter. Ich glaube, du hast mich gestoßen. Ich glaube, Vater hat mich geschubst. Ich glaube, ich bin gesprungen. Ich saß in dem Auto, ich sitze immer noch in dem Auto. Ich will raus aus dem Auto, Mutter. Ich will raus aus der Schlangengrube!
»Was hat er mit dir gemacht, was hat er mit meinem Jungen gemacht?«
»Willst du es hören? Willst du es wirklich hören?«
»Ich bin für dich da, mein geliebter Schatz.«

Er legt seine Hand auf mein Bein. Ich sehe ihn an. Er sieht vor sich hin. Ich schiebe seine Hand weg. Er legt seine Hand weiter oben wieder hin. Ich verstehe nicht, warum. Ich verstehe nicht, was er will. Dann zieht er den Reißverschluss an meiner Hose auf. Ich verstehe nicht, warum. Ich verstehe nicht, was er will. Vielleicht ist das Liebe? Vielleicht ist das große Liebe? Ich ziehe den Reißverschluss wieder zu. Er zieht ihn wieder auf und steckt ein paar Finger hinein. Er sieht mich nicht an. Ich sehe ihn nicht an. Ich frage mich, warum er das tut. Ich schiebe seine Finger weg und ziehe den Reißverschluss wieder zu. Ich sage ihm, dass er aufhören soll. Ich sage, dass ich aussteigen will. Er zieht meinen Reißverschluss auf. Dann hält er mit dem Auto an. Ich sehe aus dem Fenster. Ich weiß nicht, wo wir sind. Ich weiß nicht, wie lange wir dort stehen, aber ich glaube, es ist lange.

»Wir stehen immer noch dort, Mutter!«

Doch Mutter sagt jetzt nichts mehr. Ich presse das Ohr fest an den Grabstein, und ich höre, dass sie weint. Ich höre, wie sie dort unten in der kalten, nassen Erde leise schluchzt. Sie wohnt unter der Erde, meine Mutter!

Vielleicht haben zwei kleine Jungen auf der Treppe gesessen und das Kennzeichen aufgeschrieben. Vielleicht schreit Mutter jetzt und ruft die Polizei. Vielleicht zeigen die beiden Jungen der Polizei ihre kleinen Bücher, die exakten Zahlenreihen mit Kennzeichen über Kennzeichen. Vielleicht finden sie mich. Daran denke ich jetzt. Mein Kopf wird gegen die Autotür gedrückt, und niemand hört es. Niemand hört, dass ich schreie. Es tut so weh, und ich schreie. Er hält mir den Mund zu, aber ich schreie trotzdem. Und ich höre es. Ich höre, dass ich schreie. Ich höre alles, Mutter. Das weißt du. Und ich sehe viel. Ich sehe dich und Vater vor mir und den offenen, nassen Kuss am Küchenfenster. Daran denke ich, als er mich zwingt, den Mund zu öffnen. Ich habe es ja gerade gesehen, in einer anderen Welt, in einem anderen Leben, mit anderen Augen.

Ich wusste ja, wo ihr wart, ihr wart dort, und ich war hier, hier in diesem Auto voll mit leeren Colaflaschen!

Ich will nicht, aber ich kann es nicht verhindern. Ich erbreche mich. Ich erbreche mich und erbreche mich und spucke auf den Grabstein und das Grab. Ich will nicht, aber ich kann es nicht verhindern. Ich habe überlegt, dass es besser gewesen wäre, wenn er mich hinterher nicht hätte gehen lassen, aber so etwas denkt man wohl nur. Ich weiß nicht, warum er mich gehen ließ. Vielleicht sah er mir an, dass ich niemandem etwas erzählen würde. Vielleicht sah er mir an, dass ich niemanden hatte, dem ich es erzählen könnte. Vielleicht sah er mir an, dass ich es erzählen würde, aber in einer Sprache, die keiner verstand, in einer Sprache, die sich überall einschlich und alles kaputtmachte. Vielleicht wusste er, dass er mir die Zunge abgeschnitten hatte, vielleicht wusste er, dass es so wehtun würde mit dem Mund zu sprechen, den er mir gegeben hatte.

Auf dem Friedhof ist es still. Hier ruhen Großvater und Beate. Hier ruht der Graf von Hoff, hier ruhen Adelaides Papa und Halvor Husten und Halvor Hustens Frau, hier ruhen Damm und Frau Arnesen. Nur Mutter ruht nicht, ich höre, dass sie weint, ich höre, wie das Gras durch ihr Herz wächst.
»Ich habe dich so lieb, Vilgot«, sagt sie.

ICH GEHE NACH HAUSE, UND ICH GEHE in die entgegengesetzte Richtung wie damals vor vielen Jahren. Ich komme an dem Haus vorbei, in dem Simen gewohnt hat – dort wohnt jetzt wieder eine Familie mit kleinen Kindern. Die kleinen Fahrräder liegen in der Auffahrt, zwei Jungen spielen Fußball auf dem Rasen hinter dem Haus. Ich bleibe stehen und sehe ihnen zu, bis eine junge Frau auf die Treppe kommt und mich forschend mustert, daraufhin gehe ich weiter. Ich gehe zu der stillgelegten Gärtnerei und dann die gerade Straße an der Brotfabrik entlang. Ich bleibe einen Augenblick an der Stelle stehen, wo der Colamann mich gefunden hat, und im selben Moment sehe ich einen großen blauen Kombi näher kommen. Ich halte die Luft an, es kribbelt am ganzen Körper. Dann reiße ich mich zusammen. Das Auto fährt vorbei. Ich sehe das Gesicht des Fahrers hinter der rußverschmierten Windschutzscheibe nicht. Reiß dich zusammen, sage ich zu mir selbst. Es ist über dreißig Jahre her! Er hat mich damals gehen lassen. Ich weiß nicht, warum, aber er hat mich gehen lassen. Er hat mich lange festgehalten, aber er ließ mich gehen.

DER COLAMANN FÄHRT ÜBER BEKANNTE STRASSEN. Es ist lange her, dass er zuletzt hier gewesen ist, aber er vergisst es nicht. Jede Begegnung ist groß und glänzt in dem, was seine Geschichte ausmacht, und obwohl es nicht sehr oft vorkommt, weiß er nicht, wie er ohne sie auskommen soll. Ohne die Begegnungen. Dass das so schwer zu verstehen ist, alle haben den Drang nach Begegnungen, alle haben den Drang, gesehen zu werden. Er selbst ist einer, der sieht, das weiß er. Er weiß, wenn er Kontakt aufnimmt, dann deshalb, weil er etwas gesehen hat, das niemand anders gesehen hat. Ich sehe mich selbst, denkt er. Ich sehe mich selbst, und im Gegensatz zu anderen weiß ich, wie ich aussehe. Wenn ich mein Spiegelbild abends in der Fensterscheibe sehe, beginnt sich das Zimmer deshalb nicht um mich zu drehen. Denkt der Colamann. Oder ich denke, dass der Colamann so denkt, wenn er an meinen Wegen entlangfährt, noch einmal den Weg entlang, den ich vor über dreißig Jahren zu Simen gegangen bin. Das Auto ist neu, und der Mann ist alt, und ich würde mir wünschen, ich könnte ihn einfach fahren lassen. Ich würde mir wünschen, ich könnte ihn loslassen und aus meinem Leben fahren lassen, aber meine Fingerknöchel werden weiß, wie ich hier stehe und mich an die Arbeitsplatte klammere, weil der Colamann die Allee entlangfährt, ich kann sein Auto hören, und er kommt auf dem Weg zum Turm am Hof und dem ersten Block vorbei, und dort unten vor Arnesens stillgelegtem Laden steht ein kleiner Junge. Dort steht ein kleiner Junge allein, an diesem Sommernachmittag. Ich weiß nicht, warum er dort steht, vielleicht wartet er auf jemanden. Vielleicht wartet er auf seinen Großvater, vielleicht wartet er auf seine Mutter, vielleicht hat er niemanden zum Spielen. Die Wand von Arnesens Laden ist mit Graffiti voll gesprüht, die Gardinen an den Fenstern der Wohnungen sind zugezogen, und die Fenster sind blind vor Dreck. Der Colamann spürt, dass es auf der Haut kribbelt. Er merkt, dass der kleine Junge darauf wartet, gesehen zu werden. Er bremst. Er holt seinen Blick hervor, als ein gigantischer, grauer, grausamer Koloss zwischen den Bäumen zum Vorschein kommt und vor das Auto rast, und der Colamann schreit und reißt frenetisch das Steuer herum, aber er ist schon im Schock, denn der Elefant geht dort vor dem Auto auf die Hinterbeine, hat sich zu einem grauen und grausamen Berg erhoben, und der Colamann lässt das Steuer los, und der Elefant lässt sich auf das Auto fallen, und der kleine Junge sieht alles, sieht, wie das blaue Auto zusammengedrückt wird, sieht den großen, wütenden Elefanten, hört die wilden Stöße. Der kleine Junge steht mit einem Wassereis in der Hand da und sieht alles, bis eine Frau schreiend zu ihm läuft und den kleinen Jungen mit sich zieht, der alles gesehen hat, und sie rennt so schnell sie kann. Sie rennt in Sicherheit. Sie rennt nach Hause.

JETZT STEHE ICH IN DER KÜCHE UND TANZE. Ich stehe und webe. Ich stehe schon lange hier und schwinge. Meine Handflächen schlagen abwechselnd auf die Arbeitsplatte und den Küchentisch. Ich stehe und webe. Vor und zurück. Vor und zurück. Ich bin ganz allein. Ich werde noch lange hier stehen, dann werde ich hinausgehen. Ich weiß, dass Batir verschwunden ist, aber es wird noch lange dauern, bis ich Joel Sternfelds dramatisches Foto von ihm sehen werde, von meinem Elefanten, der so anrührend kämpfte.

Ich höre das Knattern des Helikopters, ich höre die Sirenen der Einsatzwagen, ich höre mein Blut in den Schläfen pochen.

Als ich vom Friedhof nach Hause kam, rief ich Vater an. Ich kam ungelegen, wie immer.

»Wie geht es Louise?«, fragte ich.

»Was?«, sagte Vater, aber er hatte genau gehört, was ich gesagt hatte, also wartete ich ab.

»Louise geht es gut«, sagte er. Dann entstand eine Pause.

»Und dir, Vilgot?«

»Was ist mit mir?«

»Wie geht es dir?«

»Ich brauche Hilfe.«

»Das weiß ich. Und ich finde, du solltest Hilfe bekommen.«

»Wie meinst du das?«

»Ich meine, du solltest Hilfe aufsuchen ... jemanden anrufen ...«

»Das tue ich ja gerade«, sagte ich und hörte, wie er resigniert seufzte.

»Ach so?«
»Ich brauche Hilfe, um meinen Elefanten freizulassen«, sagte ich.
Lange Zeit hörte ich nur seinen Atem, dann kam ein Klicken, bevor das Besetztzeichen ertönte. Ich rief noch einmal an, aber dieses Mal nahm er nicht ab. Ich legte den Hörer auf, blieb sitzen und sah das Telefon an. Ich hoffte, es würde klingeln und es wäre nicht Vater, sondern Alexej Kornilow am anderen Ende. Das würde nicht passieren. Auf dem Küchentisch lag das Buch, das Vater mir geliehen hatte. Cassiodor über Elefanten. Ich machte den Schrank unter der Spüle auf und warf es in den Abfalleimer, es hatte mir nicht sehr geholfen.
Ich fand die Axt und das Werkzeug im Keller, dann ging ich über den Hof und kletterte zum vorletzten Mal über die Stacheldrahtabsperrung. Ich versuchte nachzurechnen, es waren sechs Wochen vergangen, seit der Zirkus abgereist war und den Elefanten zurückgelassen hatte. Es kam mir wie sechs Jahre vor. Ich habe ihn lange festgehalten.
»Ich habe dich lange festgehalten«, sagte ich zu Batir.
Die Fußfesseln hatten sich in beide Beine gegraben. Vorne links und hinten rechts. Beide Wunden waren entzündet, aber ich hatte kein Jod mehr, ich hatte keine weiteren Tischdecken mehr. Ich steckte den größten Schraubenzieher in das Auge des Splints, packte ihn mit beiden Händen, stemmte den ganzen Körper dagegen und drückte mit aller Macht zu. Schließlich hatte Alexej Kornilow höchstpersönlich, der Mann mit den glänzenden Muskeln, der stärkste Mann des Ostens, die Schäkel am Tag vor seiner Abreise angezogen. Aber ich war plötzlich ebenfalls stark und spürte, wie die Splintschrauben nachgaben. Ich bog den Ring auf und löste ihn. Batir zog daran, aber das Seil um den Hals hielt ihn fest. Dann waren nur noch die Hinterbeine und das letzte Seil über. Ich dachte plötzlich an Cassiodor: *Denn wenn ihn jemand gequält hat, erinnert er sich an die Kränkung und rächt sich, so heißt es, nach langer Zeit an dem, der das Unrecht begangen hat.* Ich löste

auch den hinteren Fußring und hoffte, etwas Zeit zu haben, bevor er begriff, dass er von den Fesseln befreit war. Ich ging ein paar Schritte zurück, die Axt in der Hand. Ich sprach mit lauter Stimme, mit ruhiger und lauter Stimme.

»Wenn ich dir wehgetan habe, mein kleiner Elefantenjunge, dann, weil uns eine große, große Liebe verbindet. Ich habe dich so lieb, Batir.«

Er starrte mich an. Ich starrte zurück. Dann hob ich die Axt hoch und trennte mit einem kräftigen Schlag das letzte Seil durch. Er wurde etwas unruhig. Ich fing seinen Blick ein und hielt ihm stand, während ich rückwärts zu dem großen Scheunentor ging. Ich musste mich von ihm abwenden, um den schweren Riegel zu öffnen, und ich dachte, jetzt, jetzt packt er mich. Er kann mir nicht vergeben. Vergebung ist nicht möglich, das weißt du ja, Vilgot! Aber als ich mich umdrehte, stand er immer noch da, als wäre er gefesselt und festgebunden. Ich schob die riesigen, schweren Türflügel auf, und das Licht strömte wie eine Flutwelle in die Scheune. Ich stand in dem Licht, ich spürte, wie mir das Licht den Rücken wärmte, und rief Batir zu.

»Geh nach Hause«, rief ich. »Ich lasse dich gehen. Ich lasse dich leben! Ich bin lieb«, rief ich Batir zu. »Ich bin lieb! Ich bin lieb! Ich bin lieb!«

Dann lief ich weg von der großen Türöffnung. Ich lief weg von dem Licht, zur Seitentür hinaus. Ich hörte einen wilden und wahnsinnigen Trompetenstoß aus dem Rüssel hinter mir. Dann hörte ich ein dröhnendes Geräusch, und ich hörte Batir laufen. Doch nicht hinter mir lief er her. Ich hörte, wie er nach Hause lief.